KB259801

삼
겹
살

# 삼겹살

1판 1쇄 발행  2012년 7월 30일
1판 2쇄 발행  2012년 12월 7일

지은이  정형남
펴낸이  강수걸
펴낸곳  산지니
편집  박미라 · 손수경 · 권경옥 · 양아름 · 윤은미
디자인  권문경
등록  2005년 2월 7일 제14-49호
주소  부산광역시 연제구 거제1동 1498-2 위너스빌딩 203호
전화  051-504-7070 l 팩스  051-507-7543
홈페이지  www.sanzinibook.com
전자우편  sanzini@sanzinibook.com
블로그  http://sanzinibook.tistory.com

ⓒ정형남, 2012
ISBN  978-89-6545-182-2 03810

* 책값은 뒤표지에 있습니다.
* 파본은 구입하신 서점에서 바꾸어 드립니다.
* 이 도서의 국립중앙도서관 출판시도서목록(CIP)은
e-CIP 홈페이지(http://www.nl.go.kr/cip.php)에서 이용하실 수 있습니다.
(CIP 제어번호 : CIP 2012003244)

# 삼겹살

정형남 장편소설

산지니

# 차례

# 꽃이 피니 봄이로구나

바다가 출렁거렸다. 꽃샘바람이 이제 갓 피어난 매화와 개나리꽃을 심술 사납게 흐트려 놓더니 그 화사한 꽃잎들이 파도 위에서 산화하였다. 출렁거리는 파도 위에 은빛 고기비늘처럼 꽃잎은 떠돌고, 선창가 한쪽 공지에서는 술 빛으로 익은 윷판이 벌어졌다. 술기운에 농익은 군상들이 무릎을 치며 함성을 지를 때마다 모가 멍석 위에 엎드렸다. 도에서 모에 이르기까지 윷들이 공중에서 멍석 위로 떨어지면 희비가 교차되는 가운데 윷가락 또한 파도 위에 떠도는 꽃잎이었다. 참 오랜만에 맛보는 혼사였다. 요즘 시골잔치가 어디 흔한가. 가뭄에 콩 나듯 하는 잔치도 도시에 나가 치렀다.

윷판이 벌어진 한쪽 선창가 잔칫상이 마련된 곳에서는 뒤늦게 찾아드는 하례객들이 걸쭉하게 술잔을 나누었다. 그랬다. 농어촌은 골망골망한 쭉정이들만 남아 흥겨운 잔치라야 모둠으로 봄나들이 아니면 도시에 사는 아들딸들이 고희랍시고 음식점 정도 빌리는 게 고작이었다. 말이 고희잔치지 즈그들 입가심으로 즐기자고 생색을 냈다. 더구나 농어촌 노총각들은 동남아로 눈길을 돌려 다문화시대를 꽃피웠다. 오늘의 결혼식은 순 토종끼리의 백년가약이라는 점에서 더욱 흥겨운 잔치마당이었다.

저 친군 어떻게 알짜배기 토종처녀를 며느리로 보았으까. 눈 씻고 봐도 구경하기 어려운디. 그러게 말이여. 까짓것, 한판 째지는 기분으로 소라도 한 마리 잡을 것이지, 겨우 돼지수육이여? 이 사람아, 지금 어느 때인가? 구제역으로 소들이 줄초상 나지 않았는가. 비상시국이나 진배없는 현실 아닌가 말이여. 그 바람에 돼지 값이 하늘 높은 줄 모르고 올랐고. 한마디로 금겹살 아닌가. 이곳은 하늘이 돌보아사 구제역이 빗김처럼 비껴갔지만.

허긴, 그려. 어쩌다 이 지경이 되었는지 모르것네. 나는 말이시, 삼겹살을 먹을라치면 중국 하니족들의 계단식 농경지를 떠올린다고. 자네, 모처럼 국제적으로다 얻은 며느리 덕분에 중국 한 번 다녀오더니만 기껏 비탈진 계단식 논들을 보고 왔구만. 관광지로 주가를 높이는 남해 비탈진 다랭이 밭들이 더 실감 있게 다가오던데, 귀꿈스럽게 하니족들의 계단식 농경지를 떠올릴

게 뭔가.

김선장은 곁에 앉은 고향친구의 말을 약간 비아냥치듯 받아넘겼다. 그도 그럴 것이, 코흘리개 초등학교 시절에는 맨날 쥐어터진 주제였고, 남들은 재주껏 대도시로의 진출을 꿈꿀 적에도 어리숙하게 고향에 누질러앉아 갯물 둘러쓰고 살았다. 호랑이 없는 골에 여우가 주인 노릇 한다고, 쭉정이들만 남은 마을에서 이장, 조합장, 개발위원장 따위의 감투란 감투는 다 짊어지고 몇 년을 지내는 사이 제법 유식한 체신을 지니었다. 그 위에 아들 녀석이 고집스레 미역양식장을 한답시고 결혼을 뒷전으로 미루어 오다가 나이 사십 넘어 중국 오지에서 색시감을 물색해 들여왔는데, 떠억 하니 손자를 낳자 시부모를 모시고 친정집을 방문하였다. 말하자면 사돈끼리의 상견례였다. 그게 또 무슨 큰 자랑이라고 앉은 자리마다 밑천을 까뒤집었다.

삼겹살과 계단식 농경지라? 발상치고는 희한하게 형이상학적이구랴. 홍어 한 점에 삼겹살을 곁들여 묵은 신김치로 보쌈을 싸고설랑 한입 미어터지게 우겨넣는 한사장의 엉뚱하다 싶은 그 말에 남위원은 불현듯 어린 시절을 떠올렸다. 어디 계단식 농경지가 중국 하니족들만의 전유물이었던가. 지금은 흔적 없이 묵혀져 형체도 알아볼 수 없지만, 저 보릿고개 시절 우리네도 엉덩짝을 까발리고 똥오줌을 눌 만한 비탈진 산골 다랭이 더덜밭을 호미와 괭이로 땀 흘려 개간하지 않았던가.

형이상학적이라고? 자넨 저 친구의 뚱딴지 같은 비유를 상승 작용으로 자리매김하는 거여? 내 말이 하나도 버긋지지 않네. 이 삼겹살을 보게. 산골 다랭이 계단식 논밭을 똑 빼닮은 무늬살을 지니고 있지 않는가. 그거야, 보는 눈에 따라 그런 신기루 현상이 들기도 하겠지. 하지만 삼겹살은 어디까지나 삼겹살이야. 김선장은 한사장의 말을 내치며 철판 위에서 지글거리는 삼겹살을 뒤집었다. 비곗살 타는 냄새가 바람에 흩날리는 꽃잎을 실어 갔다.

우리도 한때는 산골 다랭이 계단식 개간답을 손끝 짓무르게 벌어먹지 않았는가. 그 눈물겨운 시절을 떠올리면 저 친구의 비유는 참으로 낭만적이여. 풍요롭기도 하고……. 그려. 사돈집에 한 번 더 다녀오면 흐벅지게 삼겹살을 짊어지고 오겠네. 김선장은 비윗장이 뒤틀린다는 듯 한사장의 말을 되쳤다. 산골 다랭이 계단식 논밭이라면 신물이 났다. 물려받은 재산이라곤 앞산 비탈진 옹챙이만 한 산비탈이 전부였다. 아버지와 어머니는 후줄근 갯물 둘러쓴, 소금기에 절은 손끝으로 계단식 논밭을 개간하였다. 논이라고 일구어 놓으면 술렁술렁 물이 다 빠져나가 쩍쩍 금이 가기 마련이었고, 밭떼지기는 더욱 가관이었다. 풍요로운 작물은 금방 비비틀리고 삭아 겨우 콩이나 들깨를 심었다. 그게 보기 싫어서 냅다 뒤도 돌아보지 않고 원양어선을 탔다. 그런데 그런 논밭을 기름지고 감칠맛 나는 삼겹살에 비유하다니.

어쨌거나, 그렇게 비유할 만큼 우리의 마음이 부유해졌어. 남위원은 아스라이 어머니의 웃음소리를 들었다. 그리고 그 웃음소리는 무릎을 치며 한바탕 윷판을 뒤엎는 환호성 너머 파도 위에서 꽃잎처럼 무동을 탔다. 술잔 속에 비치는 어머니의 웃음 진 얼굴에서 이제는 도리 없이 묵혀진 다랭이 자갈밭들이 눈앞에 다가왔다. 그 맨 위쪽 큰애기 엉덩짝만 한 다랭이 밭에 아버지의 혼백과 함께 어머니를 모셨다. 아들아, 내가 죽거들랑 졸망졸망 묵혀진 옹챙이 밭을 묘지로 쓰거라. 장차 너도 내 묘지 밑으로 오고. 그렇게 대대로 뼈를 묻자꾸나.

우리도 윷이나 한번 놀아 보까? 윷판이 시들헌디. 하여간 일어나 보더라고. 김선장의 재촉에 술자리에서 일어나려는데 누군가 인사를 하였다. 남위원은 고향친구에게 눈으로 누구냐고 물었다.

자네가 모를 만도 하겠지. 농식이 형 맏딸 아닌가. 학교에 근무하네. 이번 새 학기에 고향으로 발령받아 왔어. 남위원은 깜짝 반겼다. 등줄기로 사뭇 감회가 타고 흘렀다. 살갑게 고향을 찾지 않은 탓도 있겠으나, 자라나는 아이들은 도무지 식별할 수 없었다.

저는 종종 소식을 들어 알고 있어요. 고맙다. 우리 집 행랑채에서 아장걸음 하던 너를 본 게 엊그제 같은데, 세월이 무상하다. 느그 아버지가 살아 계셨더라면 얼마나 좋겠냐. 아버지께서 매번 이야기를 하셨어요. 당숙처럼 고진감래 열심히 배우고 익히라고요. 자기는 못 배웠지만 자식들은 똑 부러지게 가르쳐야겠다고 허리띠를 졸라맸웅께. 아무튼, 느그 아부지만큼 느그들을 가르치기 위해 뼈 빠지게 헌신한 사람도 없을 것이다. 고향 친구의 말에 남위원은 머리를 끄덕였다. 그랬다. 남의 집 살면서 번 새경을 밑천 삼아 착실히 집칸이나 마련하였고, 땅마지기나 장만해 가면서 삼남매를 대학까지 보냈으니 말하여 무엇하겠는가.

결혼하고 자식들 키워 보니 부모님 살아온 내력이 그저 눈물겨워요. 저희들 가르치느라 일에 찌눌려 일찍 돌아가셨어요. 그거사, 자식 된 너희들의 마음이고, 운명 아니것냐. 한눈팔지 않고 일에 묻혀 살면서도 아주 낭만적이었고 주름진 마음 하나 없었어야. 못 배운 설움 이겨 낸답시고 그 틈서리에서도 늦은 밤 눈꺼풀에 잠을 매달면서 마누라에게 물어가며 유창하게 글을 깨쳤다. 일자무식을 면하겠다는 학구열로 이장, 조합장까지 하였다.

남위원은 고향 친구의 말에 뭉클한 감회가 차올랐다. 제대를 하고 집에서 복학을 준비하고 있는데, 농식은 한참 뜸을 들이다가 읽을 만한 책 몇 권 줄 수 없겠느냐고 하였다. 형님이 보시게요? 그렇기도 하고, 느그 형수 읽을거리가 좀 필요한 갑다. 애들 교육을 위해서도 부모가 알 만큼은 알아야 하지 않것냐. 농식은 머리를 긁적였다. 남위원은 복학과 동시에 약속대로 아이들 그림동화책에서부터 교양서적에 이르기까지 헌책일망정 여기저기에서 구입하여 보내 주었다. 농식이 형, 그러고 보면 장가 한번 잘 들었지. 누가 아닌가. 바보온달처럼 장가든 날부터 사람의 품위가 완전히 달라졌웅께. 고향친구의 말속에는 자신의 처지를 빗김으로 새기고 있었다. 그러자 농식의 모습이 술잔 너머에서 다가섰다.

*

꽃샘추위가 흰나비의 날갯짓으로 도리 없이 잦아지고, 어느 틈에 개나리, 진달래가 매화 꽃망울과 함께 봄을 장식하였다. 꽃샘추위는 그렇게 시부저기 봄기운에 밀려났다. 그 부드럽고 여린 흰나비의 날갯짓 속에 칼날을 세우던 영등할미 치맛자락이 꼬리를 감추다니. 산비둘기 한 떼가 무엇에 놀란 듯 건너 산모롱이로 날아오르고, 덩달아 장끼랄 놈이 푸드득 날개를 떨쳤다.

어따, 이 쌍통도 봄기운을 아는구랴. 여실댁은 자갈을 호미로 일구다 말고 흠칫 놀랐다. 검붉은 왕지네랄 놈이 손바닥만 한 뭉칫돌 밑에 숨죽이고 있었다. 아직은 외장치고 나설 때가 아니라는 듯 똬리를 틀고 있는 모습이 머리에 물동이를 치받든 또아리를 연상시켰다. 이놈에게는 담배가 비상이여. 여실댁은 호미를 놓고 한옆 바위 모서리에 주질러 앉으며 봉초를 꺼냈다. 작업복

안주머니 속에서 성냥갑과 아들 녀석 숙제공책을 뜯어 온 종이가 묻혀 나왔다.

부지런도 하요. 그 참에 한 뼘을 일구었구만이라우. 농식이 바지게를 삐딱하게 짊어지고 지척거리에 나타났다. 나무라도 한 바지게 할 요량으로 도끼와 곡괭이가 바지게 바닥에 눕혀져 있었다. 오냐. 니놈은 게을러터졌냐? 뭔 말씀을 그리 한다요. 신새벽부터 쫄방구 목수 녀석 톱질 켜댔기 일하는 게 머슴 놈 팔자 아니요. 농식은 여실댁 곁에 바지게를 받쳐놓고 다가왔다. 눈은 어느새 여실댁이 준비해 온 오후 새참 꾸러미에 가 있었다. 머슴살이 십 년. 땀 흘려 일하자니 늘 배꾸레가 허전하였다.

니도 동무 삼아 한 대 피우거라. 옛씨오. 요걸 피우게요. 농식은 어제 저녁 곤드레만드레 술 취한 주인어른의 육신을 업어오다시피 하면서 안주머니에서 비어져 나온 걸 슬쩍 집어넣은 담배를 허리춤에서 꺼냈다. 어디서 귀한 궐련이 났디야? 여실댁의 눈빛이 깜짝 반기었다. 농식은 성냥을 그어 여실댁의 담배에 불을 붙여 주었다. 시상에, 담배 맛이 영 달라뿐다. 이런께 담배는 고급으로 피우고, 술은 낮은 걸 마시라고 했는갑다.

누가 아니요. 어따, 요녀석 시침때기 봉심이맨치러 사리고 있는 꼴 좀 보소. 상투영감이 봤으면 당장 실에 매달 것인디. 농식은 담배를 피우다 말고 똬리를 틀고 있는 지네를 발견하자 담뱃불로 지네 꼬리를 지졌다. 지네랄 놈이 기겁을 하였다. 상투영감은 독사와 지네만 보면 술독에 집어넣고 처마 밑에 매달아 말렸다. 초가삼간 처마 밑에는 목매단 지네로 장식하였고, 장독대의 크고 작은 항아리 속에는 보기에도 끔찍한 독사가 웅크리고 있었다. 전생에 독사나 지네와 무슨 원한을 지녔는지 알다가도 모를 일이었다. 그 위에 머리숱이 빠져 상투꽁지도 제대로 틀 수 없는데 끈질기게 상투를 고집하였다.

자기 딴에는 젊은 시절 단발령 때도 꼬장하게 버티었다고 은근히 자랑도 하였다. 그 영감탕구에게 무슨녀러 씨나락 까묵는 단발령이 소용에 닿았겠는가. 소라 고동만 한 외딴섬에서 어느 누가 상투영감쟁이의 알량한 존재를 알아봤을까. 어쨌거나 상투머리를 틀어 올리고 다니는 고집은 알아줄 만하였다. 지네와 독사만 해도 그랬다. 지네는 일본땅을 닮았고 독사는 일본순사만큼 독하다고 하였다. 딴에는 우국일념이 도사리고 있었다. 해방되고 나서 자칭 독립투사라고 떠벌리고 다닌 시러베자식들보다는 훨씬 순수하고 지조가 있다고 봐야겠다. 여실댁은 담배가 다 타들어 갈 때까지 맛있게 피웠다.

담배 있거든 한 두어 가치 내놓거라. 헌디, 니놈이 은근히 봉심이를 좋아하지야? 좋아하면 뭣하것소, 그 시침때기를. 너처럼 착실하게 새경 불리는 총각도 흔치 않지야. 요즘 보자 하니 분수도 모르고 도시바람이 불어 너나없이 단봇짐을 싼다. 도시라고 어서옵쇼, 환영할 것 같은가? 고생문이 훤하제. 아무리 그래도 머슴 놈 신세 아니요. 농식은 자신도 모르게 한숨을 죽였다. 머슴살이하던 또래 친구들도 등골 빠지게 장만한 새경을 짊어지고 도시로 흘러 들어갔다. 니는 아무 소리 말고 미련스럽게 땅 일구고 살거라. 바다에서 나는 해산물이야, 자기만 부지런하면 흉년을 모르잖느냐. 그래서 아짐처럼 산골 다랭이 밭이나 일구고 바다에 나가 갯벌이나 뒤집으며 살란 말이요?

그게 어째서? 이렇게라도 부지런헌께 자식을 도시로 유학 보내지 않냐. 너도 봉심이 마음을 돌려 잡아 아들딸 꾹꾹 낳아 잘 가르쳐. 뭐니뭐니해도 자식농사가 실해야 괄세를 안 받는 법이여. 니놈이 도시에 나가면 뭘 어떻게 할 것이여? 보나 마나 밑바닥 따라지 인생이제. 모르것다. 머슴 놈 딱지는 뗄런지. 허지만 도시에 나가 공사판이나 공장에서 일하는 것도 머슴살이나 진배없을 것이여. 그 말씸이 하나도 그른 데 없구만이라우. 근디, 봉심이가 나 같은 놈을 생각이나 할께라우? 그건 걱정 말어라. 상투영감 막내딸 아니냐. 지년 자란 환경이 그러는디 시속말로 판검사를 바랄 것이냐, 대학물 묵은 부잣집 도련님을 넘겨다 볼 것이냐. 정 니놈 마음이 그렇다면 나라도 나서서 상투영감을 구워 삶아 주마.

이 동네에서 가장 신실한 총각이 농식이밖에 누가 또 있는가? 농식이 아버지가 농식이 하나를 씨알로 남겨 놓고 징용으로 끌려가 생사를 몰라 어쩔 수 없이 머슴살이를 하지만, 따지고 보면 농식이 주인어른보다 훨씬 뼈대 있는 집안이었다. 심성이 고운 것도 근본이 있어서 그럴 것이다. 농식이 주인이야말로 일제 때 일본 놈 밑의 어장막이 막일꾼이었다. 해방이 되어 일본 놈이 물러나면서 어장막이를 물려준 덕분에 떵떵거리고 살지만 근본은 영 보잘것없었다.

참말로요? 헌께, 착실히 살림 일구어 자식들 충실히 가르쳐. 아, 돈만 있으면 농토야 지천으로 널려 있지 않느냐. 그리고 잃어버린 신분도 되찾고. 여실댁은 도시로 유학을 보낸 아들을 눈앞에 떠올렸다. 남들은 그 살림살이에 무슨녀러 유학이냐고 고개를 외로 꼴 때 용단을 내렸다. 없는 살림에 꼬박꼬박 학비를 보내는 것이 벅찼으나, 아들은 그보다 더한 마음고생을 감내하였다. 아들아, 너나 나나 다 함께 이 고생 꼭꼭 씹어 삼키며 몇 년만 더 버티자이?

헌디, 아짐은 언제까지 자갈밭을 개간할 참이요? 농식은 눈 아래 가파른 구릉지를 조각조각 헌옷가지 기우듯 계단식으로 일구는 여실댁의 끈기에 매번 놀랐다. 농식이뿐만 아니라 마을사람 누구나 혀를 내둘렀다. 어따, 여편네, 하는 짓거리 하고는. 아낙네들은 시샘 비슷하게 눈을 흘겼다.

조상이 물려준 재산 아니냐. 인자 이것만 다듬고 그만할까 부다. 오늘은 왠지 콩첨지 이야기 생각이 나서 말이다. 옛날에 산골 다랭이 콩밭 망치는 토끼랄 놈들을 혼내 주려고 거짓 죽은 체하는 콩첨지를 장사 지낸 이야기 말인가요? 산토끼들이 장사를 지낸 곳이 부엉이 굴이었다. 간신히 살아난 콩첨지는 부엉이가 물어다 날린 금은보화를 안고 돌아와 부자가 되얏지. 문득 호미 끝에 그 이야기가 묻어 나오는디, 지네랄 놈이 똬리를 틀고 자빠져 있지 않냐. 그럼, 다시 자리보존을 해 줘야 쓰것소. 요놈이 보은을 할지 누가 아요.

농식은 지네를 본래의 떡두꺼비만 한 바윗돌로 덮어 주었다. 니놈 심성 하나는 곱다. 담배 한 대를 피웠응께 또 호미를 잡아야 쓰것다. 여실댁은 머리에 수건을 둘러썼다. 농식은 바지게에서 곡괭이를 찾아 들고 일을 거들어 주었다. 아무래도 봉심이에게 다리를 놔줘야 쓸랑가 부다. 여실댁은 고마웠다. 호미 끝에 묻어나는 여실댁의 하루 일이 농식에게는 한나절 해장감도 못 될 터였다. 농식은 곡괭이로 사정없이 자갈을 파 뒤집어 나갔다. 여실댁은 그 뒤를 따라 부지런히 자갈을 골라냈다. 설핏 오후 새참 때가 되었다.

아야, 출출하것다. 새참이나 들거라. 그만 하믄 나무 한 바지게는 나왔다. 그럴께라우. 한참 지축을 울렸더니만 뱃속이 광활하요. 농식은 코를 핑 풀어 던지고 새참을 들었다. 니가 일을 거들어 줄 줄 알았더라면 술 됫박이나 걸러 올 것인디 그랬다. 그나저나 장골 힘을 빌린께 내 호미 끝으로 사나흘 할 일을 시원스럽게 마무리 지었다. 여실댁은 엉덩짝만 한 자갈밭을 돌아보며 흐뭇해하였다. 농식은 게 눈 감추듯 새참을 들었다. 저 나이 적에는 돌멩이도 씹어 삼킬 것이다.

암만해도 술이 없어 입가심이 허전한 성싶다. 저녁참에 또박걸음으로 우리 집에 오너라. 그보다 동생이 읽고 버린 책이나 두어 권 주시오. 니도 뭔 글을 깨우쳤냐? 어깨너머로 눈을 좀 떴는디, 이 시절에 머슴은 살망정 눈앞은 가려야 쓰지 않것소, 언제까지 남의 집 살 것도 아니고. 어따, 참말로 속이 실허다. 그래야지야. 그렇게 마음 다져 묵고 앞날을 휘어잡으면 너도 쩌렁 울리고 살 것이다. 여실댁은 더욱 봉심이와 짝을 맞춰 주어야겠다고 생각하였다. 농식이 자갈밭에서 일구어 낸 나무등걸을 바지게에 짊어지는 동안, 여실댁은 삼태미로 자잘한 자갈돌을 거두어 정리하였다.

콩콩 허리를 두드려 펴며 일을 마무리하고 보니, 비록 엉덩짝만 한 자갈밭일망정 마음을 흐벅지게 하였다. 내 손으로 손수 개간하였다는 자부심. 눈 아래로 그동안 일군 계단식 옹챙이 밭을 헤아려 보니 일곱 계단이었다. 농식은 끙 소리를 내며 바지게를 짊어졌다. 여실댁은 머릿수건으로 흙먼지를 털고 나서 농식의 뒤를 따랐다. 맨 아래 밭둑에 매 놓은 염소가 알은체를 하였다. 말 못하는 짐승도 주인을 알아보았다. 여실댁은 염소 고삐를 움켜쥐었다.

새끼를 뱄는갑소. 한 달 있으면 낳을 것이다. 좋은 때 낳으요.

사람이나 짐승이나 태어난 시절이 좋아야지라우. 농식은 자신을 빗대었다. 가난한 시절이라지만 지금 태어났더라면 마음이 훨씬 풍요로웠을 것이다. 여실댁은 자꾸만 뻗대며 주전부리하려는 염소를 잡아끌었다. 벌써 새끼를 세 번째 밴 터여서 식탐이 왕성하였다. 잠시도 주둥이를 가만두지 않았다. 먹는 모습은 지지리도 복 없이 쪼잔하고 방정맞은데도 먹을거리는 가리지 않았다.

집으로 돌아온 여실댁은 저녁을 지었다. 겨울방학 때는 아들이 잠깐이나마 내려와 찬거리 장만하는 데도 손길이 부드러웠는데, 혼자 밥상을 대할 때마다 외로움이 소리 없이 밥상머리에 내려앉았다. 무슨 억하심정으로 청상과부로 남겨 놓고 갔을꼬. 빛바랜 남편의 사진을 올려다보며 눈을 흘겼다. 그놈의 진저리나는 시상. 남편은 딸 하나와 아들 하나를 씨알로 점지해 주고 전쟁의 희생양이 되었다. 그녀러 사상이 무엇인지 그 중간에 끼어 자신을 추스르지 못하였다. 맏딸을 서럽게 키워 시집을 보내고, 아들은 어떤 일이 있더라도 가르치고 보자고 이를 앙다물었다. 남들 말이 아니더라도 무리였다. 산골 다랭이 개간밭을 일군다고 해결될 문제가 아니었다. 고맙게도 지놈이 장학금이야, 과외 부업을 하여 학비를 조달하기에 가능한 일이었다.

여실댁은 저녁을 들고 담배 한 대를 피운 다음, 지침지침 집을 나섰다. 쇠뿔은 단김에 빼랬다고, 마을 초입 상투영감 집을 들어섰다. 누렁이가 우멍하게 짖으려다 말고 꼬리를 흔들었다. 상투영감은 뜨악한 표정을 지었다. 오다가다 길거리에서 만나면 모를까, 귀꿈스럽게 내왕이 잦은 편은 아니었다. 더구나 할멈을 앞세우고 나서 마을 아낙네들과는 무릎 맞대고 앉아본 지가 오래였다.

지나치다가 사립문이 열려 있기에 불현듯 먼저 간 성님 생각이 나서 들여다보았소. 따님은 어디 가고 혼자 계시오? 여실댁은 마루에 걸터앉았다. 안방마님이 살아 계실 때는 마음 푸근한 손위 언니처럼 생각하며 지냈는데 사람 하나 가고 나니 먼 이웃이었다. 봉심이 어미는 상투영감과는 달리 마음씨 넉넉하고 우스갯소리도 슬멍슬멍 곧잘 하여 집안이 따뜻하였다. 담배 심부름 보냈소. 나이가 들수록 주책머리 없이 한기 든 사람맨치러 담배만 더 찾게 되오. 과년한 딸을 밤 심부름 보내라우. 어쩌겠소, 내 눈이 침침하여 밤나들이는 불편한디. 봉심이 시집가면 어쩔께라우? 우선 이 궐련이나 한 대 피우시오. 여실댁은 슬몃 상투영감의 속내를 떠보며 낮에 농식에게서 얻은 담배를 내놓았다. 어쩌기는요. 심봉사처럼 뺑덕이네라도 만날까 겁이 나요. 담배는 어디서 난 거요?

상투영감은 퍽 반기었다. 어디서 나긴요. 장차 사위 될 총각에게서 얻은 것이지요. 여실댁은 상투영감의 그 모습을 무연한 눈길로 바라보았다. 그나마 뒤늦게 얻은 딸 덕분에 추레한 몰골은 면하지 싶었다. 강남 제비가 봄소식을 물어 오면서 담배 한 가치를 물어다 줍디다. 허어, 참말로 운치 있는 말이요. 뺑덕어미 만날까 미리 겁내지 말고, 봉심이를 인당수보다 더 먼 곳으로 시집보내느니 데릴사위 보는 셈 치고 가까운 곳으로 보내시오. 아들 며느리는 도시물 묵은 지 꽤나 되어 비좁은 공간에서 홀아비 시아부지를 따뜻이 모실 턱이 없을 것이고…….

측간과 처갓집은 멀어야 된다고 하지 않던가요. 그리고 심봉사는 심청이를 인당수에 제물로 바쳤기에 왕비가 된 심청이와 상봉도 하였고 눈도 뜨지 않았소. 허면, 봉심이를 각박한 도시로 시집보낼 작정이요? 즈그 오래비도 언질을 보내고 인연 따라 가는 것 아니겠소. 어디 중매라도 설 참이오? 가까운 자리에는 눈 씻고 봐도 사윗감이 없던디. 상투영감은 시덥잖다는 표정을 지으며 담배꽁초를 누질러 껐다.

눈을 멀리 바라본께 그렇지라우. 자고로 등잔 밑이 어둡다고 안 합디요. 허튼소리가 아니고 진중히 중매를 설 모양인디, 누구집 자제요? 딱 알맞은 배필이 있기는 있는디, 지가 말하면 까무라치지나 않을런지 모르것소. 뭔 도수가 그리 높다고 혼절을 허요. 말 나온 김에 귀띔이나 해 보시오. 멀쩡한 정신으로 들어넘길 테니께. 상투영감은 은근히 재촉하였다. 그렇잖아도 딸년은 가까운 곳에 시집보내 울타리 삼아 외로움을 덜고 싶었다. 아들 딸들을 시집장가 보냈지만 다들 멀리 떨어져 명절 때나 얼굴 구경을 하였다.

봉심이 신랑감이 하나 있기는 한디, 어떻게 받아들일까 모르 것소. 여실댁은 잔뜩 뜸을 들였다. 카랑한 상투영감의 성질에 울컥 치받고 나서면 감당하기가 어려울 것이었다. 뜸들일 일이 따로 있제, 소똥 밟듯 뒷걸음질은요. 가부는 내가 알아서 할 것이고, 선택은 딸년이 할 것 아니요. 평소 여실댁답지 않게시리. 그럼, 큰 맘 묵고 말하것소. 농식이를 중매 서고 싶으요. 방금 뭐라고 했소? 상투영감은 아니나 다를까, 솟구치듯 반문하였다. 전혀 예상하지 못한 터여서 자기 귀를 의심하였다. 왜, 그리 놀라시오? 놀라지 않게 생겼소? 까무라치지 않은 것만도 다행이요만, 놀랄 일이 아니요. 아무리 남의 일이라고 그렇게 함부로 말하다니요. 격에 맞는 말을 해야 본심이 우러나는 법이오.

상투영감은 떫은 감을 씹은 얼굴로 다리를 꼬았다. 아무려면 남의 집 머슴살이하는 녀석에게 딸을 시집보낼 수는 없었다. 지 말을 듣고 나서 가만히 생각해 보시믄 수긍이 갈 것이오. 농식이가 비록 머슴은 살망정 뼈대 있는 집안 아니요? 여실댁은 상투영감이 끙 소리를 내는데도 아랑곳하지 않고 말을 이었다. 그 위에 심성은 또 얼마나 성실하고 고운가 말이요. 그동안 새경을 차곡차곡 장리로 쌓아 놓아 당장이라도 남부럽지 않게 살 것인께. 그만큼 속 깊은 총각은 인근에 두 눈 씻고 봐도 없을 것이요.

하긴, 농식의 근본이나 심성을 모르는 바는 아니지만 너무 지나친 감이 없지 않소. 현재 위치가 그렇지 않은가 말이오. 사람은 미래를 내다봐야지요. 근본 없는 희멀끔한 논다니패들과는 다를 것이요. 암튼, 못 들은 걸로 하겠소. 상투영감은 아궁이 곁에서 매운 연기를 쐰 듯한 얼굴로 돌아앉았다. 맘대로 하시요만, 지가 허튼소리는 안 했을 것이오. 여실댁은 무추룸한 얼굴로 자리에서 일어났다. 괜스레 매운 연기를 들이마신 기분이었다.

사립문을 나서는데 봉심이 이마를 짓찧듯 다가왔다. 아짐이 어짠 일로 다녀가시오? 니 일 땜새 잠시 다녀간다. 여실댁은 다정스레 등을 두드리듯 은근하게 말하였다. 치맛말기에서 훈훈한 봄바람이 일었다. 그녀러 영감탕구 기겁초절풍하는 꼴이라니. 여실댁은 치맛말기를 여미며 웃음을 사려 물었다.


*


남위원은 한사장과 김선장, 그리고 고향친구가 새로 윷판을 짜는 동안 살짜기 윷판에서 벗어났다. 더 노닥거리다 보면 두루 인사를 해야 할 사람들에게 결례를 범하지 싶었다. 모처럼 고향에 내려오지 않았는가. 선창가를 벗어나 옛날 오일 장터목을 지나쳤다. 쓸쓸하고 황량하게 버려진 장터목은 개나리꽃으로 만발하였다. 첫 개장 날, 댕기머리 누님을 따라나섰다. 생전 처음 갖가지 난전들이 풍물소리와 어울려 펼쳐진 시장바닥을 발이 부르트도록 싸돌아다녔다. 그야말로 만물전이어서 눈앞이 온통 신기하고 풍요로웠다. 누님 손에 이끌려 다니며 꿀꽈배기도 사 먹고, 신발도 신어 보고, 옷가지도 눈 흘겨보고, 엿치기도 하였다. 그 때도 개나리꽃이 흐드러졌었다.

남위원은 고개를 넘었다. 물감을 펴놓은 듯한 들판이 나타나고, 그 들판을 적시는 저수지가 지난 가뭄으로 바싹 말라 있었다. 지구의 이상기온 탓인지, 해가 거듭할수록 목이 타는 가뭄으로 농토를 목마르게 하였다. 그 목마름은 농민의 찌든 가슴을 대변하였다. 그러나 겨울을 이겨 나온 청보리의 파릇한 생명력은 어린 시절의 향수를 불러일으켰다. 춘삼월 보릿고개를 넘길 수 있었던 보리. 이제는 저 보리가 헐벗고 굶주렸던 보릿고개와는 무관한 양식으로 다가옴에랴. 갑자기 등 뒤에서 클랙슨소리가 울리며 타이탄트럭이 멈추었다. 반사적으로 길옆으로 비켜났다.

형님 아니시오? 난, 누구라고. 방금 자네 형과 잔치집에서 술잔을 나누다 말고 살짝 빠져나왔네. 김선장의 동생이었다. 녀석은 부산에서 가내공업을 하다가 아이엠에프 직격탄을 맞아 몇 년 방황한 끝에 고향으로 내려와 가두리 양식장을 하는 한편, 겨울에는 매생이 발을 막아 짭짤하게 부수입을 올리고, 그 수입원으로 한우도 몇 마리 키운다는 것이었다. 지는 목포에 모임이 있어 아침 일찍 축의금을 건네주고 인자 오는 길이오. 타시오. 남위원은 동승하였다. 녀석에게서 비릿한 갯내음이 묻어났다.

고향에 내려오니까 어떤가? 뒤늦게 결혼도 하였다고 들었네

만. 고생이야 되요만, 그런대로 어머님 모시고 살 만하요. 나잇
살이나 먹은 결혼이어서 소문 없이 식을 올렸지라우. 한결 넉넉
한 마음자리 위에 안정감이 들구만요. 하늘빛 바다는 삶의 진솔
한 터전 아니오. 그렇지. 자네 형이 고맙게 생각하더군. 누구 한
사람이라도 고향을 지키며 어머님을 모셔야지요. 요즘 세상에
꼭 장남만 부모를 모시란 법은 없지 않습니까. 그게 어려운 법
아닌가. 벌써 다 왔네. 난 여기서 내려야겠네.

남위원은 차에서 내려 고향마을에 들어섰다. 마을 입구 도로
변에 있었던 봉심의 집터에는 주유소가 들어서 있었다. 마을회
관이 반듯하게 새로 지어졌고, 마을 고샅길이 경운기가 마음대
로 드나들 만큼 폭넓게 포장되어 있었다. 어린 시절 살았던 생가
는 그대로였는데, 농식이 살았던 행랑채는 소 마구간으로 뜯어
고쳐 한우 두 마리가 콧김을 내뿜고 있었고, 구석진 곳에 돼지랄
놈이 인기척을 알아보았다. 옛날 측간 자리였다.

남위원은 태어난 집을 뒤로하였다. 어머니의 한숨과 애환이
깃든 집은 칠십 넘은 내외가 산다고 하였는데 바다에라도 나갔
는지 집을 비우고 없었다. 콧김을 내뿜는 소의 콧잔등만 쓸어 주
었다. 어머니는 돌아가시기 전, 애물단지에 불과한 빈집을 놔두
어 무엇 하겠느냐고 짐스럽게 생각하였다. 아파트 사는 데 한 푼
이라도 보태어 쓰라고 하였다. 어머니의 뜻을 좇아 비지떡보다
못한 값으로 팔아넘겼는데 이제 와서는 후회스러웠다. 노후를

여미지 못한 경솔한 짓이었다.

　남위원은 몇 집을 찾아보았다. 바다와 들에 나갔는지 다들 집을 비우고 없었다. 어린 시절에는 골목골목이 가파르고 힘들었는데 평탄하게 보이는 것은 어째서일까? 그뿐만 아니었다. 태어나고 자란 집도 뒤돌아보니 볼품이 없어 보였고, 마을 전체가 쇠락한 기운을 안고 있었다. 봄기운과는 달리 스산한 바람으로 들어찬 집들이었다. 앞산도 마찬가지였다. 어릴 때는 하늘을 이고 선 산 정상이 높게만 보여 그 너머의 광활한 세상이 동경의 대상이었다. 그곳에 가고 싶다는 충동과 상상력은 산 높이만큼 부풀었다. 그런데 이제는 눈높이로 다가와 그 옛날의 실루엣은 난쟁이 키로 자리하고 있었다.

　한사장이 가까운 면소재지에서 손전화를 하였다. 면소재지 고향후배가 경영하는 술집에는 벌써 판이 무르익어 있었다. 안락한 동네의 지기들과 마주 앉으면 향수가 그리움으로 가슴에 차올랐는데, 참깨를 털듯 비로소 고향의 진한 흙냄새가 가슴을 부풀렸다.

# 안락한 동네

성큼 여름이 다가오기도 전에 번개와 천둥이 천지를 진동하면서 양동이물로 내리퍼붓는 게릴라성 폭우가 휩쓸고 갔다. 한 차례 폭우가 할퀴고 간 자리는 어느 곳 하나 성한 곳이 없었다. 여기저기 산사태가 났는가 하면, 도로가 유실되었고, 비닐하우스야, 양계장이야, 폭격을 맞은 듯하였다. 흙더미에 깔리고 계곡물에 휩쓸려 사라진 집들과 인명피해는 더욱 안쓰럽고 처참하였다. 남위원은 뉴스를 보다 말고 전화를 받았다. 김선장이었다. 목소리가 착 가라앉아 있었다. 한사장 장인이 양돈장 막사에 깔려 제대로 응급치료도 못 받고 숨을 거두었다는 것이다.

양돈장이라니? 의외였다. 대체로 도시의 군상들이 시골에서 올라왔듯이, 한사장 처갓집도 예외는 아니어서 시골살림을 접고 도시로 나와 산다고 들었다. 모르고 있었나? 한사장 장인이 한사코 도시라면 손사래를 치며 고집스레 고향 지킴이로 돼지를 길렀어. 그 뒷배로 한사장이 한때 삼겹살을 구워 팔았잖았어. 으응, 그랬었나? 남위원은 한사장이 몇 년간 삼겹살 간판을 내걸고 장사를 하다 그만둔 것을 기억해 냈다. 노인은 구제역이라는 비상사태를 당하여 양돈장이 폐사되는 바람에 폭삭 주저앉고, 그 후유증으로 땅까지 경매로 넘어가게 되어 약간의 실성기를 보이다가 이번 장마에 치매현상을 일으켰다는 거였다.

듣고 보니 비극이 따로 없었다. 그쪽 지방은 구제역이 문지방을 비껴갔다고 하지 않았던가? 남위원은 가슴이 숙지근하였다. 노인이 얼마나 충격이 컸으면 그랬을까. 재수 없게 한두 마리 양성반응을 보였던가 본데, 지레 겁을 먹고 성한 놈까지 모둠으로 살처분하였다는 것이다. 기가 막히고 억울할 만도 하였다. 장대비가 내리 퍼붓자 뼈대만 남은 막사에 들어가 웅크리고 있다가 그 변을 당하였다고 하였다. 남위원은 옷을 갈아입었다. 먼 거리도 아니고 가까운 병원장례식장이었다. 장례식장에 이르자 김선장이 먼저 와 기다리고 있었다. 그럴 때 김선장은 발이 빨랐다. 어쩌면 김선장이 원양어선을 탈 때, 한사장 장인이 기른 돼지머리로 고사를 지냈는지도 몰랐다.

두 사람은 문상을 하였다. 딸부잣집답게 끝물로 상주 한 사람

이었고 위로 딸 다섯이었다. 사위들이 우람하게 늘어서서 문상
객들을 맞으니 그것도 좋은 광경이었다. 아들딸들이 모두 이곳
에 삶의 둥지를 틀고 있는 까닭에 아버지 시신을 지척에 모신
것이리라. 한사장은 엉거주춤 반겼다. 피곤한 기색이 눈가에 번
졌다.

　대강 이야기는 들었다만 마음이 찡하다. 노인이 아무리 치매
가 들었기로서니 천둥번개가 내리치는 폭우 속에서 뭐 할라고
다 쓰러진 돼지막사에 가냐, 그래. 애지중지 기르던 돼지들이 한
꺼번에 죽어나고, 양돈장마저 경매로 넘어갔으니 얼마나 마음
아팠을까. 그 심정 알 만하였다. 더구나 경매로 넘어간 그 땅은
조상이 물려준 것이었다. 아무도 농사지을 사람이 없자 고심 끝
에 융자를 내어 양돈장을 지었는데 그 지경이 되어 버린 것이다.

　너희들이 힘을 합쳐 경매로 넘어간 땅이라도 되돌릴 것이지.
김선장은 나무라는 투로 말하였다. 사실 동서들끼리 모여 의논
을 했지. 그런데 결론은 처남까지도 그 땅에 대해 크게 애착이
없었어. 어차피 묵혀질 땅이라는 거지. 일 년에 한 번 선영에 성
묘하는 것도 귀찮스럽다는 거야. 한사장은 변명 비슷하게 말하
였다. 사위들이야 백년손님들이어서 그렇다 치더라도 늦깎이 처
남마저도 버려진 땅을 되찾느니 주식에 투자하겠다는 계산속을
내비쳤다. 한사장은 요즘 젊은 세대의 의식구조를 어느 정도 알
면서도 처남에 대해 마뜩찮게 여겼다.

장지는 어디로 할 거야? 선산에 모셔야지. 그래야 처남도 선산에 관심을 가질 것이고. 자네들도 장지까지 가 줄 텐가? 자네는 풍수지리도 익혔겠다, 아예 묏자리까지 잡아 주어. 허허, 엉겁결에 혹 하나 붙였네. 한사장이 꺾쇠를 지르듯 하자 김선장은 사양지심을 내보이면서도 짐짓 싫지만은 않은 표정이었다. 한 무리 조문객들이 들어서자 남위원과 김선장은 자리를 비켜 주기 위해 일어났다.

두 분께서 먼저 오셨군요. 조문객들 속에서 강시인이 반가운 얼굴을 하였다. 강시인이야말로 여기는 무슨 연고요? 맏사위 보고 온 게 아니고, 상주하고 같은 밥을 먹고 있어서요. 우리 학교 행정실에 근무하고 있어요. 나는 또 몇 번 술자리를 한 맏사위를 보고 왔는가 했소. 쪼매만 앉아 기다리세요. 조금 있으면 안교장, 이선생도 조문을 올 것입니다. 그 사람들은 또 무슨 연결고리요? 안교장은 학부형 관계지 싶고, 이선생은 둘째 사위와 학교 선후배 사이인가 봅다. 허허, 세상 참 좁구려. 안락한 동네 풍류객들이 다 모이게 되었으니.

강시인은 김선장의 말을 뒤로 하고 분향을 하였다. 같이 온 문상객들과 술 한 순배를 들고 나서 남위원과 김선장의 자리에 합석하였다. 한사장도 마주하였다. 돼지수육을 보니 자네 장인 생각이 더 나네. 삼겹살이 금겹살로 격상되지 않았는가. 모르는 소리 마시오. 돼지를 매개체로 한 인플루엔자가 변종바이러스로 둔갑하여 세상을 떠들썩하게 하더니, 이제는 구제역으로 씨를 말릴 지경이니 이거, 세상 살맛이 납니까. 그 피해 당사자가 저기에 누워 있지 않은가요? 재난이에요, 재난. 강시인은 잠시 무추룸하게 분위기를 가라앉혔다.

아무리 과학이 발달해도 그에 반한 전염병은 어쩔 수 없는가. 어쩌면 그게 자연의 매서운 질타인지도 모른다. 시대마다 페스트로, 콜레라로, 에이즈로, 지금에 와서는 구제역으로 경종을 울리는 것은 그 무언가 자연을 배반하였거나 일탈한 인간에게 안겨 주는 형벌의 일종인지도. 시절 따라 병균이 창궐할 때마다 세계적으로 변란이 일어나거나, 기아와 전쟁의 잿더미 위에서 신음하였다. 더욱 염려스러운 것은 마구잡이로 살처분한 소, 돼지들의 매장지에서 흘러나오는 오염물질이 생태계에 어떤 영향을 주느냐. 여러모로 심각할 수밖에 없다.

이선생, 안교장이 오는군. 한사장은 엉거주춤 일어나 두 사람을 맞았다. 두 사람은 분향을 하고 합석하였다. 퇴근시간이 되어 조문객들이 밀어닥쳤다. 상주가 이곳 병원장례식장을 고집한 이유를 알 것 같았다.

한사장과는 출상하는 날 장지까지 동행하기로 하고 자리에서 일어났다. 가까운 동래시장으로 향하였다. 시장을 보러 나온 장바구니들로 복작거렸다. 재래시장의 경기가 위축되었다지만 시장다운 기분이 들었다. 한낮이면 사는 사람보다 파는 사람들이 더 많기 마련이지만 이 시간이면 후텁지근한 날씨인데도 생기가 돌았다. 사람들을 헤치고 시장골목 푸짐한 집을 들어섰다. 주인은 기다리고 있었다는 듯 반겼다. 한결같은 마음으로 손님을 대하는 데서 바다빛 향수를 머금었다. 모두가 향수를 잊고 살기 때문일 것이다.

어쨌거나, 이 집에 오면 푸근하였다. 두루 살펴보아야 기름기 배인 탁자 서너 개와 비좁은 방 한 칸을 커튼으로 가로막아 손님을 맞이하는데도 편안하였다. 그래서일까, 이곳에 오면 술잔 속에 하루의 피로와 쌓인 스트레스를 산화시키고 지난 이야기들이 찰랑 넘쳐났다. 우리가 말이오. 누군가 그렇게 말머리를 꺼낼라치면 백 갈래 이야기들이 하나로 어우러져 바다를 이루었다. 솜씨 좋은 주인은 말하지 않아도 우리들이 좋아하는 안주와 술을 내놓았다. 오늘은 안주에 바다향기가 묻어나는구려.

*

장의차는 남해고속도로를 달렸다. 주말이어서 가는 길이 더 디기만 하였다. 한사장의 장인이 묻힐 선산은 순천을 지나 아슴하게 바다가 내려다보이는 곳이었다. 본래의 처갓집은 저수지가 형성되면서 수몰되었다고 하였다. 한사장의 장인은 자식들을 객지로 내보내고 선산발치 아래에 양돈장을 짓고 고집스레 돼지를 사육하였다. 마을과도 가깝고 수자원보호 구역이라는 점에서 여러 차례 민원이 들어가 이래저래 마음고생을 하였고, 설상가상으로 구제역이라는 미친 광풍이 문 앞을 비질하여 감당하기가 어려웠다. 나이가 들어 기력이 쇠잔하여 더 이상 버틸 힘도 없어지고 그런저런 충격으로 치매현상을 일으켰다. 폭우가 쏟아지는 날 멀쩡한 정신을 지녔으면 뼈대만 앙상하게 남은 양돈장에 무엇 하러 갔겠는가. 불행한 죽음이었다. 새삼 마음이 아릿하였다.

장의차는 마을 정자 앞에 이르렀다. 웅숭깊은 샘물이 생명수처럼 넘쳐흘렀다. 남위원은 차에서 내리자마자 샘물로 목부터 축였다. 오랜만에 맛보는 정겨운 샘물이었다. 마을의 오랜 역사와 정취가 서리어 있었다. 미리 기다리고 있던 상여꾼들은 꽃상여 주위에서 술잔을 들고 있다가 장의차로 다가왔다. 한옆에는 반으로 절개한 드럼통에 모닥불을 피우고, 그 위에 철판을 올려놓고서 지글지글 삼겹살을 굽고 있었다. 노인들 몇이 삼겹살을 안주 삼아 술잔을 나누고 있었다. 폐허로 버려진 양돈장에서 비명횡사는 했어도 자식들 덕택으로 꽃상여를 타는 갑네. 다른 사람들은 쓰레기 버리듯 장의차에 싣고 와 포클레인으로 매장해 버리는디, 북망산 가는 길이 환하네. 마을 노인네들은 삼겹살을 우물거리며 한마디씩 하였다. 상여꾼들은 그 사이 한 차례 예행 연습을 하고 나서 노제를 지낸 다음 상여를 맸다. 상여꾼들을 인도하는 상두꾼은 구성진 소리를 하였다.

마을 노인네들은 구부정한 걸음으로 상여 뒤를 따랐다. 고인이 살아생전에는 양돈장을 지나칠 때마다 돼지똥 냄새로 코를 싸쥐며 한마디씩 하였을지라도 죽음에 이르러 살아온 여정과 정리가 가슴을 치는가 보았다. 꽃상여는 마을 저수지를 한 바퀴 돌고 고인이 숨을 거둔 양돈장을 일별한 다음 장지로 향하였다. 마을 노인네들이 눈시울을 붉히며 고인이 가는 길에 노잣돈이나 하라고 꼬깃한 지전을 꽃상여에 매달아 주었다. 남위원도 일행을 대표하여 봉투를 꽂아 주었다. 듣던 대로 양돈장은 폐허였다.

저것도 경매로 넘어갔는디, 두어 번 유찰됐다며? 누군가 값싸게 낙찰을 받을라고 일부러 농간을 부리는지도 모르제. 그럴 가능성도 농후하이. 저 땅에다 저, 뭐시냐. 펜션이라고 하든가? 그런 집을 지으면 괜찮을랑가. 돼지똥 냄새가 가실려면 몇 년은 걸릴 것인디. 그보다는 고인을 생각해서라도 자식들이 알뜰히 챙기면 좋잖은가. 조상이 물려준 땅 아닌가. 옛날에는 알짜배기 아니었는감. 그나저나 저 인사, 억울함을 무덤 속까지 지니고 가네. 생떼 같은 돼지들을 생죽음으로 몰아넣었으니 분통이 안 터졌겠는가. 옛날에도 유행성 돼지독감이야, 돼지콜레라가 발생하였는디도 멀쩡한 돼지를 한 구덩이에 처넣지는 않았지. 너무들 성급한 행동이 아니었는가 몰라. 더구나 여기는 구제역이 문앞을 울리다 쏙쏘리바람에 건듯 뛰어넘지 않았는가 말이여.

　마을 노인네들은 양돈장에 대해 의견이 분분하였다. 마을 노인네들로서는 땅 한 평이 금싸라기로 보일 것이다. 우리가 경매를 받읍시다. 안교장은 바싹 흥미를 나타냈다. 화가의 눈으로 감식하였지 싶었다. 그것도 좋은 생각이오. 한사장 저 친구도 우리가 낙찰받으면 마음 든든할 것이고. 남위원은 안교장의 제안에 귀가 솔깃하였다. 서너 사람 공동으로 사들여 노후를 위해 황토방이라도 지으면 물 좋고 산수 좋아 건강에 좋을 듯싶었다. 남위원은 벌써부터 그런 생각을 가슴에 여미고 있었다.

　꽃상여는 마을 뒤편 가파른 산길을 돌아 선산 발치에 이르렀다. 청정한 나무들로 둘러싸여 있는 선산은 아늑한 기운을 안고 있었다. 남위원은 주위의 전경을 가슴으로 아우르며, 지난번 결혼식 참석차 고향에 내려갔을 때 선배가 한 말을 떠올렸다. 고향은 뿌리여. 뭔 소린 줄 아는가? 내 자신이 고향에 뿌리내린 한 그루 나무란 말시. 고향을 지키는 고사 직전의 당산나무고, 선산을 지키는 허리 굽은 소나무며, 밭둑가에 버티고 선 밤나무도 된단 말이여. 자네는 잘 모르겠지만 나는 나무들의 숨결소리를 듣네. 바로 나의 숨결소리여. 선배의 그 말은 거부할 수 없는 진리처럼 다가왔다. 그렇다. 우리는 도시라는 울타리 안에서 분재처럼 비비 틀린 나머지 무언가를 잃었거나, 망각의 두께 속에서 숨 쉬고 있음에랴.

　고인의 누울 자리가 그런대로 괜찮군. 김선장은 주위의 산세를 매슬러보며 제법 풍수지리학적 가늠자로 매김하였다. 우리나라 산세는 양택과 음택으로 가득하잖소. 어디를 둘러봐도 명당 아닌 곳이 없어요. 이선생은 저 멀리 바라보이는 바다에 시선을 놓은 채 반문하였다. 그래도 명당을 찾기 위해 세세년년 노심초사하지 않았어요. 멀리로는 도선국사로부터 오늘의 돌팔이 풍수쟁이에 이르기까지. 허나 그건 욕심이 지나친 때문이었다. 남보다 더 좋은 자리를 탐하다 보니 때로는 불상사가 일어났고, 본의 아니게 극단적인 폐단을 불러일으켰다. 조상의 음덕으로 부귀영화를 누리려는 사행심. 한낱 허욕이 아니고 무언가. 공동묘지가 명당이란 말을 교훈으로 삼아야 하는데, 조상의 음덕으로 집안의 명예와 부를 누리려는 병폐는 오늘에 이르기까지 심각하지 않는가. 저 위쪽 새로 이장한 봉분 앞 석물들을 보라. 너무 과한 겉치례적 과시요, 치장 아닌가. 소담하고 조촐한 묘지. 주위의 산세와 딱 어울리는 조경. 그 점을 망각한 졸부의 심상이었다.

네 사람은 가까운 잔디밭에 앉아 산역꾼들이 묘지를 단장하는 모습을 지켜보았다. 김선장은 지관 노릇을 한답시고 산역꾼들 속에 섞여 들었다. 옛날 같지 않아 포클레인으로 땅을 파고 관을 묻고 뗏장을 옮겼다. 산역꾼들이 하는 일은 뗏장을 옮겨 심는 일이 고작이었다.

여기까지 와 주셔서 고맙기만 합니다. 한사장은 어느 정도 홀가분하게 짐을 벗었다는 듯 네 사람과 합석을 하였다. 자네가 만

사위 노릇을 단단히 하였네. 남위원은 한사장의 마음을 위로하였다. 장인에 대한 각별한 정성은 새삼스러웠다.

누가 있어야 말이지. 시골이 점점 노령화로 동공현상을 빚고, 그만큼 인심도 옛날 같지 않고 말이여. 장인은 오랜 가풍이나 습속마저 소멸되어 간다고 하였다. 명절 때 처갓집을 찾으면 장인은 그 점을 불만스러워하였다. 그 외로움을 감당하기 어려워 추위를 탔다. 윗대로 누워 있는 산소를 보더라도 뿌리 깊은 자손임을 내세우며 마을사람들과 타협을 불허하였다. 그러다 보니 무리에서 이탈한 고독한 노인일 수밖에 없었고 충돌을 일으켰다. 양돈장만 하더라도 그랬다. 마을사람들의 여론을 무시하고 양돈장을 짓게 된 것도 거기에 원인이 있었다. 마을사람들도 보고만 있지 않았다. 환경오염이다, 비위생적이다, 투서가 들어가고 설상가상으로 구제역이 회생불가능으로 내몰았다. 이래저래 심화가 이마를 쳤다.

양돈장은 마을과 너무 가깝더군. 아직도 돼지똥 냄새가 역겹던걸. 그건 사실이야. 나도 처음에는 극구 말렸지. 그런데 이상하게 고집을 꺾지 않더군. 왜, 양계장이나 개 사육은 묵인하면서 유난스레 양돈장은 눈엣가시처럼 여기는지, 저들도 돼지고기를 필요로 하면서 어깃장을 놓는다는 것이었다. 한사장도 마을사람들과 대립각을 세우려는 장인의 행동이 처음 얼마 동안은 마뜩찮았다. 허나 장인은 돼지에 대한 남다른 애착이 있었다. 돼지로 하늘신과 지신에게 제사지내고, 조상에게도 제물로 올리는 신물(神物)로 생각하였다. 원시조상들은 돼지와 함께 살았다나. 한사장 장인 집안은 누대로 돼지를 여러 마리 사육하여 보릿고개를 넘기고, 명절 때면 돼지를 잡아 동네 돌림으로 나누어 먹었다고 하였다.

그런데 장인어른의 양돈장이 경매로 넘어갔다면서요? 정보 하나는 빠릅니다. 한사장은 안교장의 말에 쓰거운 웃음을 입가에 매달았다. 그래서 말인데, 우리가 낙찰을 받아 노후대책으로 귀촌을 했으면 하는데 어떠시오? 좋은 방향이오만……. 다른 손으로 넘어가느니 친구들 가운데 누군가가 소유하는 것이 훨씬 좋지 싶었다. 처남은 장인의 고집으로 지켜 온 땅인데도 고향에 대한 애착이 별로 없었다. 명절 때 주말을 즐기듯 고향에 내려오는 것은 일종의 의무감에 지나지 않았다. 고향을 경시하는 처남의 사고를 탓할 수만은 없을 것이다.

한사장은 마무리하는 것을 보고 와야겠다면서 자리에서 일어났다. 산역꾼들은 한잔 술에 벌겋게 익은 얼굴로 마무리 작업을 하였다. 한 사람이 살다가 흙으로 돌아가는 과정. 누구나 한 번은 죽음이라는 종착역에 이르기 마련인데 오늘따라 드높은 산상에서 내려다보는 기분이었다. 개미의 죽음이나 코끼리의 죽음이 뭐 다른가.

남위원은 일행과 함께 먼저 산에서 내려왔다. 가벼운 기분으로 저수지를 돌아보았다. 저수지에 가라앉은 마을 음영이 한 폭의 정물화요. 우리가 사는 안락한 동네를 저수지 속에 비춰 보면 어떤 음영이 떠오를 것 같소? 갑자기 안락한 동네는 왜지요? 문득 여기까지 따라와서요. 착시현상이라고는 할 수 없고, 마음 깊은 내면의 음영 아니오? 안교장은 남위원의 마음을 꿰뚫어 보았다. 선문답 같은 그 말속에 남위원의 의중이 저수지 물속에 거꾸로 매달려 있었다.

*

남위원이 안락한 동네로 이사 오게 된 것은 순전히 여실댁의 바람이었다. 대학가, 그런대로 공기 좋고 분위기 좋아 오래 살자고 마련한 집이어서 화초도 가꾸고 꽤나 정성을 기울였다. 그러던 어느 날, 느닷없이 이사를 가자는 것이었다. 이사를요? 남위원은 뜨악한 표정을 지었다. 시골에서 올라와 도시생활에 때때로 답답함을 느끼면서도 그런대로 잘 지내던 어머니였다.

너는 아무리 밖으로 나돈다고 애하고 집에서 어떻게 보내는지 모르냐? 집이 어때서요? 집이사 명당자리다만, 그녀러 최루탄가스 땜새 못살것다. 눈물, 콧물 주체를 못하겠고, 제일로 바람에 불려 갈 손녀의 건강이 염려된다. 문을 제대로 열어 놓을 수가 있냐, 잠을 자자 해도 눈이 따가워 눈을 붙일 수가 있냐. 남위원은 여실댁의 그 말에 갑자기 현실을 직시하였다. 대학가는 연일 데모의 함성으로 들끓었고 최루탄가스가 한 치 앞을 바라볼 수 없게 하였다. 남위원도 주말이면 가두행렬에 참가하였다. 그런데 집에 남아 있는 어머니와 어린 딸은 최루탄가스에 온전히 노출되어 고통을 받고 있는 것이다. 최루탄가스는 보이지 않는 그림자로, 살금살금 때로는 난폭하고 무자비하게 인근 주택가로 침입하여 고통을 가중시켰다.

한번 생각해 보죠. 한 생각이고 두 생각이고, 최루탄가스 터지는 날 집에 있어 보그라. 그래야 내 말을 실감할 것이다. 여실댁은 미적지근한 남위원의 태도가 못마땅하다는 듯 손녀를 데리고 마실을 나갔다. 그렇게 최루탄가스로 한차례 어머니와 냉기류가 흐르고 난 뒤 이사를 가게 된 결정적인 사건이 일어났다.

그날, 남위원은 새벽녘까지 신문사에 보낼 원고를 타이핑하였다. 일주일에 한 번씩 기고하는 시사칼럼이었는데, 남위원의 앞 차례 사람이 펑크를 내는 바람에 부랴부랴 땜질을 해 주지 않으면 안 되었다. 남위원이야 이번 주나 다음 주나 상관없는 터여서 먼동이 희붐하게 터 올 때까지 작업을 하고, 그 길로 신문사에 타이핑한 원고를 넘겨주고 일찍 집으로 돌아왔다. 방문을 들어서자마자 피로가 몰려오면서 잠이 쏟아졌다. 겨우 상의만 벗어던진 채 혼곤히 잠이 들었는데 어머니께서 발길질하듯 깨웠다.

아범아, 일어나 봐라. 보기에 요상한 사람이 찾아왔다. 여실댁의 그 말마디에 불안감이 묻어났다. 남위원은 하품을 매달며 방문을 나섰다. 대문을 들어선 사내는 첫인상부터가 어머니의 예감대로 달가운 손님이 아니었다. 수인사가 끝나고 명함을 건네받고 보니 역시나였다. 관할경찰서 대공과장이었다. 제가 찾아온 것은 신고가 들어와서요. 신고라니요? 남위원은 잠시 이해할 수 없는 얼굴로 생각을 추스렸다. 도대체 감이 잡히지 않았다. 두서너 번 쫓기는 데모주동자들을 숨겨 준 일은 있었다. 그리고 주말이면 가두데모행렬에 참여하였다. 시사칼럼도 눈여겨 읽는 사람에 따라 각기 받아들이는 각도가 다르겠지만, 역사의 반복과 아이러니를 사례로 들며 우회적으로 오늘의 현실을 담아냈다.

언짢게 듣지 마시오. 간첩신고가 들어왔어요. 이건 또 뭔가. 날벼락이 아닐 수 없었다. 자칫하다간 간첩죄로 꼼짝없이 패가망신할 판이었다. 갑자기 머리가 복잡해졌다. 아득한 이명처럼 지난날 노동운동의 전력이 흠칫 떠오르고 더 거슬러 올라가 아버지 세대의 좌우이념 대립까지 뒤엉켰다. 그럼, 제가 고정간첩이라도 된단 말인가요? 남위원은 안방에서 숨을 죽이고 엿듣고 있는 어머니를 의식하였다. 육이오 전쟁으로 청상과부가 된 어머니는 전쟁이 끝나고 나서도 행방이 묘연한 아버지로 하여 심심찮게 불려 다니며 마음고생을 하였는지라 시국 이야기만 나오면 몸서리를 쳤다. 지금도 그때의 고문 후유증이 남아 있었다.

선생께서 새벽녘에 무전연락을 취했다는 겁니다. 무전연락이
오? 점점 가파른 미궁 속으로 몰아넣었다. 이건 완전히 올가미
를 씌우려는 수작 아닌가? 어처구니가 없었다. 그래서 말인데
서재부터 좀 봐야겠습니다. 가만있어 보세요. 새벽녘이라 하였
지요? 타이핑 소리였어요. 급한 원고 때문에 새벽녘까지 타자기
로 타이핑을 쳤어요. 남위원은 여유를 가지며 웃음을 자아냈다.
모르긴 몰라도 새벽녘 타이핑 소리를 이웃에서 예민하게 받아들
인 나머지 신고를 한 듯싶었다.

그래요? 어쨌거나, 신고가 들어온 이상 어쩔 수 없어요. 그리
고 선생의 시사칼럼도 쭉 훑어봤는데 심하게 말하자면 노회하다
할까, 지능적으로 문제성을 들추어냈더군요. 그거야, 시사칼럼
아닙니까. 남위원은 대공과장을 서재로 안내하였다. 타이핑을
치다 버린 종이뭉치하며 방 안이 어지러울 법한데 어머니께서
말끔히 청소를 해 놓았다. 대공과장은 정밀 검사하듯 꼼꼼하게
서재를 둘러보았다.

암만해도 이사를 가야겠다. 저놈들이 한 번으로 순순히 물러
나지는 않을 것이다. 기회만 있으면 그걸 빌미로 진을 치고 앉을
것인게. 여실댁의 예감은 적중하였다. 결국 타이핑 소리를 잘못
곡해하였다는 결론을 내렸으면서도 여실댁의 마음을 영 불편하
게 하였다. 그 뒤로도 데모만 일어났다 하면 찾아와 진을 치고서
주위의 동태를 살폈다. 어머니로부터 그 말을 들을 때마다 기분

이 언짢았다.

여보, 어머님 말씀대로 한갓진 곳으로 이사 갑시다. 그동안 말이 없던 아내는 딸아이가 콜록거리며 신열로 보채는 모습을 보고 조용히 말하였다. 아내 역시 낮이면 직장에 나가는지라 여실 댁으로부터 딸아이의 보채는 원인을 듣고서야 분위기를 파악하였다. 그래, 좋다. 기분도 전환할 겸 새로운 활력소를 불어넣는 것도 괜찮으리라.

남위원은 마음을 정하자 다음 날부터 집을 보러 다녔다. 도시의 울안인데도 사람이 사는 방법은 가지가지였다. 궁색하다면 궁색할 수밖에 없는 삶의 둥지. 매번 서글픔을 안고 돌아섰다. 그것은 구차하고 궁핍한 군상들의 음영 어린 모습 뒤편에 자신의 그림자가 짙게 드리워져 있었기 때문이었다. 내 집 한 칸 마련하지 못하였을 때의 나의 모습은 어떠하였던가? 그렇게 몇 번을 먼지 둘러쓴 끝에 번쩍 눈에 들어오는 단지가 있었다. 아내와 해운대 달맞이 고개를 둘러보고 오다가 차창 너머로 이제 한창 아파트단지를 다지는 둔덕을 발견한 것이다.

저기 같으면 남향받이로 마음에 들어요. 아내도 기꺼운 얼굴을 하였다. 남위원은 차에서 내려 현장을 찾아갔다. 입구에 화산 박씨 제실이 고적한 운치를 더해 주는 아파트단지는 정남향으로, 언덕 위의 하얀 집을 연상케 하였다. 남위원은 미적거리고 꼽아 볼 것 없이 그 길로 매매계약을 하였다. 그렇게 안락한 동네에 안주하게 되었는데, 이선생과 안교장 또한 비슷한 시기에 같은 아파트단지에 들었다. 이제 막 문단에 이름을 올린 이선생은 딸아이의 초등학교 입학과 동시에 알게 되었다.

여보, 담임을 맡으신 선생님께서 보호자인 당신을 알아보더라니까요. 반가운 정도가 아니었어요. 만나 보고 싶다더군요. 딸아이의 손을 잡고 입학식에 다녀온 아내로부터 그 말을 들은 남위원은 주말을 이용하여 이선생과 만났다. 첫 만남부터 십년지기나 된 듯 마음을 열었다. 연배도 같고 하여 말의 높낮이도 허물었다. 남위원이 입주한 아파트 일층에 안교장이 이사 왔어요. 아실런지 모르겠소. 남위원이 칼럼을 연재하는 신문에 삽화를 하는데. 그래요? 듣던 중 반갑구랴. 남위원이 반색을 하자 이선생은 공중전화박스에 매달려 안교장에게 전화를 걸었다. 안교장은 곧바로 나왔다. 새로 난 큰길가 포장집을 들어섰다.

이렇게 같은 아파트단지에 마음 맞는 사람들이 이사 오기란 그리 쉽지 않은데 마음 즐겁습니다. 안교장은 퍽 만족스러워하였다. 학교 일로 늘 바쁜 가운데 집이라고 들어서면 아파트 자체가 삭막하고 정감이 없었는데 얼마나 다행스러운 일이냐고 이선생도 맞장구를 쳤다. 그렇게 맺어진 세 사람의 우정은 여실댁의 갑작스러운 운명으로 더욱 끈끈하게 이어졌다. 새 아파트로 이사하고 고대하던 아들손자를 뒤늦게 떠억 하니 안겨 주었더니 그만 고혈압으로 쓰러진 것이다. 미처 어떻게 손쓸 사이도 없이 의식불명인 채 보름여 만에 운명하였는데, 두 사람은 형제 이상으로 마음을 써 주었다. 장례를 치르고 나서도 남위원의 슬픔을 위로한답시고 퇴근과 동시에 술자리를 마련하였다.

*

비도 부슬거리고, 어머니 입원하고 계실 때 정성으로 간호해 준 간호사를 불러내요. 남다른 구석이 있었어요. 오늘 병원 앞에서 우연히 마주쳤는데 여간 반가워하지 않더군요. 그래, 맞아. 보기 드문 간호사였어요. 이선생의 제안에 안교장도 떠듬하게 기억을 되살렸다. 이선생은 병원으로 향하였다. 그리고 이내 돌아왔다. 조금 있으면 나올 거요. 이선생은 천연한 웃음을 지었다. 조금 있자 그녀가 나타났다. 간호사 복장을 하였을 때보다 성숙한 향기를 지니고 있었다.

잊지 않고 기억해 주서서 고맙습니다. 그녀는 남위원과 안교장에게 예의를 갖추어 인사를 하였다. 그 자상한 모습을 어찌 잊겠어요. 우리는 다른 병원으로 옮겨 갔는가 했어요. 어디로 모시는 게 좋을까? 우리는 안개비도 내리고 해서 구름 속에 숨은 보름달도 감상할 겸 제실 뒤 소나무 밑이 어떨까 했는데……. 운치 있겠어요. 어릴 적 가끔 희끄무레한 달밤이면 전설의 고향을 찾자고 뒷동산 노송을 찾았어요. 세 사람은 그녀의 스스럼없는 찬

성에 한 사람씩 제실 담장을 넘어갔다.

　노송 아래 묘지가 있네. 맨 먼저 담장을 뛰어내린 이선생이 놀랐다. 위계질서가 정연하게 묘지가 들어서 있는 줄은 생각도 못하였다. 보아 하니 아파트단지를 조성하면서 이곳으로 옮겨 모셨는가 보았다. 얼마나 좋아요. 이곳에 잠든 조상님들도 가까운 지척인데도 멀게만 느껴져 소원했을 거예요. 오랜만에 사람 훈김을 맡을 수 있어 기꺼워할 거예요. 그녀의 말에 세 사람은 따르기로 하였다. 병원에서 죽어 나간 영혼들을 많이 대한 넉넉함이 자리하고 있었다. 제일 윗대의 조상에게 술잔을 올리고 나서 소나무 아래 잔디에 둘러앉아 술잔을 나누었다. 정말이지, 전설에 나옴 직한 인물들 같아 술기운이 안개비에 젖는구려. 마음이 축축하게 젖습니다. 이런 운치를 도시 안에서 느껴 보다니, 이태백도 혀를 내두르지 싶어요. 이선생은 한잔 술과 더불어 순진무구한 취흥이 돋아난다는 얼굴이었다.

　간호사님은 억양 가운데 제주도 음색이 짙은데, 그런가요? 제주에서 태어나고 자랐어요. 이곳에서 간호전문대학을 나왔고요. 저의 어머니는 이기대 부근에 물질을 나왔다가 이곳 남자를 만났어요. 아버지께서 부산 분이군요. 그런데 어째서 제주에서 나고 자랐어요? 안교장은 거기에 관심을 보였다. 예리하다고나 할까. 휘영청 밝은 달이 바닷물에 빠져 잠길 때, 이기대 푸른 잔디밭에서 사랑을 나누었다고 하더군요. 그녀는 어머니의 영상을 떠올리며 어머니의 애스러운 한숨소리를 들었다.

어머니는 그 순간의 사랑을 간직하고 제주로 돌아왔는데 그날로 태기가 있었어요. 그리고 열 달 뒤에 저를 낳았고요. 아버지는요? 어머니는 미처 아버지의 존재를 다 헤아리지 못했어요. 너무나 갑작스레 열정적으로 이루어진 사랑이었는지라, 아버지의 성함과 선원이라는 것만을 겨우 간직한 거예요. 저는 외할머니 손에서 자랐어요. 아무리 그렇다고 사생아나 다름없이 딸을 키웠다는 거요? 그런 셈이었어요. 제가 고등학교에 들어가고부터 아버지의 존재를 절실히 느꼈어요. 그때까지 어머니는 수절과부 아닌 과부나 다름없이 지냈고요.

그녀의 어머니는 계속 물질을 하였다. 딸 하나를 제대로 교육시키기 위해 부산으로 유학을 보내고 나서 험한 파도 속에 한숨을 묻었다. 언젠가는 사랑하는 사람을 만나리라는 기대와 소망은 세월과 함께 빛이 바래져 갔다. 그녀는 아릿한 무언가를 안고 아버지의 성함과 선원이었다는 신분만을 지닌 채 부산바닥을 샅샅이 뒤지다시피 하였다.

그래, 찾으셨어요? 극적이었어요. 간호사로 일한 지 오 년 만에 찾았어요. 그것도 병원의 중환자실에서요. 정말 우연이었지요. 환자 한 분이 갑자기 뇌출혈로 쓰러져 한밤중에 실려 왔어요. 그녀는 마침 야간근무였다. 카드를 작성하는데, 그녀가 찾던 이름이었다. 순간 가슴이 후들거렸다. 직감이랄까, 그녀가 그렇

게도 찾던 친아버지일지도 모른다는 예감으로 휩싸였다. 전에
느껴 보지 못하였던 전율이었다. 그런데 유감스럽게도 의식불명
인 상태여서 말문을 닫고 있었다.

그녀는 남다르게 간호를 하였다. 하루빨리 의식이 깨어나기를
바랐다. 그러나 그녀의 기대와는 달리 쉽사리 깨어나지 못하였
다. 그녀는 조급증이 일었다. 유전자 검사를 하기로 하였다. 아
무도 몰래 혈액을 채취하여 그녀의 혈액과 함께 검사를 의뢰하
였다. 초조하게 결과를 기다렸다. 환자의 건강은 더욱 악화되어
갔다. 결과가 어떻게 나오든 그때까지 생명을 지탱해 주기를 간
절히 기원하였다. 드디어 기다리던 결과가 나왔다. 친자 확인서
였다. 그녀는 숨이 막혔다. 어머니, 드디어 아버지를 찾았어요!
그녀는 눈물이 그렁한 눈으로 중환자실로 뛰어갔다. 그런데 또
한 번의 비극이 가로놓였다. 중환자실로 들어선 순간 아버지는
숨을 거둔 것이다. 그리고 어머니 대신 낯선 여자가 임종을 지켜
보고 있었다.

짓궂은 운명이오. 남위원은 속으로 혀를 찼다. 일찍 아버지를
여읜 남위원인지라 동병상련이라고나 할까, 새삼 그녀가 측은
해 보였다. 나머지 이야기는 포장집에서 듣기로 합시다. 안교장
은 빗방울이 굵어지자 자리에서 일어났다. 그녀를 먼저 제실 담
장을 넘게 하고 차례로 담장을 넘었다. 맨 나중에 담장을 넘어오
던 이선생이 아얏! 소리를 내지르며 길바닥에 주질러 앉았다. 발

을 헛디뎌 발목을 접지른 것이다. 남위원과 안교장은 이선생을
부축해 일으켰다.

응급치료를 받아야겠어요. 그녀는 이선생의 발목을 확인하고
간략하게 진단을 내렸다. 허헛, 난데없이 호강하게 생겼소. 이쁜
간호사의 정성을 독차지하게 생겼으니. 그게 아니라 제실에 잠
든 영혼들이 시샘을 한 게요. 이선생은 발을 절름거리며 병원에
들어섰다. 응급실에 들어서자 그녀는 정성스럽게 치료를 해 주
었다. 다행스럽게도 심하게 삐지 않아 응급처치로 족하였다. 갑
시다. 한잔 더 해야겠소. 이선생은 절룩걸음으로 세 사람을 포장
집으로 잡아끌었다. 뜻밖에도 박서예가가 혼자 앉아 있었다.

형님께서 어인 일입니까? 남위원이 깜짝 반겼다. 이곳에 혼자
올 사람이 아니었다. 박서예가와는 서예전시회장에서 만났었다.
김선장이 새집으로 이사를 한다기에 선물할 요량으로 전시회장
을 돌아보았는데 박서예가의 글씨가 제일로 마음에 들었다. 그
게 인연이 되어 곧잘 어울리게 되었고 호형호제 하는 사이가 되
었다. 그게 벌써 십 년 넘는 세월이었다.

집에 전화를 하였더니 아마 여기 있을 거라고 해서 왔지. 세
분은 삼총사 같소. 박서예가는 이선생, 안교장과 반갑게 악수를
나누었다. 간호사와도 기꺼운 마음으로 안면을 텄다.

시절이 가벼운 것만 좋아해서 서예 배우러 오는 사람도 드물
지요? 큰일입니다. 젊은 사람들은 아예 구경할 수도 없어요. 교

육 풍토가 그렇고, 단절과 괴리가 곳곳에 도사리고 있음에랴. 옛
것을 눈 밝혀 계승하여 새롭게 꽃피워야 하는데 어떻게 돌아가
는 세상인지 한숨이 절로 났다. 이선생과 안교장은 교육계에 몸
담고 있어 그 점을 누구보다도 절실히 피부로 느낄 것이다. 갑자
기 세상이 전도된 느낌이지요. 팽이처럼 오늘의 주사위 위에서
팽글팽글 돌아가는 세태 아닙니까. 안교장은 공감한다는 듯 심
각한 표정을 지었다. 교육일선에서 직접 몸으로 부딪쳐 보면 말
로 표현할 수 없는 갈등구조가 파생되었다.

　저도 서예를 익히고 싶어요. 정신적으로 얼마나 많은 여유를
누릴 수 있어요. 그 속에서 역사와 예술을 담을 수 있고요. 언제
든지 오세요. 문은 열려 있으니까. 박서예가는 간호사의 말에 반
색을 하였다. 어느 때보다 현란한 가운데 정적인 자기수양이 요
구되는데 그렇지가 못하였다.

　서체도 우리 것을 연구해야 하지 않을까요? 조선조에서부터
오늘에 이르기까지 일방적으로 안진경체니 구양순체니 하는 중
국서체에만 매달려 우리의 문기가 고사되었어요. 이선생은 몇
년 전에 중국 여행길에 광개토대왕 비문을 구경하였다. 서체가
아주 독특하였다. 그걸 고구려체라고 가정한다면 신라, 백제서
체가 있지 싶은데 중국서체에 매몰되어 독보적인 우리의 서체가
박제되었다고나 할까. 일찍이 퇴계 이황도 중국서체만 본뜬다고
자탄하였다. 정말 우리 서체야말로 고졸하면서도 융통성이 있지

않는가. 그래서 추사체가 독보적인 존재로 다가서는지 모른다. 한글서체도 연구를 많이 하여 개발해야 하지 않을까? 한글처럼 율동성과 안정감을 동시에 지니고 있는 글자도 없을 것이다. 어디에다 응용하더라도 예술성이 뛰어나지 않은가. 하긴, 벌써 한글서체로 다양하게 디자인한 상표와 제품은 물론 영상매체까지 출시되지 않던가.

오늘은 모처럼 뜻 맞는 자리여서 술이 취합니다. 비도 곰살맞게 내리고. 박서예가는 아주 닻을 내리려는 자세였다. 간호사가 돌아갈 시간이 염려되었으나, 그녀도 다소곳한 자세로 시간을 잊고 있었다. 박서예가의 태산목 같은 자세에 모두가 취하였다. 가까스로 박서예가를 일으켜 택시를 잡아 주고, 간호사를 병원에 데려다 준 세 사람은 어깨동무를 하듯 아파트를 들어섰다.

다음 날, 남위원은 숙취로 지근거리는 머리를 싸안고 집을 나섰다. 택시를 타려고 슈퍼마켓 앞에 이르자 주인이 불렀다. 간밤에 함께 계시던 분께서 택시를 타면서 신발을 벗고 타시던데 신발 찾으러 오셨습니까? 아, 그래요. 자기 집 안방인 줄 알고 신발을 벗고 탔는가……. 남위원은 멋쩍게 얼버무렸다. 이 양반이 무슨 노망이람. 우리는 또 뭔가. 신발을 벗고 택시를 타는 줄 몰랐다니. 속으로 웃음을 터뜨리며 신발을 받았다. 이 신발 때문에 박서예가와 또 한 차례 술잔을 나누며 풋풋한 전설로 자리매김해야겠지.

*

　아파트 너머 뒷산 공동묘지를 파헤치고 사립 중고등학교가 들어섰다. 산 뒤꼭지에서 샘솟는 약수터에서 물을 길어 올 때마다 열녀비가 서 있는 무덤가에서 무념스레 쉬었는데 중고등학교가 들어설 줄은 몰랐다. 강시인은 남위원과 이선생, 안교장이 삼총사처럼 지낼 때 학교를 따라 안락한 동네로 이사 오던 길로 합류하였다. 평소 성격이 소탈하면서도 맺고 끊는 점이 분명하여 첫 만남부터 기꺼운 사이가 되었다.

　그런데 그 뒤로 간호사와의 관계는 어떻게 진전되었어요? 강시인은 심심찮게 술잔 속에 떠돌던 간호사의 존재를 떠들렸다. 강시인이 나타나기 전의 일이어서 그게 궁금하였다. 어느 날, 그녀가 행방을 감추었어요. 세 사람은 그녀와 일 년 남짓 가끔씩 즐겨 자리를 함께하였다. 그 덕분에 안락한 동네 인심 훈훈한 실비집을 번차례로 드나들며 하루의 피로와 가슴에 쌓인 스트레스를 푸는 가운데 우정을 담아냈다.

　그녀는 기꺼운 마음으로 귓불을 발그레 익히면서 끝까지 자리를 지켰다. 분위기에 파도를 타듯 애수 어린 노랫가락도 사양치 않았다. 그녀의 노래를 듣노라면 넘실거리는 바다 위에서 조각배가 깝죽거리며 파도를 타고 넘는 모습이 연상되었다. 바람에 떠밀리듯 나아가는 조각배. 그 야릇한 음색에 우리는 더욱 취하였고 자정을 넘기기 일쑤였다. 그렇다고 두드러지게 자신의 존재를 각인시키지는 않았다. 늘 겸손함을 잃지 않았다. 그렇던 그녀가 갑자기 모습을 감추었다.

그래도 그렇지. 무슨 피치못할 사정이 있다 한들 너무 야박한 인심이오. 세 사람은 고개를 갸웃하였다. 짙은 안개 속에 발을 내딛는 것처럼 치막한 여운을 남겼다. 짧다면 짧은 인연이었지만 그렇게 무정하게 떠날 줄 몰랐다. 아무튼, 못내 아쉬웠다.

그녀가 떠나고 난 뒤 즐겨 찾던 술집들도 변화를 가져왔다. 큰길가 정다운집이 대표적이었다. 곱상한 마음씨로 빚어낸 동동주가 입소문을 타고 드넓게 알려지자 즐거운 비명을 지르며 그 수요를 감당할 수 없었던지, 아니면 물욕을 앞세운 나머지 양심을 저버렸는지, 처음 빚어낸 술맛과는 달리 점점 이상야릇해졌다. 모주꾼들의 입맛이 어떤가. 아무리 취하였을지라도 술맛의 농간을 모를 리 있겠는가. 취객들은 너나 할 것 없이 머리를 내젓고 돌아섰다.

아니나 다를까, 어느 날 간판을 내리고 없었다. 그와 때를 같이하여 생겨난 집이 큰길 건너 철로변 골목시장 입구 곱창집이었다. 부슬부슬 비가 내리거나 소슬한 바람에 낙엽이 떨어질 때, 지축을 울리며 지나치는 기적소리는 새로운 낭만을 주었다. 부부는 정성껏 손님들을 모셨다. 시골에서 도시로 나와 고물상을 하였는데, 어느 날 도살장 쓰레기더미 속에서 돼지새끼 한 마리를 발견하였다는 것이다. 그게 무슨 계시만 같아 그날로 곱창집을 열었다고 하였다.

그날도 우리는 길가에 떨어진 은행잎을 밟으며 곱창집을 들어섰다. 좀 조용하다 싶었는데 인심 좋은 주인장은 곱창과 더불어 삼겹살을 서비스로 내놓았다. 쓰레기더미에서 발견한 돼지새끼가 돈을 불러오지요? 안교장은 고마운 얼굴로 주인장에게 술잔을 안겼다. 주인장은 기꺼운 마음으로 술잔을 받았다. 현재로서는 고물상 하는 것보다 낫습니다.

좋은 징조인데 잘 돼야지요. 돼지랄 놈은 신에게 바쳐지는 제물임과 동시에 수도를 정해 주는 신통력을 지닌 것으로 이름값을 하였지요. 고구려가 국내성으로 수도를 옮긴 것이나, 송악 남쪽 기슭에 누운 돼지자리가 뒷날 고려의 도읍지가 되었다. 그런가 하면 서출지(書出池)로 유명한 고사와, 돼지의 인연으로 아들을 얻은 고구려 산상왕의 이야기는 신의 뜻을 전하는 사자(使者)의 상징으로 나타난다.

이야기가 점점 재미있습니다. 주인장은 흘깃 벽시계를 의식하였다. 주방에서 부인이 문 닫을 시간이라고 눈짓을 하였다. 오늘은 이만 하고 일어납시다. 집안의 수호신 또는 재물신으로 복(福)의 근원인 돼지꿈이나 꿉시다. 세 사람은 자정이 가까운 시간 지축을 울리는 열차의 진동소리를 들으며 곱창집에서 나와 철로를 건넜다. 육교를 막 오르려는데, 수산물 운반차량이 성급히 눈앞에 멎었다. 차창 문이 열리면서 모자를 깊숙이 눌러쓴 여인이 세 사람을 불러 세웠다. 세 사람은 누구인지 도무지 감을 잡지 못하였다.

저예요. 간호사……. 세 사람은 깜짝 놀랐다. 연약한 여자가 한밤중에 수산물 운반차량을 몰다니. 더구나 까마득히 행방을 감춘 그녀가 아니었던가. 아니, 이게 꿈이오, 생시요? 그렇게 되었어요. 보시다시피 변신을 거듭하였고요. 변화가 무궁합니다. 도대체 무얼 싣고 다니시오? 이선생은 술기운이 싹 가신다는 듯 정색을 하였다. 생선횟감을 운송해요. 새벽같이 주문량을 운송해 주고 볼일을 좀 보다 보니 시간이 이렇게 되었어요. 세 분이 여전한 모습으로 다가와서 저도 모르게 반가움이 치밀어 올랐지 뭐예요.

내리세요. 그동안 밀렸던 이야기도 있을 게고, 너무 반가워요. 그럴까요. 잠깐 짬을 내죠. 그녀는 도로변에다 차를 세웠다. 세 사람은 다시금 곱창집을 들어섰다. 주인은 문을 닫으려다 어정쩡하게 맞았다.

고기도 다 떨어지고……. 잠깐이면 돼요. 안주는 제가 가져오죠. 그녀는 순발력 있게 운송차량 물탱크에서 광어와 우럭을 잡아 들고 왔다. 신선한 안주군요. 다 장만하지 말고 나머지는 집에 가져가서 국거리 하세요. 자다 일어나 제사떡 받아먹는 기분입니다. 주인장은 찜찜하던 표정을 걷어 내고 횟감을 장만하였다.

그래, 그동안 어떻게 지냈어요? 아니지요, 어찌 그렇게 무정하게 바람처럼 사라질 수 있었어요? 안교장이 마음 급하게 물었다. 새삼 지나온 시절이 새뜻하게 떠올랐다. 그녀는 잠시 뜸을 들였다. 잔잔한 눈가에 물기가 어렸다. 세 사람은 잠자코 다음 말을 기다렸다.

말씀 드리자면 사연이 길어요. 그녀는 먼 친척의 소개로 일본으로 건너갔다. 재일교포가 운영하는 병원이었는데 알고 보니 속은 취업이었다. 그녀는 재일교포 부인의 병간호에 필요한 존재였고, 재일교포는 유혹의 마수를 뻗쳤다. 병든 부인을 향한 일말의 동정심으로 참고 인내하였는데, 그 사실을 알게 된 병든 부인이 남편의 파렴치한 행동을 두고 볼 수 없다면서 그녀에게 본국으로 돌아가라고 하였다. 삼 년 만에 돌아와 마음의 상처를 잊기 위해 차를 몰고 전국을 떠돌았다. 어느 날, 청해진에서 제주도 가는 배를 타려는데 가두리 양식장을 하는 노총각을 만났다. 그도 한때 부산에서 가내공업을 하다 실패의 쓴잔을 마시고 고향으로 돌아와 가두리 양식장을 하고 있었다. 그는 고기를 키우고, 그녀는 고기를 운송하는 일을 맡았다.

인연이 따로 있었군요. 그간의 악몽에서 벗어나 새롭게 둥지를 튼 거예요. 신선한 바다내음이 제일로 좋아요. 언제든지 전화

주세요. 일주일에 두어 번 광안리 회센터에 고기를 운송해 주거
든요. 그녀는 가뭇하게 그을린 얼굴로 반쯤 웃음을 지으며 자리
에서 일어났다. 세 사람은 그녀가 선물한 생선회를 술안주로 들
며 인생유전에 대해 이야기를 나누었다.

그 뒤로 만나 봤어요? 강시인은 무언가 여운이 있지 않겠느냐
는 얼굴로 물었다. 우리 세 사람을 청해진으로 초대하였는데 아
직까지 시간을 잡지 못하였어요. 이선생은 여전히 그녀에 대해
아련한 기운을 지니고 있었다.

# 강변의 갈대

햇살은 아직도 따가웠다. 가로수는 단풍이 물들고 있는데 후 끈 달아오른 대지는 여전히 여름을 지니고 있었다. 남위원은 자 전거를 끌어냈다. 강변로. 자전거 산책로가 빨간 보도로 조성되 어 아침저녁 페달을 밟아 나가노라면 상큼한 기분이 들었다. 강 변로는 아파트단지 후문과 연결되어 있어 누구나 산책의 충동을 느끼기 마련이었다. 그래서일까, 젊은이들부터 노인과 어린아 이에 이르기까지 즐겨 찾았는데, 거기에 화답이라도 하듯 숭어 떼가 뛰놀고 갈매기와 청둥오리가 한가하게 노닐었다.

그러니까 이곳, 새로 조성된 아파트단지로 옮겨 온 것은 햇수 로 삼 년 전이었다. 본래는 갈대가 우거진 진수렁이었는데 컨테

이너 하치장이 들어섰다가 세월과 더불어 아파트단지로 거듭났다. 그전에 살았던 전망 좋은 아파트와 불과 일 킬로미터 남짓한 거리였으나 고급 아파트라는 위압감으로 주위의 서민용 아파트들은 영 거리감을 느꼈다. 그러자 뒤질세라 강변을 바라보고 이쪽저쪽 경쟁적으로 아파트단지들이 생겨났다. 예전에는 그 부지들이 전부 올망졸망한 가내공업단지였는데, 세월의 무게에 떠밀려 하나둘 사라지고 고급스러운 아파트가 들어선 것이다. 생산성이 없는 도시는 궁핍하기 마련인데, 이 도시도 점점 외향성 소비지향과 알량한 사치성 공간으로 변해 갔다.

남위원도 외향성으로 내비치는 아파트단지의 일원이 되었다. 처음에는 내켜하지 않았으나, 이십 년 넘은 아파트에 살다 보니 불편함이 두 어깨를 내리눌렀고 자연스레 남위원의 등을 떠밀었다. 이선생과 안교장도 덩달아 주위의 새로 조성된 아파트로 이사를 하였다. 다른 곳도 눈여겨볼 만하였으나 세 사람은 안락한 동네를 떠나고 싶지 않았던 것이다.

손전화가 울렸다. 남위원은 강을 가로지른 다리난간에 자전거를 기대어 놓고 전화를 받았다. 이선생이었다. 거기서 기다리라고. 자전거 끌고 나갈 테니까. 남위원은 손전화를 닫고 이선생이 살고 있는 아파트를 올려다보았다. 십이 층 서재에서 강변을 내려다보다 말고 남위원을 발견한 모양이었다.

사십대 중반으로 보이는 덥수룩한 사내가 다리난간에서 낚싯

대를 드리우고 있었다. 먼발치에서 숭어가 뛰놀았고, 사내는 그
때마다 긴장을 하였다. 아직 깨끗하게 정화되지 않은 강물에서
뛰노는 숭어를 잡아 무엇에 쓸 것인가. 소일거리. 시간을 죽이기
위한 고육지책. 어쩌면 경제 한파에 직격탄을 맞았는지도 몰랐
다. 입질을 하는가요? 남위원의 다소 익살스러운 물음에 사내는
입가에 메마른 웃음을 매달았다. 남위원도 한때 실직자의 대열
에서 동공현상을 맛보았었다. 그 쓰라린 한파. 스스로 절망을 안
고 이겨 나가야 하였다.

  자, 가자구. 이선생은 자전거 벨을 울리며 앞서 페달을 밟아
나갔다. 남위원은 천천히 이선생의 뒤를 따랐다. 체육공원으로
조성된 곳에서는 피둥한 몸피들이 체육기구마다 매달려 안간힘
을 쓰고 있었다. 아, 어쩌면 저렇듯 체중을 감량하기 위해 비지
땀을 흘릴까. 남위원은 언젠가 고향을 찾았을 때, 자네는 언제
봐도 그 체중이네이. 다른 사람들 같으면 그 신상에 벌써 배불뚝
이가 되고도 남았을 것인디. 방둑에서 쑥을 캐던 성구네 아짐의
묻잖은 말이 떠올랐다. 아짐은 예전보다 더 날씬해졌는걸요. 남
위원은 농담으로 받아넘겼다. 내사, 일에 쪼들리고 살림살이에
매달려 살찔 여유가 있었간디. 그걸 보면 육덕 좋은 도시여자들
하는 일 없이 피둥피둥 살만 쪄가지고 사우나다, 등산이다, 체육
관이다, 땀 흘리며 찾아댕김시러 생고생을 안 하던가? 거기다가
테레비만 키면 무슨녀러 못 묵고 죽은 귀신들만 사는 세상인맷

기 먹거리만 찾아댕기는지. 그래가지고 살이 안 찌게 생겼는가 이. 남위원은 성구네 아짐의 말에 머쓱한 기분이었다. 거, 뭐시냐. 아파트도 꼭 돼지우리맨치러 생겼더구만. 남위원은 아파트를 돼지우리로 비긴 데에 떨떠름한 기분이 들었다. 닭장 같다는 소리는 들었어도 돼지우리라는 말은 생소하였다. 배때기를 드러낸 채 나자빠져 있는 피둥하게 살찐 돼지.

철로 밑을 지나칠 때, 마침 지축을 울리며 열차가 지나쳤다. 기차가 지나갈 때마다 왠지 모르게 아련한 향수를 불러일으켰다. 사촌동생의 손을 잡고 처음 기차를 보았을 때, 사촌동생은 눈을 화등잔만 하게 뜨고서 기다랗고 큰 집이 마구 달아난다고 소리쳤다. 그때가 언제였던가?

오늘은 석양노을이 유난히 아름답군. 앞서가던 이선생은 자전거를 갈대밭에 내려놓았다. 강변을 성곽처럼 에워싸고 있는 고층아파트단지 사이로 빠져드는 서녘해가 붉게 물들고 있었다. 장관이구랴. 안교장과 강시인을 부를까? 가만있자, 풀피리 시인이 연락하기로 하였는데 어디서 넋을 놓고 있지? 이선생은 두루 전화를 걸었다. 안교장은 출장 중이어서 나중에 시간이 허락하면 합류하겠다고 하였고, 강시인은 기꺼운 마음이었다. 풀피리 시인은 이쁜 제자들과 자리가 파하는 대로 생선회를 떠 가지고 오겠다고 하였다.

풀피리 시인더러 나루공원에서 만나자고 하지. 그쪽이 더 운치 있고 가까울 테니까. 광안대교 근처라니까 시간이 절약되겠어. 두 사람은 강시인을 기다렸다. 무성한 갈대가 이제 막 꽃을 게워 내고 있었다. 누군가는 이 세상에서 가장 아름다운 여인은 산달이 가까운 여인이라고 하였던가? 노을빛으로 번져 난 갈대밭은 지축을 울리는 기적소리와 더불어 짭질한 향수를 베어 물게 하였다. 청둥오리 떼가 낭만적이야. 숭어가 뛰어노는데 두루미, 갈매기, 청둥오리가 안 오겠어? 옛날에는 꼬시래기를 즐겨 낚아 올렸고, 모래무지도 섬처럼 쌓여 있었는데 추억은 시절과 더불어 금방 망각 속에 묻히기 마련이었다.

수영비행장은 어떻고. 까무룩히 바다 너머로 사라지던 비행기가 어린 꿈을 부풀렸었다. 이선생은 아련한 추억을 노을 속에 아로새겼다. 아버지의 손에 이끌려 항구도시에 발을 들여놓던 날, 천지를 진동시키던 굉음과 함께 바다 위를 떠올라 수평선 너머로 사라지던 여객기를 해운대 동백섬에서 바라보았을 때가 언제였던가? 그 눈부신 활공은 어린 시절을 붙들었고, 이곳에 뿌리를 내리게 된 것도 창공을 수놓은 비행운이 작용하였는지도 몰랐다.

노을에 익은 모습들이 좋게만 보입니다. 강시인은 파발마처럼 나타났다. 두 사람과 마주 앉으며 술병과 안주거리를 펼쳤다. 돼지족발이었다. 몸피 큰 물고기일수록 돼지 미끼를 좋아한다지? 강변에서는 돼지목살로 고시레를 지내지 않아요. 목살 대신 족

발을 사 온 게요. 용왕께서 돼지고기를 제일 좋아한다고 하지 않
던가요? 남위원은 강시인의 너스레를 흔감하게 받아들였다. 우
리네 선조들이 여기에 앉아 오늘의 변화를 상상이나 했을까? 이
선생은 아직도 어린 시절의 추억을 떨쳐 버리지 못하고 쓸쓸한
기운을 드러냈다. 하기야, 아무리 번잡한 곳일지라도 깊이 모를
적막감을 안고 있다. 그 기운을 알게 모르게 느끼기에 곧잘 자신
이 처한 외로움을 합리화시키는지도 모른다.

 그런데 한사장 장인의 양돈장을 낙찰받으면 누가 먼저 입주하
지요? 강시인은 한 폭의 그림처럼 펼쳐지는 노을빛 타는 갈대를
쓸어안으며 문득 지난번 한사장의 장인 장례식 때 산허리를 안
고 저수지 위로 내려앉던 노을빛을 떠올렸다. 순번이 정해진 것
도 아니고, 아무래도 남위원이 개척정신으로 나서야겠지. 사실
여러모로 생각 중이오. 태어난 고향이 오히려 부담스럽고 낯설
게 다가올 것도 같고, 이곳에 뿌리를 내린 만큼 훌훌 털어 버리
고 떠나기도 무엇하고 말이오. 누구나 그렇지. 지금까지 일구어
온 터전을 단칼에 무 자르듯 하고 시골에 묻혀 들기란 쉬운 일이
아니지요. 강시인은 정년이 언제지요? 저야, 아직 멀었지요. 그
리고 아직은 집사람이 시골의 정취를 별로 달가워하지 않습니
다. 여자들이 도시생활에서 벗어나기를 더 두려워하지요. 생활
의 편리함 때문이랄까……

 인연이 닿는 사람이 있겠지. 이선생은 다소 느긋한 표정을

지었다. 남위원은 돼지족발을 뜯으며 불현듯 야릇한 착시현상을 일으켰다. 아파트 숲 사이로 빠져드는 서녘해를 반쯤 가린 구름 한 조각이 이쪽으로 날아오면서 비단자락으로 노을진 강물 위에 떨어졌다. 구름조각은 이내 돼지 형상으로 변하였다. 서천에서 온 돼지랄 놈이 목욕재계를 하고서 이쪽으로 헤엄쳐 왔다. 어린 날 보았던 섬과 섬 사이를 헤엄쳐 건너던 멧돼지를 닮았다.

어렸을 때, 뭍에 가뭄이 들거나 흉년이 들면 산골 다랭이 밭을 곧잘 습격하던 멧돼지들이 먹을 것을 찾아, 드센 물살로 가로막힌 섬을 향하여 헤엄쳐 왔다. 마을 청년들은 토끼몰이를 하듯 배를 타고 나가 삿대로 멧돼지를 때려잡기도 하였는데, 마을 노인네들은 젊은 청장년들의 그 같은 행동을 달가워하지 않았다. 십이지신상의 하나로 신성시하였기에, 바다를 건너는 멧돼지의 살육을 금기사항처럼 여겼다.

돼지는 강물을 헤엄쳐 나와 갈대밭을 가로질러 남위원의 무릎 아래에 벌렁 누웠다. 남위원은 거친 숨을 몰아쉬는 돼지의 배를 쓸어 주었다. 물기에 젖은 살결이 참으로 부드럽고 윤기가 흘렀다. 순간 농식이 살림 밑천으로 기르던 똥돼지가 망각의 구름장 속에서 뛰쳐나왔다.

*

농식이 장가를 들고 남위원의 행랑채에서 신접살림을 하던 시절, 어려운 관문을 뚫고 이제 갓 신입사원으로 들어간 남위원은 여름휴가를 반납한 대가로 음력 시월상달 시향을 지내기 위해 고향에 내려갔다. 이제는 어엿한 가장이 된 농식은 비록 바닷바람에 그을렸을망정 신색이 훤하였다.

반갑고, 자랑스럽다야. 농식은 돌 가까운 사내아이를 품에 안은 채 남위원을 반겼다. 첫 딸아이는 아장걸음마로 낯가림을 하였다. 봉심은 안채에서 여실댁을 도와 시향음식을 장만하고 있었다. 처녀적과는 달리 새색시로서 부끄러움을 담았다. 남위원이 깍듯이 형수님이라고 부르는 데서 조금은 쑥스러움이 묻어나는가 보았다. 첫딸도 이쁘고, 자식농사는 토실하게 지었습니다. 남위원은 어린아이의 엉덩짝을 토닥거려 주었다. 다 느그 어무니 덕이다. 좀 앉거라. 농식은 토방마루 한옆을 내주었다.

그보다 급한 게 있어요. 남위원은 먼 길을 오는 동안 참고 있었던 배설이 급하였다. 행랑채 헛간에 딸린 변소를 들어섰다. 급한 마음으로 바지춤을 내리고 힘을 불끈 쓰는데, 시커먼 물체가 괴액 소리를 지르며 저쪽 구석에서 일어났다. 이게 뭐야? 남위원은 소스라치게 놀랐다. 돼지가 금방이라도 홍시를 따먹듯 불알을 따먹을 것 같았다. 어따, 뜨거라. 화들짝 똥덩이 한 줄기

를 비둘기 똥처럼 내갈기고 바지춤을 움켜쥔 채 행랑채로 돌아
왔다.

뭔 일로 그렇게 놀라냐? 농식은 어린아이와 쥐엄쥐엄을 하다
말고 눈을 둥그렇게 떴다. 통시구덕에 웬 놈의 돼지요? 오, 그것
아. 똥돼지다. 그걸 보고 놀랐냐? 농식은 그게 무슨 놀랄 일이냐
고 싱그레 웃었다. 사람 놀라지 않게 생겼어요? 불알망태를 덥
석 낚아채려는데. 그거사, 니 생각이제. 그놈이 그래 봬도 영판
순둥이다. 아무리 그렇더라도 사람 똥을 먹여 키우다니요? 남위
원은 제주도에서 똥돼지를 키운다는 소리를 들었지만 직접 부딪
칠 줄은 몰랐다. 영 불결하기만 하였다.

그놈이 얼마나 육질이 좋은디 그러냐. 경제적으로도 한몫하고
말이다. 따로 사료를 근심하지 않아도 되고, 똥돼지 맛을 아는
사람들은 환장을 한다. 어쨌거나, 비위생적이에요. 쓰잘데없는
근심걱정일랑 접어 두거라. 어느 돼지보다 건강하게 자란다. 너
도 한 번 맛보면 사족을 못 쓸 것이다. 농식은 천연스레 웃음을
지었다. 남위원은 누다 만 배변으로 아랫배가 묵지근하고 불편
하였다. 오랜만에 왔다고 이것저것 장만한 음식을 차려 주는데
도 입맛이 당기지 않았다.

왜, 입맛이 없냐? 오느라 고생해서 그런갑다. 여실댁은 짜안한
눈으로 바라보았다. 자나깨나 객지생활 하는 아들이 염려스러웠
다. 뱃속이 좀 그렇습니다. 이걸 한 점 묵어 봐라. 이놈의 삼겹살

에다 홍어와 신김치를 곁들이면 세상맛이 따로 없어야. 농식은 아궁이 숯불 위에서 지글거리는 삼겹살을 안주로 올려놓았다.

그래, 맞다. 니도 오고 해서 농식이네 똥돼지 한 마리를 잡았다. 그 맛이 참말로 연하고 담백해서 맛이 그만이어야. 똥돼지라고요? 남위원은 여실댁의 말에 펄쩍 뛰듯이 반문하였다. 니도 그 맛을 아는가 보다이. 여실댁은 정반대로 넘겨짚었다. 그게 아니라 조금 전 측간에 가서 똥돼지에게 놀란 모양이요. 어따, 돼지를 모양새 보고 잡아묵냐? 암말 말고 어여 들거라. 여실댁은 모성애가 뚝 흐르는 얼굴로 눈을 흘기며 돌아섰다. 농식은 아직도 떨떠름하게 서 있는 남위원을 아궁이 곁에 잡아 앉혔다. 남위원은 난감하였다. 군침이 돌기는 한데 방금 전 변소간의 똥돼지를 떠올리자 입덧이 난 임산부처럼 헛구역질이 올라올 것 같았다.

뭘 그리 뜸을 들이냐? 자, 한 잔 들거라. 농식은 술잔을 안겼다. 그 바람에 남위원은 눈 질끈 감고 삼겹살을 홍어와 함께 신김치에 싸서 한입 씹어 삼켰다. 육질이 그지없이 부드러우면서도 담백하였다. 어쩌? 맛이 그만이제? 그렇기도 한데……. 남위원은 아직도 찌뿌드드한 기분을 떨쳐 버리지 못하였다. 하긴, 흔히들 돼지를 일러 불결한 동물이라고 인식하는데, 따지고 보면 돼지만큼 깨끗한 동물도 없다고 하였다. 사육을 하지 않는 자연 상태의 돼지는 자신이 용변을 본 곳에서는 자지 않으며 지능 또

한 높다고 하였다. 원시농경시대에는 추위를 이겨 내기 위해 체온이 따뜻하고 육질이 부드러운 돼지를 껴안고 잤다는 것이다. 따라서 신석기 시대부터 사람들은 돼지고기를 매우 좋아하였다. 쇠고기가 귀하고 질긴 까닭에 상대적으로 구하기 쉽고 육즙이 많아 맛이 좋은 돼지고기를 선호하였다. 그래서 하늘과 땅과 인간사를 주관하는 신들과, 다산을 지배하는 지모신이나 만선을 바라는 바다신에게 돼지고기를 제물로 바쳤다. 그와는 반대로 유목민들은 늘 이동하기 때문에 돼지를 사육할 수 없었다. 대신 양이나 말들을 키워 젖과 털과 가죽을 얻었다.

맛이 있으면 그만이제, 뭔녀러 생각을 그리 곱씹냐. 음식을 묵을 때는 살강 밑을 보지 말라고 하였다. 똥돼지를 먹고 나서 배설을 하면 통시구덕에서 똥덩이를 받아먹는 놈은 그걸 알까요? 별소리를 다한다. 어디까지나 똥덩이에 불과한디 어떻고롬 알것냐. 그럼, 이놈과는 어떤 관계지요? 같은 피를 품 받은 형제지간이요, 아니면 혈통이 다른 거요? 니는 별 것을 다 따져 묻는다. 장날 쪼깐 틈을 내서 같이 사왔응게 먼 친척뻘은 될랑가? 그게 어떻다는 거냐? 어쩌긴 뭘 어째요. 통시구덕에 있는 놈이 우리의 뱃속에서 똥덩이로 변한 동족을 먹는 셈이지요. 사람으로 치자면 간접 식인종이랄까, 아무튼 동족의 살점과 영혼을 제삼자의 배설에 의해 먹게 된다는 겁니다.

원, 참. 그럴 때는 유식이 소화불량증을 가져오는구나. 아, 그

렇게 생각하면 채소 따위도 다를 바 없겠다. 채소를 길러 뱃속에
집어넣어 소화시킨 배설물로 거름을 하니께 그것도 간접 식인종
취급을 해야겠다. 그리고 아닌 말로 지놈이 그런 사정을 알 게
뭐냐. 말 못하는 짐승이라지만 냄새로 그만한  정도는 알 거예
요. 아무리 그래도 눈물 한 방울 흘리지 않고 배불리 묵을 것이
다. 솔직허니 말해서 식인종 말이 나왔응께 하는 말이다만, 도처
에 식인종만도 못한 자들이 불룩한 배를 안고 얼마나 많은 사람
위에 군림하고 있냐. 그건 또 무슨 발상이오? 몰라서 묻냐? 선량
한 사람들의 고혈을 빨아묵는 자들로부터 부정부패를 일삼는 모
리배에 이르기까지 살인보다 더한 식인종들 아니냐. 농식의 말
에 남위원은 똥철학의 진리가 따로 없구나, 삼겹살을 우적이며
술잔을 들이켰다.


*


　무슨 생각에 젖어 있는 거요? 이선생의 말에, 눈앞에 보였던
신기루 현상이 연기처럼 사라졌다. 저 구름조각이 돼지로 변하
면서 내 앞에 누웠어요. 허허, 번연히 눈을 뜨고서 돼지꿈을 꾸
다니요. 강시인은 남위원이 가리키는 구름조각을 바라보았다.
강시인이 보기에는 석양을 향해 날아가는 독수리 모습이었다.
그만 일어나 나루공원에 갑시다. 풀피리 시인이 기다리겠소. 이

선생은 시간을 일깨웠다. 남위원과 이선생은 자전거를 주위의 벤치 모서리에다 붙들어 매고 나루공원으로 향하였다. 퇴적토가 쌓여 수영비행장이 들어서기 전에는 재송포가 바라보이는 이곳이 바다였는데, 벽해가 상전이 된다는 말을 실감하고도 남았다.

나루공원, 말은 들었어도 처음 가 봅니다. 우리도 자전거 산책이 아니었더라면 몰랐을 게요. 남위원은 강시인의 말에 문득 선주민을 떠올렸다. 이곳에 대대로 뿌리를 내리고 살아온 토박이는 과연 몇이나 될까? 모두가 알량한 뜨내기들로 숨 가쁜 삶을 누리고 있다. 민들레 홀씨마냥 바람에 불려 온 이방인들.

저것 좀 봐요. 먼저 와서 정답게 밀애를 즐기고 있구랴. 이선생은 풀피리 시인과 김동화를 발견하고 불쑥 시샘 겨워하였다. 한참 분위기가 황혼빛인데 서산머리에 지는 해가 되었네. 술빛으로 익은 풀피리 시인도 지지 않았다. 오늘이 무슨 날인데 뉴스거리를 만들고 있어요. 신문 쪼가리에 대서특필로 나가면 어쩌려고. 나야 전혀 손해가 없지. 김동화는 어떤가? 저는 안 돼요. 큰일 나죠. 그럴 때는 은근히 앙큼스러운걸.

세 사람은 풀피리 시인을 중심으로 잔디밭에 빙 둘러앉았다. 바다와 맞물린 강을 내려다보고 있는 공원은 아담하였다. 조각상들이 말없이 반기는 가운데 무심한 차량들이 소음을 일으키며 다리를 건너고 있었다. 산책객들이 지나쳤고 백발을 휘날리는 노인 한 분이 자전거 페달을 느슨하게 밟으며 그 뒤를 따랐다.

그 아래 강변에 어린 꼬마와 사십 대로 보이는 듬직한 사내가 낚
싯대를 드리우고 있었다. 그 모든 전경이 강파른 세상인심과는
동떨어진 모습들이었다. 수채화처럼 채색되는 그 전경들이 어쩌
면 저녁노을이 빚어낸 조화로움일 터였다. 한낮 쨍글쨍글 내리
쬐는 햇살 아래에서 그 모습들을 보았다면 또 다른 색상을 불러
일으켰을 것이다. 색상은 그래서 조화를 부리고, 마음의 근원을
물들이는지 모른다. 어디선가 귀뚜라미 울음소리도 들릴 것 같
았다.

풀피리 시인은 흥겨운 기분으로 노을빛이 물드는 강물을 내
려다보았다. 마음을 즐길 수 있는 자리는 어디라 정해지거나,
시간이 하늘비로 내려 주는 것은 아니었다. 노을빛이 시들어가
니 초승달이 부끄러이 매달리는구랴. 강물에 초승달이 빠져들
었다. 초승달 본 지가 얼마 만인지 모르겠소. 그게 도시의 장막
아니겠어요. 갇힌 시대의 슬픔일 수도 있고. 밤하늘의 별빛이나
초승달마저도 볼 수 없는 공간. 그건 가장 사악한 인간만의 공
간 아닐까.

남위원은 불현듯 어린 시절로 돌아갔다. 오랜만에 초승달을
보니 베 짜는 북이 생각났다. 목화밭, 붉은 황토밭에 하얗게 피
어난 목화송이를 손끝 짓무르게 따다가 겨울 찬바람과 함께 씨
앗을 바르고, 솜을 타서 물레를 돌리고 실을 잣고, 풀을 먹인 다
음 베틀에 앉아 베를 짜는 어머니의 모습은 그렇게 처연할 수가

없었다. 북신을 움직일 때마다 한 올 한 올 짜이는 정성. 씨줄 날줄을 넘나드는 북은 서산머리에 내걸린 초승달이었다. 매초롬한 바람이 문풍지를 울리면 구름을 넘나들 듯하는 북신. 어머니의 손길은 구름과 바람을 일으키는 매찬 염원을 담고 있었다. 어머니가 베틀에 앉아 밤이 이슥하도록 짠 옷감으로 지어 준 것이 새 학기가 시작될 때마다 입었던 옷이었다. 따로 교복이 없었던 시절이었는지라 어머니가 손수 짜서 만들어 준 무명옷은 선망의 대상이었다.

그런데 말이오. 저 초승달을 보니 하이힐이 떠올라요. 거, 묘한 착상이구랴. 하이힐과 초승달이라? 김동화, 하이힐 신었어요? 풀피리 시인의 말에 강시인은 엉뚱한 발상이라는 듯 김동화를 돌아보았다. 어머, 보편적으로 신는 하이힐인데 왜 그러세요? 김동화는 반사적으로 무릎을 감싸안으며 민감한 반응을 보였다. 내 말은 하이힐을 여성에게 신게 한 남성지배구조라 할까, 그런 점을 말하고 싶은 게요. 하이힐은 도망갈 수 없다는 등식이 가련하게도 짙게 깔려 있어요. 하이힐을 신고 도망갈 수는 없지. 이선생은 풀피리 시인의 말에 공감대를 형성하였다. 뒤뚱뒤뚱, 굽 높은 하이힐을 신고 남성지배구조에서 벗어나기란 어려울 것이다.

중국에서 행한 전족이나, 서양의 굽 높은 신이나, 다분히 성적 유발의 원초적 무엇이기도 하고요. 김동화는 스스로 그 점을 생

각해 보지 않았어요? 듣고 보니 조금은 공감이 가네요. 하지만
보통 여성들은 성적 개념에 대해서는 무지하거나 거기까지 생각
이 미치지 않을 것이다. 조선시대로 내려오면서 기생들의 저고
리 섶이 선정적으로 짧게 올라가는 것을 의식 없이 받아들인 사
대부 아녀자들의 모습처럼. 남성의 시선을 비끄러매는 매혹적인
신체의 부분. 작고 귀염성 있는 발, 아미의 눈썹 아래 맑고 초롱
한 눈망울, 선명한 콧날과 도톰한 입술. 그리고 고혹적으로 부풀
어 오른 가슴과 상큼하게 치켜 올라간 탄력 있는 토실한 엉덩이.
그 가운데 엉덩이는 성적 자극을 가장 육감적으로 유발시키지
않는가. 하이힐은 그 엉덩이를 받쳐주는 촉매재이고.

 하이힐을 신고 위태롭게 뒤뚱거리며 걷는 모습은 정말 사람
의 시선을 붙들지요. 남위원은 문득 전족을 한 여성과 술안주로
하는 족발을 대비시켰다. 족발로 딛고 선 돼지궁둥이와 전족한
여성의 걸음걸이. 돼지궁둥이는 식욕을 북돋우는데, 전족한 여
성의 엉덩이는 성적 매력을 발산한다. 그 차이점은 멀게만 느껴
지는데도 아주 가깝게 비끄러맬 수밖에 없는 것은 어째서일까.
그렇다면 남성지배구조에서 여성을 일종의 소유물로, 더 나아
가 상품화시킨, 조금은 가학적인 일면이 깃들어 있는 것 아니에
요? 김동화는 살짝 얼굴을 붉히며 항의성 반문을 하였다. 거기
에는 전적으로 동의할 수 없어요. 은연중 여성 쪽에서 바라는
점도 있어요. 남성을 사로잡는 비밀병기랄까, 그런 점에서 페인

트로 도색하고 치장하는 집과 같다 할까요. 아파트를 보시오. 우리가 사는 아파트만 하더라도 도색하기 전에는 흉물스러운 모양새 아니오.

비유치고는 난해한데, 그보다는 동물의 세계를 예로 드는 게 어때요. 발정기가 되면 암내를 풍기잖아요. 생식능력에 대한 말 초신경적인 도발 아니오. 인간은 그러한 도발적인 발정기를 잃었거나 도태된 대신 얼굴 화장을 하고 가슴을 돋보이게 하고, 엉덩이를 추켜올리지 않는가 말이오. 그 말이 아주 과학적이오. 립스틱 짙게 바른 입술, 부풀린 가슴, 상큼하게 치켜 올라간 엉덩이가 생산성과 직결된 부분 아니오. 먹고 배설하고 먹여 키우는 기능이 성적 생산성과 직결되어 있다. 침샘, 젖, 분비물, 그 세 가지 요소가 그렇지 않은가? 이선생은 과장된 목소리로 결론을 내리듯 말하였다.

그런 의미에서 김동화 한 잔 받으시오. 왜냐하면 타고난 자연 그대로의 순수한 아름다움을 지니고 있으니 말이오. 어머머, 정말 무슨 그런 실례의 말씀을……. 김동화는 귓불을 붉히며 술잔을 받았다. 그 찬사의 말은 달리 해석하면 유행에 뒤떨어진 천연한 사람이라는 뜻이 담겨 있을지도 몰랐다. 정말이오. 그 나이에 타고난 품위와 아름다움을 지니고 있어요. 강시인은 금방이라도 김동화를 위해 헌시라도 지을 듯한 얼굴이었다. 강시인의 진솔하고 솔직한 내면을 모르는 바 아니나, 사내들이란 한 송이 꽃일 때는 세상에서 제일 아름다운 꽃으로 착각하다가도 백 송이 꽃을 보면 또 다른 개념으로 설정할 것이다. 그렇다고 과히 싫지는 않았다. 집에 돌아가 거울 앞에서 발가벗은 육신을 한번 살펴볼까나? 매일 샤워를 하고 거울 앞에 앉아 얼굴을 토닥거려도 나이와 더불어 자신의 미태에 자신감을 붙들어 맬 수 없었다.

초승달은 비끄러맬 수 없는 몸짓으로 서산을 넘어가네요. 그 아쉬움을 풀피리 속에 묻고 싶어요. 옳거니, 드디어 유혹의 진일보단계에 들어선 건가? 기꺼이 화답하리다. 풀피리 시인은 두툼한 지갑 안쪽에서 조심스럽게 인조나뭇잎을 꺼냈다. 이제는 아주 지참물로 지니고 다니었다. 연초록 생잎은 금방 망가지는 까닭에 즉흥적인 연주를 위해서는 항상 준비가 필요하였다. 풀피리 시인은 눈을 지그시 감고 입술을 축인 다음 섬마을 아이를 담아냈다. 강변의 물결이 찰랑찰랑 장단을 치고, 지나가던 사람들이 멈추고 박수를 보냈다. 삼십 년 가까운 내공의 힘이 없으면 불가능한 음색이요, 음률이었다.


가을에 피는 꽃은
낙엽 뒹구는 땅에 뿌리를 내렸는데
움직이는 꽃은
어디서 왔는가.
가을 찬바람에 시린 꽃은

싸락눈 속에 지는데
아미의 초승달은
천년 숨결로 향기를 모두어 주려는가.


　남위원은 풀피리 소리를 들으며 노을진 서녘하늘에서 들려오는 애스러운 음성을 들었다. 갑시다. 풀피리 소리를 들으니 미꾸라지가 노니는 논두렁이 생각나요. 강시인은 갑자기 바짓가랑이를 걷어붙일 것처럼 자리에서 일어났다. 추적추적 어디로 가는가 하였더니 장수추어탕집에 들어섰다. 시적 분위기와는 다른 싱거운 행보였다. 아니다. 가을의 정서를 제대로 음미하려는 시인의 배려인지도 몰랐다.


*


　술은 근심을 잊게 하는 신의 선물이라고 하였던가? 시경이나 도연명의 시심에서 그 절실함이 묻어나는데, 도시의 각박한 생활 속에서는 딱이나 들어맞는 것이었다. 어제 타고 나간 자전거 어디다 내버렸어요? 아내의 말에 남위원은 하루의 근심을 잊은 술잔을 떠올렸다. 장수추어탕집에서 강변 건너 이선생의 단골 술집만 가지 않았더라도 온전히 자전거를 끌고 왔을 것인데 자전거에 대한 근심거리를 까맣게 잊어버렸다. 강변 벤치에 매달아 났는데 어디 갈려고. 남위원은 묵지근한 머리를 찬물로 헹구었다. 아직은 숙취를 다스리는 데는 찬물이 그만이었다.

당신, 오늘 산행하기로 했다면서요? 샤워를 하고 나오자 아내는 불퉁한 목소리로 살풋이 눈을 흘겼다. 그랬던가? 남위원은 기억이 나지 않았다. 발신인은 안교장이었다. 아니, 뭐 하고 있어요? 혀 꼬부라진 소리로 찰떡 같이 약속을 해 놓고서. 퍼뜩 나오시오. 이런 해괴한 일이 있나. 취중약속을 올곧이 듣고 실행에 옮기다니. 남위원은 등산복 차림을 하고 아파트 정문으로 나갔다. 안교장은 중무장하듯 배낭을 메고 기다리고 있었다.

난, 도무지 기억이 없는데 어찌 된 거요? 이런 변이 있나. 마침 이선생이 저기 오는군요. 안교장은 아파트 북쪽 후문을 눈으로 가리켰다. 이선생은 헐렁한 등산복 차림으로 터덜터덜 걸어오고 있었다. 두 사람을 발견하고 손을 번쩍 들었다. 남위원은 용케 기억하고 있었네. 나는 까무룩히 잊고 있었는데 강시인이 일으켜 세우지 뭐요. 취중에도 단단히 약속을 했던가 보네. 강시인은 부모님을 잠깐 뵙고 금강공원 정문에서 만나기로 하였어요. 다른 사람은? 풀피리 시인은 무지근한 머리를 안고 무슨 동인모임에 간다나요. 나중에 통화하기로 하였어요. 김동화는 집 나오기가 어려울 게고…….

세 사람은 금강공원으로 향하였다. 자전거는 산을 오르고 나서 찾아와야 할 판이었다. 금강공원 입구는 일요일이어서 등산

객들로 가득하였다. 세 사람은 평상을 차지하고 앉아 강시인을
기다렸다. 우리 산에 오를 게 아니라 금어사 주지스님을 찾을까?
산을 한 바퀴 돌아보고 내려올 때 보지요. 한바탕 산행을 해야
머리가 제대로 돌아오겠어요. 다들 큰일이야. 눈만 뜨면 숨 가쁘
게 출근하고, 해가 지면 몸서리치게 술을 들이부으니. 누가 술을
만들어 냈는지, 원. 그 덕분에 근심 걱정을 소화하지 않소. 술이
없었더라면 세상이 근심 걱정과 불만으로 포장하였을 게요. 강
시인이 저기 건너오는군. 강시인은 간편한 복장이었다. 사치를
모르는 수더분한 모습은 언제 보아도 고향의 향수를 지니고 있
었다.

　올라갑시다. 공중을 날아올라 갈까요? 술 깨자고 산에 오르는
데 무슨 소리요? 그 부실한 다리로 오르겠어요? 쉬엄쉬엄 오르
지요. 산을 올랐다 하면 숨 가쁘게 정상을 오르는데 그건 올바른
산행이 아니오. 한껏 정취를 새기며 올라야지. 변명치고는 비단
이오. 네 사람은 케이블카를 버리고 등산로로 접어들었다. 공원
끝자락까지 등산객들을 유인하는 포장집들이 시선을 붙들었다.
더러는 산을 오르기도 전에 퍼질러 앉아 시간을 땜질하고 있었
다. 농탁한 육두문자와 한잔 술. 다분히 그걸 즐기기 위해 산을
오르는 사람도 있을 것이다. 포장집 아지매 한 사람이 안교장을
알은체하였다. 안교장은 아지매의 반김을 모른 체하지 않았다.
정중히 인사를 하였다.

우리가 모르는 세계가 있구랴. 발이 보통 넓은 게 아니야. 그게 아니고, 옛날 학부형이에요. 첫날 학교에 찾아와서 자신의 직업을 떳떳하게 말하더군요. 쉽지만은 않은데 말이오. 그게 인연이 되어 가끔 스케치를 오게 되면 한잔 술로 목을 축였어요. 남편이 한때는 잘나가다가 반체제인사로 분류되면서 고통과 시련이 닥쳤다나요. 남위원께서 자주 찾아가 위로해 주어야겠어요. 아직도 이렇게 건재해서 말이오? 남위원은 강시인의 말에 쓰겁게 웃었다. 공원을 지나 본격적으로 산을 올랐다. 몇 걸음 못 올라가 숨이 찼다. 머리 위로 지나치는 케이블카에서 아래를 내려다보며 손을 흔들었다. 격려의 손짓일까, 아니면 또 다른 무엇이 깃들어 있는 걸까.

산은 움직이지 않는다는 말을 실감하겠소. 이선생은 가쁜 숨을 몰아쉬며 새삼 산의 실체를 실감하였다. 아니오. 산은 숨을 쉬고 움직이오. 바다 위에 떠 있는 섬이 거센 파도에 움직이듯이. 바다 위에서 섬이 움직인다는 것은 알겠는데 산은 섬과는 다르잖아요. 우리가 지금 산을 짊어지고 가는 거요, 아니면 밟고 가는 거요? 허헛, 선문답이구랴. 여기서 잠깐 쉬었다 갑시다.

안교장은 허리 굽은 소나무 아래 널찍한 바위에 엉덩이를 내려놓았다. 시야가 확 트였다. 전철이 지상을 가로지르고 멀리 바다가 펼쳐졌다. 산이 움직이지 않는다면 바다 또한 정체된 물체에 지나지 않을 것이다. 산이 움직이기에 바다는 출렁출렁 물결

치며 산을 애무하고 입맞춤하며 거듭난다. 이럴 때 윤회라는 말이 감칠맛 나게 떠오르는 것은 어째서일까. 한 방울의 물이 모여 바다를 이루는 그 과정. 한 방울의 빗물이 강물이 되고, 그 강물이 짭질한 바다를 이루고, 바닷물이 다시금 거슬러 올라가 한 방울의 물이 되고 강물이 된다.

오랜만에 장끼 소리를 듣는구만. 이선생의 귀가 먼저 열릴세라 장끼랄 놈이 지척에서 날아올랐다. 사람들이 이리 번잡을 떠는데 장끼인들 사랑을 나눌 수 있겠어요. 산은 저 뭇새들과 짐승들의 터전 아닌가. 같은 무리의 동질성에서 진화한 인간들이 벌거숭이 나신을 감추고 무단 침입한 것이다.

헌데, 말이오. 장끼의 깃털이나 공작새의 현란한 날개가 우리 두뇌와 같다고 하지 않던가요? 인간의 두뇌와 공작새의 날개라? 우리의 두뇌가 엄청 진화 발전하지 않았소. 그게 성적인 작용과 무관하지 않다는 것이오. 꽤나 흥미 있는 학설 아닌가? 공작새라든가, 장끼, 나아가 사자의 갈기에 이르기까지 사랑을 지배하려는 과시현상. 공작새의 날개가 더 크고 화려하면 그만큼 주의를 끌 것이고 사랑의 대상을 차지할 가능성이 높다는 것이다.

하긴, 일리 있는 말이오. 인간도 미개한 원시인으로부터 오늘의 문명인에 이르기까지 몸에 두른 장신구가 성적 매력을 한껏 유발시키니까요. 그 말을 들으니까 어제 나루공원에서 이야기했던 여자의 하이힐이 생각납니다. 여자의 하이힐과 대비되는 남성의 상징물은 무어라 생각하시오? 강시인은 바위틈에서 싱그러운 난초를 발견한 듯한 표정을 지었다. 갑자기 해답이 꽉 막히네. 넥타이 아닙니까. 아직까지 남성상징물로 아침마다 질끈 목에 감아 매지 않는가. 조금만 더 세게 조이면 질식사하기 딱 알맞고. 넥타이가 남성상징물로 인식되는 데는 다른 뜻이 있지 싶은데. 남성의 성기를 상징한다는 겁니다. 듣고 보니 굉장히 외설적인 도구네. 매일 아침 출근할 때마다 거울 앞에서 단정히 넥타이를 매면서도 내 상징물인 줄은 미처 몰랐어요.

사람에 따라 짧게 매느냐, 길게 매느냐에 따라 은연중 그 사람의 성기의 척도를 나타낸다? 가만있자, 나는 어느 정도의 길이로 넥타이를 매지. 남위원은 익살맞은 얼굴로 가슴께를 내려다보며 넥타이 길이를 가늠하였다. 허리띠를 넘나드는가? 모든 생명 있는 것들은 성적 유발에 의해 특색을 지닌다. 화려하게 피는 꽃에서부터 하늘을 나는 새들, 바다에서 유영하는 물고기들, 뭇 짐승과 인간에 이르기까지. 아름다움의 척도, 그 진화의 단계는 결국 얼마나 선정적이냐, 성적 리듬과 볼륨을 지니고 있느냐, 그건가? 남위원은 성형외과가 어째서 시대와 더불어 가장 호황을 누리느냐는 생각에 이르렀다. 부푼 가슴, 선명한 콧날, 날씬한 각선미, 상큼한 엉덩이. 그게 아름다움을 내보이지 않는가.

일행은 깔딱 참마루께에서 한숨 돌리고 나서 이내 산 정상에 치올랐다. 여기저기 불협화음으로 등산객들을 유인하는 음악소리가 난무하였고, 산행을 나온 사람들로 시장바닥을 연상시켰다. 우리도 질펀하고 달콤한 집을 찾아듭시다. 강시인의 제안에 안교장이 앞장을 섰다. 남문 주위 간이음식점들은 손님들로 북적거렸다. 노령화 시대, 경제 한파에 의한 실직사태, 오늘의 세태를 실감 있게 보여 주는 산상이었다. 안교장은 그 가운데 한 집을 들어섰다. 주인 아낙네는 안교장을 반갑게 맞았다. 일행은 한갓진 곳에 엉거주춤 앉았다. 자리가 영 설맞았다.

저 주인장 어디서 본 듯싶은데요. 안락한 동네 육교 건너에서 잠깐 오리불고기집을 하였잖아요. 오라, 어쩐지 낯이 익더라. 가만있자, 저기 풀피리 시인 아닌가? 이선생은 저쪽 그늘진 곳에서 떠들먹하게 술잔을 나누고 있는 한 무리를 가리켰다. 엉뚱한 곳으로 샜구만. 강시인이 그쪽을 향하여 손을 들어 보였다. 풀피리 시인은 일행을 알아보고 비치적 다가왔다. 여기서 만나니 더욱 반갑소. 세상은 어디를 가나 넓고도 좁소. 갑시다. 함께 합석하는 것도 좋지 싶소. 알 만한 이쁜 여류들도 있고요.

*

네 사람은 못 이기는 체 일어났다. 그들은 이미 취흥이 제법 이마에 서리어 있었다. 모두가 그만그만 아는 얼굴들이었다. 남위원이 칼럼을 썼던 신문사 최기자도 동석하였다. 최기자는 정감이 있었다. 그 위에 기사가 예리하면서도 미려하여 누구에게나 공감을 불러일으켰다. 여기 김여류는 이번에 안락한 동네로 이사를 할 겁니다. 좋은 이웃이 될 거요. 오늘부로 눈도장을 찍을게요. 밉보이면 안 되잖아요. 김여류는 갸름하게 눈웃음을 지었다. 주인 아낙네가 주문을 받으러 왔다. 삼겹살로. 염소불고기가 바닥이 났다고 하자 강시인은 호기롭게 주문하였다.

우리가 언제부터 삼겹살을 즐겨 먹었는지 아시오? 그야, 역사가 꽤나 오래되었을 걸요. 선사 이래로 돼지는 없어서는 안 될 제수용이자 영양 공급원이었으니까. 돼지고기야 오래전부터 즐겨 먹었지요. 그런데 기름기가 많은 삼겹살을 즐겨먹은 지는 그리 오래되지 않았어요. 삼겹살이 본격적으로 사람의 입맛을 자극하기 전에는 돼지수육을 선호하였다. 기름기를 뺀 돼지수육. 잔치집이나 제수용도 돼지수육이 아니던가? 삼겹살은 강원도 탄광에서부터 그 역사가 시작되었다고나 할까. 궁핍하였던 지난 한 시절, 취사와 난방은 오로지 연탄으로 하였다. 십구공탄은 어느 집 할 것 없이 사용할 수밖에 없었고, 가난한 서민일수록 연탄 한 장으로 희비가 엇갈리기도 하였다. 변두리 고지대에 사는 사람들은 연탄 한 장을 구하기 위해 눈물겨운 발품을 마다하지 않았다.

탄광촌은 연탄 수요가 늘어나는 만큼 땅속 깊이로 자맥질하듯 탄맥을 파 들어갔다. 광부들은 위험수위를 넘나들고, 하루에도 크고 작은 사고가 일어나 목숨을 잃거나 불구자가 되었다. 그리고 무엇보다 지하 수십 미터의 갱 속에서 고된 작업을 하고 나오면 탄가루가 목에 달라붙어 대부분 폐가 망가졌다. 진폐증 환자가 되기 십상이었다. 광부들은 묵은 때를 벗겨내듯 얼굴과 몸에 달라붙은 탄가루를 씻어 낼 때마다 컬컬한 목을 시원스럽게 뚫을 수는 없을까 고심하였다.

눈보라 치던 어느 날, 추위를 이겨 내기 위해 드럼통을 잘라 낸 화덕에 모닥불을 피우며 어린 시절로 돌아갔다. 화덕 위에 솥뚜껑을 올려놓고, 군밤이며 고구마를 구워 먹던 아련한 추억에 젖은 것이다. 언제 고향에 가려나. 다시는 못 올 어린 날의 추억을 눈시울에 매달고 있을 때, 누군가 돼지고기를 들고 왔다. 솥뚜껑 대신 철판을 올려놓고 기름진 삼겹살을 구워 먹으면 막혔던 목구멍이 확 뚫릴 거야. 광부들은 그 말에 신명을 내며 기름기로 지글거리는 삼겹살을 안주로 소주잔을 들이켰다. 카아, 이 맛을 왜 몰랐나. 목구멍에 눌러 붙은 탄가루가 시원스럽게 씻기는구랴. 광부들은 그날 이후로 하루 일과가 끝나면 하나의 의례처럼 삼겹살로 텁텁한 목구멍을 정화시켰다.

그러니까 삼겹살이 굴뚝청소부처럼 광부들의 목구멍을 확 뚫어 주었다? 봄철이면 연례행사처럼 불어오는 황사바람으로 입안이 텁텁하면 삼겹살을 찾지 않는가요. 아무튼, 삼겹살의 역사가 그렇게 짧은 줄 몰랐어요. 풀피리 시인이 최기자의 말에 맞장구를 쳤다. 그래요, 그래. 탄광광부들이 일구어 놓은 삼겹살이야 말로 가난한 서민들의 묵은 때를 포만스럽게 씻겨 주지요. 주인 아낙네가 삼겹살을 들여왔다. 일행은 새로운 기분으로 술잔을 들었다.

자, 건배합시다. 우리도 이놈의 삼겹살로 가슴에 맺힌 자질구레한 때를 한꺼번에 씻어 냅시다. 술잔을 주고받는 자리는 아무리 낯설어도 금방 친숙해졌다. 모두가 도시의 번잡한 길거리에서 부딪치게 되면 낯선 얼굴들이다. 낯설다는 것은 경계심을 자아내고, 위선과 가식을 떠들리게 하며 이기심을 부추긴다. 무심한 경계와는 다른 경지라 할까. 더구나 산행이라든가, 한적한 여행길에서 한잔 술을 나눌 수 있다는 것은 한 송이 꽃을 보고 감탄하거나 산새소리에 친근감을 느끼듯, 거리감을 무너뜨리고 경계심을 누그러뜨리지 않는가. 그러고 보면 각박하다는 것은 경계심을 설정하는 데서 비롯되고, 서로서로의 경계심은 자연 무관심 내지 설익은 마음자리를 베어 물게 하였다.

아무래도 남위원께서 김여류를 곱상하게 보는데요. 그러면 영광이게요. 얼굴 한 번 붉히지 않고 냉큼 받아넘기는 걸 보니 무슨 사달이 나겠어요. 이선생의 농담은 분위기를 농담 어리게 한단 말이야. 농담은 수묵담채화라, 우리가 백지 위에 무얼 그리고 채색하는가에 따라 그림의 질량이 달라지는 게 아니오. 이 자리는 삼겹살처럼 기름지고 푸짐한 가운데 하나가 되지요. 어찌 생각하면 이것도 전생의 인연의 무엇인지도 모르지요. 전생까지 들먹일 건 뭐요. 현세 인연과의 무엇이라고 해야지요. 죽자고 마실 게 아니라 기분 전환 겸 산행을 합시다.

강시인은 여류들을 배려하였다. 술잔을 제대로 추스릴 줄 모르는 그녀들은 술잔이 오고갈 때마다 농도 짙은 객쩍은 대화를 부담스러워할 것이다. 그리고 오늘 산행 온 목적이 무엇인가. 숙취에 절어 흐릿한 정신을 해맑게 하자는 게 아닌가. 그런데 또 술판이라니. 일행은 각기 배낭을 짊어지고 남문을 벗어났다. 발길은 자연 케이블카 쪽으로 향하였다. 남위원은 뒤처진 김여류와 어깨를 나란히 하였다.

모처럼 산에 올랐더니 육신이 곤혹스럽네요. 워낙 산을 탈 줄 몰라서요. 동인지에 실린 시심(詩心) 속에는 산의 정수가 무르녹아 있던걸요. 그저 산을 바라보는 것만으로도 좋아요. 산은 마음이고 마음이 곧 산인데 산을 바라보면 왠지 모르게 압도당해요. 큰 산이든 작은 산이든. 산을 아름답게 보아서 그럴 게요. 숲에서 산을 보지 말고 멀리서 산을 바라보라는 이치를 터득한 게 아닌가? 하긴, 먼 곳에서 산을 바라본들 제대로 알겠으며, 가까이 다가가 산의 정체를 헤아린들 그 실체를 알기나 하겠는가. 산은 움직이지 않는데 마음이 움직이니, 보는 사람마다 산의 실체가 다름에랴. 남위원은 김여류의 손을 꼬옥 잡아 주고 싶었다. 산을 바라보는 마음이 아름답기에 시심이 결 곱게 묻어나리라.

뭣들 하세요. 두 사람 너무 빨리 좁혀지는 거 아니에요? 풀피리 시인이 뒤통수가 간지럽다는 듯 뒤돌아보며 한 소리 하였다. 어느 사이에 이선생과 안교장, 강시인은 여류들과 보폭을 함께 하고 있었다. 참 좋은 분이세요. 이번에 제가 안락한 동네로 이사하게 된 것도 풀피리 시인의 적극적인 추천 때문이었어요. 듣자니 앞서가는 세 분과 더불어 안락한 동네가 예술의 향기로 물씬하다면서요? 이사를 하게 되면 금방 알 겁니다. 남위원은 미륵불을 모신 암자에 먼저 도착한 일행과 함께 석간수로 목을 축였다. 바다가 드넓게 펼쳐져 한껏 시야를 충만하게 하였다.

남위원께서 태어난 곳이 바다라면서요? 육여사가 헤살한 얼굴로 남위원을 돌아보았다. 산행으로 익은 소박한 얼굴이었다. 아마도 강시인과 걷는 동안 남위원에 대해 이야기를 주고받았는가 보았다. 파도가 일어서는 곳이지요. 알에서 태어난 게 아니고요? 최기자는 그 사이 일행을 카메라 속에 담다 말고 대뜸 한 방망이 을러댔다. 난해한 비유네요. 육여사는 무슨 말인가, 얼른 이해를 하지 못하였다. 결코 난해하지 않아요. 달걀만 보더라도 노른자가 흰자에 둘러싸여 있잖아요. 흰자는 파도가 일어서는 바다요, 노른자는 섬 아니오. 생명을 잉태하고 노래하는 섬.

부라보! 이 지구 자체가 생명을 품고 있는 거대한 알이지요. 안교장은 즉석에서 박수를 보냈다. 이건 새로운 학설인가? 최기자의 직관력과 상상력은 엉뚱한 정당성을 이끌어 냈다. 난생설의 기원을 다시금 정리할 필요가 있다. 알에서 태어난 시조신앙이 한낱 설화일 수만은 없지 않겠는가. 고주몽이나 박혁거세, 나아가 김수로왕에 이르기까지 태양족으로 분류하지 않던가. 알이 부화되자면 무엇보다 빛이 필요하다. 태양열을 받은 지구라는 알에서 태어난 제왕. 세계의 지배를 말하지 않는가. 따라서 우리가 사는 지구는 태양열을 품 받은 거대한 알이고 그 속에서 무수한 생명들이 태어난다. 더불어 바다 가운데 떠 있는 섬은 지구의 축소판이라 해도 문제 될 게 없을 것이다.

그건 좀 무리한 조합 같은데요. 무리하지가 않아요. 바다를 우주공간으로 생각하면 쉽게 다가올 게요. 그 말을 들으니까 제가 갑자기 알에서 깨어난 제왕이 된 기분입니다. 신기루 현상은 그걸 두고 하는 말이오. 남위원의 말에 이선생은 파안대소하였다. 착시현상이라? 대체로 사람들은 그 같은 착시현상에 현혹되어 혹세무민, 무모한 도전을 일삼기 마련이었다. 권력을 쥔 자는 지배자로서의 욕망을 불러일으키고, 사업가는 과감한 투자로 나락에 떨어지기 십상이고, 지식인은 지적 허영심에 사로잡혀 자신을 망각하고, 그 밖의 여러 군상들은 한 번씩은 착시현상에 부딪쳐 거기에 매료되거나 자신을 탕진하기 마련이었다. 폭군에서부터 사기행각을 일삼는 모사꾼에 이르기까지.

여기 바위암벽에 바다를 내려다보는 미륵입상을 새겼는데, 용화세계를 바라는 진인의 출현도 남쪽바다에서 나온다고 하였소.

알로 상징되는 섬에서 진인이 태어난다는 것 아니겠어요? 허어,
이제는 미륵화현까지 등장합니다. 지구상의 땅덩어리가 바다에
둘러싸여 있으니까 가능한 논리일 수도 있겠지요. 그게 상상력
의 가없는 한계설정일 수도 있겠고요. 오늘 산행에서 알의 존재
를 새삼 음미하였어요. 육여사의 말을 뒤로 하고 일행은 케이블
카를 탔다. 하늘을 치받들고 있는 수림이 발아래 스치고, 산을
오르고 내리는 사람들이 자그맣게 보였다. 공중을 나는 새의 기
분이었다. 그와 더불어 한 가닥 공포심을 자아냈는데 외줄타기
가 이런 기분일까. 문명의 이기가 발달할수록 스릴을 동반한 위
험부담을 안고 살아간다. 빛살처럼 빠르고 강렬한 위험수
위……

# 향수의 마음자리

　남위원은 김여류의 전화를 받고 그날 산행에서 있었던 일을 떠올렸다. 집들이에 초대한다는 것이었다. 남위원은 잊고 있었다. 김여류의 집들이는 지난번 산행을 같이 하였던 사람들과 집들이 도우미로 온 김여류의 친구 두엇이었다. 조촐한 자리였다.

　우리가 또 만났습니다. 그날 산행 뒤풀이는 절정이었어요. 풀피리 시인은 아직도 그날의 산행을 가슴에 진국처럼 담고 있었다. 오늘은 집들이 겸 시 낭송회를 가졌으면 합니다. 좀 색다른 여흥이 좋잖아요. 좋지요, 좋아. 모두들 시심을 지니고 있지 않은가요? 나와 남위원과 최기자는 열외자이지만. 무슨 소리시오. 안교장은 화폭에다 시심을 수놓듯 하고, 남위원과 최기자는 이쪽저쪽을 두루 넘나들지 않소. 그럼, 모두들 시전놀이를 하기로 합시다. 도우미로 나선 김여류의 친구가 음식을 내오며 분위기를 돋우었다.

홍어가 여기까지 올라왔어요. 남위원은 홍어를 보자 반가운 마음이 들었다. 상가나 잔치집 상에 어김없이 올라오는 남도의 홍어. 톡 쏘는 그 맛은 한껏 향수를 불러일으켰다. 보아하니 남위원을 생각한 게 아닌가? 홍어 맛을 제대로 아는 사람은 남위원밖에 없지 싶은데. 저도 시댁이 그쪽이라 홍어를 좋아해요. 묵은 김치와 돼지 삼겹살로 이루어지는 홍어삼합. 처음에는 코를 싸쥐었는데 지금은 남편보다 제가 더 좋아해요. 육여사가 남위원을 거들었다. 지방마다 특색을 지닌 음식문화가 동서남북을 배척하고 거부한 것은 소통부재 때문이리라. 바람처럼 넘나들며 인정이 오고 갔으면 거부반응이 일어나지 않았을 것이다.

풀피리 시인이 간략하게 건배사를 읊조렸다. 다분히 시적이었다. 한 차례 술잔이 돌아가고 이어서 시낭송회가 시작되었다. 가나다순에 의해 강시인이 먼저 낭송을 하였다.


　　　누님이 동산 같은 물동이를 이고
　　　그림자 진 비탈길을 가고 있다.
　　　파래 일렁임 같은 숨 들이마시며
　　　꼬불꼬불 가고 있다.

92

세상을 까맣게 태우면서 다가오는 놀
미처 피하지 못하고
누님은 어둠에 묻혀 버렸다.


목이 메는 시가 아닌가. 해변가 석양노을이 지는 마을 전경이 눈앞에 쏘옥 들어왔다. 누님의 동산만 한 물동이. 물큰 어린 시절, 댕기머리 누님을 생각게 하였다. 누님에 대한 그리움이랄까, 추억은 다들 남다를 것이다. 남위원은 눈보라가 휘날리는 아침, 마을공동우물에서 정화수를 떠 오듯 조심스럽게 물동이를 이고 오던 누님의 모습이 눈앞에 다가왔다. 빙판길로 변한 눈밭에 넘어지기라도 하면 어쩌나 싶어 마음 졸이며 담장 너머로 바라보았다. 누님은 행여나 미끄러질세라 조심조심 발을 내딛으며 물동이를 이고 왔다. 그 사이 출렁이며 넘쳐 난 물방울은 고드름이 되어 누님의 앞머리에 수정구슬처럼 매달려 있었다. 야야, 윗집 동식이네 며느리는 물동이째 널부러져 엉덩뼈가 무너졌단다. 조심, 또 조심해야 쓴다. 옆집 수굿네 할멈이 위태롭게 물동이를 이고 오는 누님에게 주의를 주었다. 그와는 달리 개구쟁이 아이들은 눈밭에 미끄러지고 넘어지는 그 모습을 구경하기 위해 누런 콧물을 고드름처럼 코끝에 매달고서 히죽히죽 손뼉을 쳤다.

정월대보름날이면 댕기머리를 나풀거리며 지신밟기를 하듯 강강수월래를 하였다. 강강수월래는 한가윗날 중천에 뜬 보름

달을 즈려밟는 모습이 제일로 아름다웠는데 마치 달에서 내려
온 항아의 환생처럼 보였다. 그와는 달리 정월대보름날, 하얗게
내려앉은 눈밭에서 흰 저고리 검정 치마를 두르고 원을 그리며
돌아가는 모습은 서편 하늘 위에서 군무하는 학의 무리처럼 보
였다.

　누님이 시집가던 날은 잔잔한 파도 위에 눈보라가 하늘거리며
내렸다. 한 줌 눈물을 매달고서 가마에 오르던 누님의 자태는 누
가 보아도 어여쁜 새색시였다. 잘 살아야 한다. 두 손을 잡고 꼭
꼭 일러 주던 어머니의 눈에도 눈물이 고였다. 서러운 살림살이
속에서 곱게 키워 시집보내는 그 마음이 눈시울을 젖게 하였던
것이다. 꽃가마와 함께 누님은 돛단배에 실려 뭍으로 건너갔다.
바다를 건너가면 자주 오기 어려우리라. 아득한 눈길로 바다를
바라보며 바다 건너 친정집을 그릴 누님의 모습이 눈앞에 다가
와 마음이 아릿하였다. 파도에 깝죽거리며 눈보라 속으로 멀어
져 가던 꽃가마……．

　남위원 차례인가 싶소. 곁에 앉은 이선생이 남위원의 의식을
일깨웠다. 그리고 보니 김여류의 시 낭송이 누님을 실은 돛단배
에 실려 가뭇하게 흘러갔다.


　젊어서 고향 떠나 늙어 돌아오니
　고향 사투리는 여전한데 살쩍은 세었구나.

아이들은 쳐다봐도 모르는 사람
손님은 어디서 오시는가요?

　거참, 은근히 뜻이 깊으오. 누구의 시요? 하지장(賀知章)이라
고, 당나라 시인인데 시와 술을 몹시 사랑하고 즐겼어요. 이태백
은 적선(謫仙), 즉 귀향 온 신선이라고 하였지요. 그 시가 우리들
의 마음을 대신하는 듯해요. 어쩌다 고향에 내려가면 마음과는
달리 낯설게 다가왔다. 귀거래사를 읊조리며 귀향을 하고 싶어
도 선뜻 용기가 나지 않는 것도 그래서일까. 모두가 잃은 자 아
닌가. 내가 듣기로는 남위원의 마음을 노래한 것 같소. 고향친구
장인이 돌아가셨을 때, 그곳 집터에 관심이 많았다면서요? 아직
은 구름에 달 가듯 하는 나그네 마음 아니겠어요. 강시인이 얼른
남위원의 마음을 두둔하고 나섰다. 시 낭송은 차례로 이어지고,
술은 마음 밑바닥을 적시어 분위기는 흔연하고 충만하였다.
　집들이를 꽤나 다녀 보았지만 시 낭송으로 지신밟기를 한 것
은 처음이오. 얼마나 좋아요. 상다리를 두드리며 니나노 가락으
로 목청을 울려 봤자 시멘트공간으로 단절된 이웃들의 진정이나
들어올 테고. 우리 문화가 전체적으로 삭막해요. 세태가 영 메말
랐어요. 시절이 갈수록 시인들은 많은데 서로 공유할 수 있는 공
간매체가 단절되어 있어요. 풀피리 시인은 한 음절 높여 현실을
질타하였다. 어디를 둘러보아도 쓰레기만 널려 있어 악취가 풍

겨 났다. 무엇보다 의식 있는 사람들이 풍류를 몰랐다. 기껏 풍류를 즐긴다는 게 폭탄주 아니면 성 접대, 그것도 아니면 도박이나 비밀스러운 밀담이 오가는 요정문화 아닌가. 조선시대에 이르기까지 부패한 관리로 낙인찍힌 사람들은 몰라도 시회(詩會)쯤은 즐겼다. 그게 선비의 덕목이었고, 태평성대가 아니었어도 예술혼이 자리하였다. 궁핍을 이겨 낼 수 있었던 질량이기도 하였다.

시절을 거듭나는 동안 이런 알싸하고 정갈한 즐거움을 맛보아야 해요. 가는 곳마다 무대의 양상을 조금씩 달리한다는 것은 삶의 활력소 아니겠어요. 정체와 변화는 순환과정의 무엇이지요. 누가 말했지요? 흐르는 물에서는 두 번 다시 같은 물로 얼굴을 씻을 수 없다고? 이제 일어들 나서야죠. 누군가 시간을 일깨웠다. 김여류의 집을 나선 일행은 대로변에서 각기 헤어졌다.

*

안락한 동네 사람들은 그냥 헤어지기 무엇하여 철길을 건너 이선생이 발견한 연포탕집을 들어섰다. 남위원은 김을 내뿜는 연포탕을 바라보며 불현듯 연례행사처럼 돌아오는 기제사 때마다 연포탕을 끓이던 큰어머니를 떠올렸다. 연포탕은 기제사 때마다 빠질 수 없는 탕국으로, 정성이 남달랐다. 더군다나 할아버지와 큰아버지 기제사 때는 그 정성이 더욱 극진하였다. 할아버지와 큰아버지는 풍류적인 기질이 다분하여 술을 좋아하였다는 것이었다. 연포탕을 들고 나면 속이 시원하게 풀어진다고 하들 않았것냐. 큰어머니는 이마에 송글 땀이 맺힌 얼굴로 무념스레 말하였다. 연포탕에는 뭐니뭐니해도 산낙지가 제일이다. 싱싱한 해산물과 육류가 적당히 어울린 가운데 두부와 무가 조화를 이루느니라. 큰어머니는 일꾼들 몫까지 챙긴답시고 큰솥에 맛깔스럽고 정갈스레 끓였다.

어이구, 시원타! 술집에서 술안주로 연포탕을 들기는 처음이오. 안교장은 뜨거운 국물을 훌훌 불어 마셨다. 명절 때나 제사 때 맛보는 줄만 알았는데 기이한 맛이 들었다. 주인장, 어찌 이런 안주를 생각해 냈어요? 특별히 요리솜씨가 없어 저의 친정어머님께서 친정아버님이 술을 마신 뒷날이면 곧잘 연포탕 끓여 드리던 것을 생각해 냈어요. 젊은 사람들은 별로 달가워하지 않아요. 그래서 돼지두루치기를 배웠어요. 우리 시대와는 맛의 취향이라든가, 기호가 다르니까요.

명절이나 제사음식부터 달라졌다. 장만하기 귀찮다고, 맞벌이 부부의 시간제약으로 어쩔 수 없다고, 편리하고 간편함만을 좇다 보니 냉장된 제물을 배달받아 의례적이고 형식적으로 지낸다. 굳이 탓할 수 없는데도 어찌 그리 삭막하게 다가올까? 가을 바람에 파삭이는 갈잎을 생각게 하여 산 자와 죽은 자의 거리감을 더욱 멀게만 느끼게 하였다. 아무튼, 어머니의 손맛이 그리울 때면 연포탕을 찾아야겠어요. 그만 일어들 납시다. 오늘의 집들이는 기억할 만해요. 시(詩)에 있어서의 모순성과 사물을 인식하게 하는 난해성을 다시금 곱씹게 하였어요.

모순성은 뭐고 난해성은 어디서 온 거요? 모순성은 감성이 자연과의 합일을 짝하지 못하였다는 것이오. 난해성은 사물을 바라보는 시각이 도태되었거나 인지하지 못하여 사팔뜨기가 되었다는 거요. 무지하게 신랄한데, 남위원의 말은 귀담아들어야 할 부분이오. 강시인은 공감한다는 얼굴로 자리에서 일어났다. 화물열차가 영시를 가로질렀다.

*

남위원은 한사장의 장인이 생전에 버려 두었던 양돈장을 철거하라는 연락을 받았다. 함께 가지 않겠느냐고 한사장의 의중을 물었다. 경매로 나와 유찰된 것을 그래도 장인어른이 애지중지한 땅이라 남의 손으로 넘길 수 없다는 한사장의 마음이 작용하여 이선생과 안교장이 등 떠미는 대로 남위원이 경매를 받았는데, 혼자 가기가 무엇하였던 것이다. 한사장은 그렇지 않아도 궁금하였다면서 흔쾌히 동행하였다. 한사장의 처가마을에 도착한 두 사람은 이장을 찾았다. 칠십을 바라보는 노인네였다. 하긴 농

촌에서는 칠십 넘어야 노인 대접을 받는 현실이어서 아직 젊은
축에 들었다.

　이 계절에 철거하기가 좋습니다. 철거비용은 군에서 보조해
주니까 이왕이면 반듯하게 정지작업을 하십시오. 아직도 돼지똥
냄새가 나서 마을사람들이 곱지 않은 시선으로 지나칩니다. 이
장의 장황한 말이 아니더라도 폐허로 방치된 양돈장은 키 높이
의 잡풀로 우거져 보기 흉하였다. 이장은 골머리를 썩이던 오랜
숙원을 해결하게 되었다는 가벼운 마음이어서 고마운 마음까지
실어 보냈다.

　이번에 자네가 마음을 잘 정했네. 정비해 놓으면 하다못해 고
추농사를 지어도 될 게고. 남위원은 한사장의 말을 귓결로 들으
며 새삼 주위를 둘러보았다. 집터로는 그만이었다. 들판 너머 저
아래 바다가 보이고, 바로 눈앞에 저수지가 하늘빛으로 찰랑거
렸다. 뒤로는 병풍처럼 둘러친 산들이 정겨움을 주었다. 안락한
동네 지기들이 한마음으로 집을 지어 별장처럼 들고 나며 지냈
으면 좋겠는데…….

　그렇게 마음들이 움직이지 않았는가? 아직은 사정들이 여의
치 않을 것이고, 당분간은 자네 말처럼 나라도 주말농장으로 가
꾸어야겠지. 정지작업은 이 근처 사람에게 맡기는 게 좋겠어. 염
려 놓으시오. 쌈박하게 정지작업을 해 놓고 연락 드릴 테니께.
이장은 시원스럽게 말하였다. 한사장은 장인이 돌아가신 처가동

네가 고적하기만 하여 구십을 바라보는 처당숙이 붙드는데도 바쁘다는 인사말로 아쉬움을 떨쳤다.

장인어른이 살아 계실 때는 양돈장에 돼지가 그득하겠다, 배짱 좋게 도야지 통구이로 밤을 지새웠는데 이제는 한낱 추억일 수밖에. 그 기분을 전환할 겸 고향에 가세. 전복이라도 맛보게. 똥돼지 대신 전복이라? 한사장은 차를 고향 쪽으로 몰았다. 차창으로 지나치는 들녘은 그야말로 황금들판이었다. 보기만 해도 넉넉함이 들어찼다. 한 알의 쌀알은 한 그릇의 밥이 되고, 한 그릇의 밥은 생명을 키우는 우주의 양식임에랴. 풍요로움은 한 알의 쌀알에서 비롯된다. 문득 이천네 할머니의 모습이 눈앞에 다가왔다.

지지리도 가난한 이천네는 봄이면 보리이삭을 주워 여름을 지냈고, 가을이면 벼이삭을 주워 모아 겨울을 났다. 이천네 할머니는 코흘리개 손자들까지 하루 종일 들판을 헤매며 주워 모은 벼이삭을 털어 그걸로 모양새도 어여쁜 떡을 빚었다. 어찌나 솜씨가 좋은지 반달떡 한 개를 선뜻 베어 물기가 아까울 정도였다. 이천네 할머니의 떡 빚는 솜씨는 인근에서 알아주어 겨울로 접어드는 긴긴밤 출출한 입맛을 다시기에는 더없이 좋았다. 아낙네들의 모임자리는 물론 머슴들이 모여 앉아 짚방석이나 새끼를 꼬는 행랑채하며, 심지어는 노름꾼들의 밤샘까지 도왔다. 가난한 집에서 식구 모두가 주워 모은 벼이삭을 찧어 빚은 떡은 한겨울을 이겨 나갈 수 있는 생명줄이었다.

저건 또 무슨 축제랑가? 한사장은 탐진강을 거슬러 오르며 바람에 나부끼는 플래카드를 가리켰다. 신경 쓰지 말고 그냥 지나쳐. 가는 데마다 축제 공해 아닌가. 남위원은 지그시 눈을 감았다. 갯내음이 차창에 들이치며 저 멀리서 해조음이 들려왔다. 아름다움은 마음에서 일어나는 것. 물큰 향수가 씹히면서 손안에 움켜쥐면 피가 맺혀 나지 싶은 섬의 자태가 나타났다. 바닷물이 발치에서 찰랑거리며 반기었다. 전복양식을 하는 선배집 선창가였다.

어따, 뭔 일이다냐. 김선장도 낚시질을 와서 저기 바다 가운데 있다. 선배는 생각지도 못한 반가움을 입가에 지펴 물었다. 카우보이모자를 깊숙이 눌러쓴 모습은 여전하였다. 우리도 모르게 낚시질을 오다니요? 그럼, 모르고 왔냐? 나는 사전에 교감이 있었는 줄 알았는디. 어여, 배에 타거라. 선배는 김선장이 낚시를 하고 있는 바지선으로 배를 몰았다. 가두리 양식장은 몇 년 전 태풍으로 망가졌고, 바지선만 난파선처럼 볼썽사납게 물 위에 떠 있었다.

자네들이 여기는 무슨 바람이여? 허어, 우리가 할 소리를 하는구랴. 한사장은 깜짝 놀라는 김선장의 행동거지를 눈 흘김으로 받아쳤다. 나야, 마음이 심란해서 왔지만 자네들은 웬 일이여? 김선장의 변명 비슷한 말은 궁색하게만 들렸다.

입씨름 그만들 하고 뭘 좀 낚았어? 감성돔 몇 마리 올렸어요. 그걸로 술부터 한 잔씩 들지. 선배는 알량하게 분위기를 띄웠다. 감성돔이 그물망에서 제법 파닥거렸다. 선배는 익은 솜씨로 그걸 장만하였다. 오랜만에 뻬꼬시를 맛보네. 이 맛으로 낚시하는 것 아닌가. 파도가 엉덩이 밑을 들이치는 바지선 낡은 나무 바닥 위에 둘러앉았다. 검실검실 파도치는 바다 위에서 드는 술맛은 고향이 아니고서는 맛볼 수 없을 것이다.

한사장 처갓집 양돈장 정지작업차 내려왔다고? 자네가 경매를 받았다는 말은 들었네만 정말 별장이라도 지을 셈인가? 그냥 놀리면 되겠는가. 한사장 말처럼 하다못해 고추라도 심어야지. 시방 뭐라고 했는가? 자네가 엉뚱한 곳으로 귀촌한다고? 선배는 금시초문이라는 듯 반문하였다. 시급한 사항이 아닙니다. 시골로 내려오려면 고향으로 내려와야지 그 무슨 변괴여? 서울 살던 기원이도 머지않아 고향에 내려오기로 하였네. 나이 먹어 가면서 고향에서 뼈를 묻어야 할 것 아닌가.

그 선배가요? 남위원은 의외란 듯 반문하였다. 정기원이라면 일찍 고향을 떠나 자수성가한 사람이었다. 아버지가 좌익으로 몰려 처형당하자 더 이상 고향에 눌러살 수 없어 객지에 나가 고생 끝에 성공하였다. 들리는 소문에 의하면 고향을 떠난 뒤 한 번도 고향을 찾지 않았다고 하였다. 친척들과도 소원한 관계로, 명절 때나 기제사는 물론 집안의 대소사에 일체 얼굴을 내밀지 않고 지낸다는 것이었다. 그렇던 정기원이 만년에 고향에 내려와 노후를 지내겠다니 선뜻 이해가 가지 않았다.

그 친구 나름대로 고민을 많이 했는갑더라. 세상이 좋아졌다고는 하지만 아직도 좌우대립이 여전히 탈바가지를 쓰고 있지 않냐. 그런데 이번에 강제로 빼앗기다시피 한 땅을 찾았다고 하더라. 그곳에 부모님을 안장하고 집을 짓고 살겠다는 거야. 굉장한 결단이었군요. 심리적 보상차원의 해원이랄까, 그런 요인도 깔려 있을 법하고요. 아무튼, 아버지 세대는 가고, 화해의 차원에서 서로를 보듬어 안고 살아야 안 쓰것냐. 그런디 자네는 엉뚱한 곳에서 둥지를 틀어야? 새로운 개척지도 좋지요. 너무 나무라지 마시오. 김선장은 남위원의 입장을 거들었다. 한사장이 자리에서 벌떡 일어나더니 낚싯대를 끌어당겼다. 감성돔이 은빛 비늘을 드러냈다.

전복 좀 따 오마. 선배는 배를 타고 나가더니 바로 지척 양식장에서 전복을 따 왔다. 물큰 짭질하고 쫄깃한 고향 맛이 입안에 배어났다. 헌디, 너는 무슨 고민을 살풀이하자고 내려왔냐? 우리도 모르게. 세상에 고민 없는 사람이 어디 있것냐. 선배는 전복을 장만하며 김선장의 편을 들었다. 선배는 김선장이 울적하게 혼자 내려온 속내를 아는 듯하였다. 마누라가 갑자기 집에 들어오지 않아. 그만한 사정이 있겠지. 아예 연락두절이란 말인가? 일일관광버스를 타고 나가서는 돌아오지 않아. 세상을 살자 하니…….

김선장은 참고 있었던 울화통을 터뜨렸다. 그 나이에 바람이 나지는 않았을 것이고, 사고라도 당한 건가? 모르는 소리 마라. 뒤늦게 첫사랑을 만났다는 거야. 기가 막혀서. 야하, 축하할 일이다. 황혼녘에 동트는 새벽별을 보았다니 얼마나 소중한 만남이었겠냐. 오히려 네가 축하를 해 주어야지. 첫사랑이 누구였을까? 한사장 첫사랑은 순점이 아니었던가? 그랬던가? 기억이 영 등잔불이네. 첫사랑을 기억하고 만날 수 있었다면 정말이지 행운이야. 시덥잖은 소리는 그만 집어치워. 남은 속앓이를 하는데 무슨 잠꼬대 같은 소리야. 김선장은 한숨을 술잔 속에 삼켰다. 세상을 살다 보니 별 희한한 일을 당할 줄이야.


*


김선장 부인은 일일관광버스 안내원이 지정해 준 대로 하루 짝꿍과 좌석을 함께하였다. 어디서 본 듯한 얼굴인데, 선뜻 기억해 낼 수 없었다. 상대도 고개를 갸웃하였다. 휴게소에 한 번 들르고, 시원한 캔맥주를 나누고 나서 서먹한 기운을 걷어 낸 두 사람은 말문을 열었다. 어디서 본 듯한 얼굴이라고. 저도 생각 중입니다. 과거로, 과거로 돌아가는데, 어디쯤에서 멈출 줄 모르겠어요. 두 사람은 퍼즐을 찾아 꿰맞추듯 서로의 집합점을 찾아

나섰다. 고향이 문산이라고요? 그곳에 저의 막내이모님이 살았어요. 세한댁이라고. 그때가 고등학교 시절이었지요. 여드름을 포도송이처럼 달고 주말이면 막내이모 집을 즐겨 찾았어요. 오메야! 세한댁 아지매 웃마실 동물농장을 했던 집도 알겠네요. 그녀는 비로소 치막하게 가렸던 망각의 안개를 걷어 냈다. 이럴 수가! 그녀는 화들짝 놀랐다. 가슴이 울렁거리고 그 시절, 소녀시절로 돌아가면서 얼굴을 붉혔다.

알다마다요. 가만있자, 그럼 그 농장집 따님? 어쩔끄나. 이렇게 만날 줄이야. 반갑고 눈물겹네요. 재회의 기쁨이 이런 것일 줄이야. 두 사람은 너무나 달라진 서로의 모습을 바라보며 희뿌옇게 다가오는 첫사랑의 그림자를 즈려밟았다. 그녀의 아버지는 진주 농대에 재직하고 있는 외삼촌의 지원과 조언 아래 뒷동산에다 소, 돼지, 닭, 토끼, 개, 심지어는 사슴까지 길렀다. 그는 막내이모 집에 오면 어김없이 그녀 집 뒷동산으로 꽃사슴을 보러 갔다.

이게 무슨 인연이오? 그때 여리고 수줍은 모습은 가고 없지만 이제 보니 눈매는 여전합니다. 봄눈이 내리던 그날, 내가 건네준 편지를 기억하겠군요. 잊은 줄 알았는데 살며시 기억이 나네요. 영원히 품속에 간직하라고 쓴 편지였어요. 아, 이렇게 만날 줄이야. 그는 그녀의 손을 잡으며 새삼 세월의 무게를 실감하였다. 그동안 세월이 얼마나 흘렀는가. 까마득히 잊히고 망각해 버린 얼굴이 진흙 속에서 발견한 진주처럼 반짝 빛을 발할 줄이야.

마지막 편지는 잊고 있었어도 은행나무 그늘 아래에서 들려주던 하모니카 소리는 아직도 가슴에 간직하고 있어요. 옛날 동물농장은 없어졌어도 은행나무는 아름드리로 하늘을 이고 있고요. 그녀는 가슴을 모아 쥐며 얼굴을 붉혔던 소녀시절로 돌아갔다. 아, 그래요. 그 또한 여드름이 빼곡하던 학창시절을 떠올렸다. 주말마다 막내이모 집을 찾을 때면 자석에 이끌리듯 동물농장으로 향하였다. 꽃사슴을 보러 간다지만 사실은 첫사랑을 만나기 위해서였다. 그녀는 가만스레 기다리고 있었다.

그날은 돼지우리 근처에서 남정네들 몇이 진을 치듯 둘러서 있었다. 그는 언제 보아도 가녀리고 연약한 꽃사슴을 둘러보고 그녀가 기다리고 있을 은행나무 아래로 갔다. 동산 위쪽에 자리한 은행나무는 가을이면 무수한 은행을 달고서 샛노란 은행잎을 바람에 떨구었다. 그날은 하늘거리는 봄눈이 바람에 뒹구는 은행잎을 대신하였다. 오늘은 사람들이 많네. 우리 외삼촌이 돼지 시집장가를 보내는 중이야. 그럼, 사모관대와 족두리를 써야겠네. 그 말에 그녀는 귓불을 붉혔다. 이쪽으로 돌아앉아. 하모니카를 불어 줄 테니까. 그는 돼지우리가 보이지 않는 서쪽하늘을 바라보고 하모니카를 불었다. 하모니카를 불고 나서 그는 서늘한 눈길로 품속에서 편지를 꺼냈다. 이건 영원히 가슴에 간직하는 거야. 마음의 언약이거든. 아버지가 서울로 직장을 옮기셨어.

두 눈을 감고 입맞춤하듯 꾹 눌러 말하였다. 그녀는 그날 밤새워 가슴을 앓았다. 귓불에 닿은 그의 입김이, 촉촉하게 젖은 입술이 파삭하게 메마른 그녀의 입술을 적시던 황홀감이, 이제는 멀리 떠났다는 이별의 아픔이, 열병을 앓게 하였다.

그날, 내가 하모니카로 무슨 노래를 불러 주었는지 기억하시오? 기억하고말고요. 첫사랑 언덕이었어요. 저도 부산에서 직장 생활을 하면서 명절 때나 휴가 때면 고향에 내려가 은행나무 아래에서 추억을 새기며 그 노래를 흥얼거렸어요. 왜, 갑자기 소식을 끊었어요? 아버지를 따라 전학한 뒤 낯선 학교 분위기와 대학 입시준비에 정신이 없었어요. 시골 학교생활과는 전혀 달랐어요. 가슴으로 그리움을 삭이다가 세월과 함께 묻히게 된 거예요. 저 역시 아버지께서 돌아가시고 시골 동물농장을 정리한 뒤로 부산으로 나와 고향을 잊다시피 하였어요. 그랬었군요. 우리에게 시절은 빠른 속도로 변화를 가져왔어요. 세월처럼 빠른 게 없고, 빠른 만큼 망각의 두께를 두텁게 내두르고요. 그리고 환경의 지배만큼 무서운 게 없어요. 먹고사는 문제와 직결되기에 압박감으로 작용하였고요. 우리 세대는 유별나게 굴곡진 세태에 순응해야 했어요. 다행스럽게도 지금의 남편을 만났고요.

두 사람은 목적지에 도착하는 동안 서로가 살아온 삶의 여정을 이야기하였다. 산을 오를 때도 정다운 연인처럼 올랐다. 잊어버린 첫사랑을 찾았으니 앞으로도 종종 산행을 즐깁시다. 우리가 이제 건강한 육신으로 살면 얼마나 살겠어요. 동감이에요. 아이들도 다 키웠겠다, 외로움을 묻어야죠. 그녀는 원양어선에서 내린 뒤부터 시도 때도 없이 바람처럼 배낭을 짊어지고 집을 나서는 남편을 떠올렸다. 어떨 때는 집에 버려진 듯 외로움이 묻어나 불만이었다.

두 사람은 일행들이 저만큼 앞서 산을 내려가는 모습을 바라보며 올망졸망 이야기를 나누며 하산하였다. 가파른 바위등성이를 만나 조심스럽게 내려오는데, 그녀를 붙잡아 주려던 그가 어마지두, 바위 아래로 굴러 떨어졌다. 졸지에 일어난 사고였다. 부축해 일으켰을 때는 한쪽 다리를 쓰지 못하였다. 급히 119를 불러 병원에 입원시켰다.


자네 마누라가 첫사랑 병간호를 한단 말이지? 그쪽 부인은 없는가? 그렇다네. 이게 될 법한 일인가? 참으로 난망하고 심난하구만. 그러게. 다른 사람도 아니고 첫사랑이라니. 얼마나 가슴 뭉클하며 아릿한 전경인가. 그렇다고 김선장 부인이 배반하지는 않을 것이다. 김선장과 살아온 여정이 어디 보통이었는가. 그리고 우리 나이가 얼마인가.

황혼 이혼이 급증하는 세상 아닌감. 심각하게 잡도리 잘혀. 선배는 뉴스로 회자가 된 사례를 들며 긴장감을 부추겼다. 김선장 부인은 그럴 사람이 아닙니다. 꿈에도 떠올릴 수 없었던 첫사랑을 만났는데, 불의의 사고를 당하였는지라 마음이 아픈 게지요. 곧 평상심으로 돌아올 겁니다. 첫사랑보다 더 진한 열애 끝에 결혼하지 않았습니까. 그건 그래. 마누라가 한참 방황할 때 나의 존재는 마음의 위안처이자 영원한 안식처였으니까.

김선장은 다소 가벼운 마음으로 안심이 된다는 듯 술잔을 들었다. 제대복을 입고 먼 바다로 나가기 위해 부산행 열차를 탄 김선장 앞에 그녀가 나타난 것은 운명이었다. 아까부터 마주 앉은 그녀는 시종 우울하고 고적한 모습으로 차창 밖을 바라보고 있었다. 김선장은 그녀가 퍽 안쓰러워 보였다. 마침 배도 출출하여 지나치는 매점원에게 삶은 계란과 캔맥주를 샀다. 한 개 들어 보시라고, 그렇게 말문을 꺼낸 김선장은 몇 번 사양하다가 삶은 계란을 받아 든 그녀와 대화를 나누었다. 그렇게 만난 그녀와의 열애는 햇수로 삼 년 동안 지속되었고, 사랑이 무르녹은 계절 백년가약을 맺었다.

오늘에 이르기까지 김선장이 원양어선을 타고 바다를 누빌 때도 그녀는 열녀의 마음으로 기다림과 그리움을 가슴에 모두며 살뜰히 가정을 지켜 왔다. 누가 뭐라 해도 다복한 가정을 꾸린 부부애였다. 그래, 첫사랑이 무어 대수냐. 살아온 만큼 다져 온 사랑은 천 년을 지탱하는 주춧돌이 아니겠느냐. 김선장은 입질을 하는 낚싯줄을 끌어당겼다. 월척이라도 낚아 올린 듯 흔감하였다. 배 한 척이 물찬 제비처럼 다가왔다. 김선장의 동생이었다.

고향에 내려왔으면서 집에는 들어오지 않고 여기서 뭣 하는 거요? 보면 모르것냐. 세월을 낚고 있다. 어머님이 기다리셔요. 이 친구가 어머님도 안 뵈었구만. 큰 불효를 했네. 형님들도 같이 가십시다. 김선장의 동생 말을 좇아 바지선을 뒤로하였다. 김선장의 동생은 전복으로는 부족하다면서 가두리 양식장에 들렀다. 제주도로 나아가는 물 깊은 곳에 자리하고 있었다. 아낙네가 모자를 깊숙이 눌러쓰고 먹이를 던져 주고 있었다.

제수씬가 보네. 뒤늦게 마누라 하나는 똑소리나게 얻었어. 횟감 수송이야, 집안일이야 어디 하나 흠잡을 데 없다. 선배가 침이 마르게 칭찬하며 배를 바지선에 댔다. 배 두 척이 일으키는 너울이 가두리 양식장을 어루었다. 김선장의 제수씨가 마주쳐 왔다. 어머나, 선생님 아닌가요? 그녀는 모자를 벗고 김선장에게 인사를 드리려다 말고 남위원을 발견하고 깜짝 반겼다. 간호사였다. 놀라기는 남위원도 마찬가지였다. 청해진이라 해서 어딘가 했더니 김선장의 제수씨일 줄이야!

두 사람이 아는 사이여? 선배를 비롯하여 모두가 눈을 화등잔만 하게 떴다. 제가 부산 살 때 안락한 동네와 인연이 있었어요. 간호사는 남위원이 말하기 전에 에둘러 말하였다. 남위원은 금방 알아차렸다. 그녀의 전직이 간호사였다는 사실을 가슴에 묻어 두었다는 것을. 인연이 있었다? 안교장과 이선생과도 잘 알아. 자네들만 안락한 동네에 즐겨 오는 줄 알았는가? 남위원은 한사장의 의구심을 꾹 누질렀다.

그럼, 제수씨가 한때 문학소녀였던가? 그런 점이 다분해요. 매일 일기를 쓰거든요. 김선장의 말에 그의 동생은 한술 더 떴다. 남위원을 바라보는 간호사의 얼굴 한켠에 소곳한 웃음이 떠돌았다. 그녀만이 간직하고 싶은 내면의 비밀스러움. 왜 굳이 전력을 내보이지 않았는지 남위원으로서는 이해가 갔다. 제수씨가 든든한 고향친구 뒷배를 지니고 있는 줄은 몰랐어요. 덕분에 술자리가 더욱 향기롭겠어. 선배는 전복을 간호사에게 안겨 주었다. 남위원은 문득 안교장과 이선생이 함께 어울렸더라면 좋았을 것이라고 아쉬움을 잘근 깨물었다.

*

남위원은 양돈장 정지작업을 마무리하였다는 연락을 받고 한사장의 처가마을로 갔다. 이선생과 안교장, 그리고 강시인도 동승하였다. 어디선가 가을을 비질하는 바람이 피부에 와 닿았다. 백일홍이 보기 좋군. 가로수로는 품위가 있어요. 이선생은 도로 주변에 늘어서 있는 자미화를 바라보며 향수를 머금었다. 어려서 마을 앞, 휘움하게 돌아가는 나지막한 동산에 사백 년이 넘는 자미화가 흐드러져 있었다. 일 년에 백 일 꽃이 핀다 하여 백일홍이라고 하였던가. 마을사람들 모두가 당산나무 이상으로 외경스러워하였다. 전해 내려오는 구전에 의하면, 고려가 망하고 조선왕조가 들어서자 두 임금을 섬길 수 없다며 절개를 지킨 두문동 칠십이 현의 한 자손이 끝끝내 선대의 절개를 지키기 위해 남루한 행색으로 유리걸식하다시피 방랑하다 지친 몸을 자미화 꽃그늘 아래 잠시 쉬어가기로 하였는데, 그만 잠이 들어 영영 깨어나지 못하였다. 나라에서는 그 절개를 가상히 여겨 추모비를 세우고 자미화를 그 사람의 표상으로 삼게 하였다.

품격이 높은 나무지요. 그런데 이곳에 오니 가뭄이 상당히 깊었는가 봐요. 저수지물이 메말라 잉어, 붕어, 가물치가 목이 마르겠어요. 정말 심각한 문제가 아닐 수 없어요. 앞으로는 하루를 이십오시로 정해야 한다는 과학적인 근거를 말하는 사람도 있다는군요. 지구의 자전 속도가 점점 느려진다는 거요. 그 모든 이상 징후가 인간이 저지른 결과물이오. 신의 아들로 자처한 인간이 가장 사악한 동물이오. 그 업보를 서서히 받는 거요. 너무 알싸한 예감 아니오? 그렇게 생각하면 살맛이 싹 가시지 않소. 우리는 아직은 풍요로운 땅을 가지고 있잖아요. 한사장은 허드레 소리로 심각한 분위기를 눙쳤다. 어느 사이에 목적지에 도착하였다. 흉물스럽게 버려졌던 양돈장은 말끔하게 정돈되어 있었다. 시뻘건 황토흙으로 잘 다져 있었다. 누가 이곳을 양돈장이었다고 말하겠는가. 미리 연락을 받은 이장이 들머리에 서서 반겨 맞았다.

정지작업을 감독하느라 애쓰셨습니다. 수고랄 게 있습니까. 어떠시오? 눈앞에 금방 별장이 그려지지요? 텃세는 없습니까? 옛날에는 마을마다 자자일촌으로 뿌리를 내려서 타성받이들이 알게 모르게 따돌림을 받고 서러움을 당했지만, 요즘은 사람이 있어야 말이지요. 선생님들 같으면야 대환영이지요. 아무튼, 이 장님만 믿겠습니다. 고추농사를 짓더라도 말입니다. 수고도 하셨고, 어디 가서 술이나 한잔 하십시다.

남위원의 제안에 이장은 사양지심을 내보이다가 부녀회장 둘째아들이 운영한다는 음식집으로 안내하였다. 숙박시설까지 갖춘 집이었다. 양돈장도 정지작업을 하였고, 그 기념으로 삼겹살이 좋을 것 같다는 이장의 제안에, 이선생은 이왕이면 애돼지 한 마리를 잡자고 한술 더 떴다. 이장은 추임새를 놓듯 시중에서는 삼겹살이 금겹살이었는데 어느새 값이 내리막길이어서 이래저래 속앓이를 한다는 것이었다. 부녀회장 아들은 주문대로 애돼지를 잡았다. 애돼지 한 마리를 잡으니 확실히 푸짐하였다. 우선 돼지머리를 들고 가서 정지작업을 한 땅에 고사를 지냈다. 한사장 장인어른도 지하에서 흐뭇하게 여길 터였다. 지신에게 고사를 지내는 동안 무슨 일인가 싶어 지침지침 구경 나온 마을 노인네들을 모시고 걸판진 잔칫상처럼 술을 들었다.

허허, 선상님들이 우리 마을에 오면 생기가 돌겠어. 요즘은 경기도 안 좋고, 아들 며느리 눈치보기도 민망할 때가 많으이. 흠

족하게 드십시오. 저희들도 다들 시골 태생입니다. 암만. 도시의 팔구할은 시골에서 올라간 사람들인께. 인자, 하나둘 고향을 찾아와야 할 것인디, 시골경제가 어디 그런감. 갈수록 동공현상이여. 사방에 내놓은 경매물이 오늘의 농촌 실정을 단적으로 말해주이. 노인네들은 흔감해하며 곤궁한 농촌경제를 대책 없이 몸으로 안고 산다는 듯 술잔 속에 한숨을 죽였다. 일행은 먹다 남은 돼지고기를 노인들을 위해 이장에게 안겨 주고 밤늦어 귀로에 올랐다. 시골인심은 조금도 변하지 않았어. 안교장의 목소리가 별똥별처럼 의식 저 너머로 아스라이 사라졌다.

# 세월의 부침

　겨울로 들어서면서 군인아파트 단지가 폐허처럼 변하였다. 사람이 살지 않는 주택단지. 스산하고 슬프기조차 하였다. 어디로 갔을까? 하룻밤 사이에 작전명령이 떨어진 듯 이동하다니. 겨울을 나기 위한 철새처럼 무리를 지어 가 버렸다. 주위의 서민들이 즐겨 애용하였던 복지회관 내의 목욕탕, 이발관, 구매점도 문이 굳게 닫혔다.

　어이 된 기고? 이 사람들이 다들 어디로 간 기고? 목욕수건을 비닐백에 넣고 잰걸음으로 복지회관 앞에 선, 길 건너 할머니가 실망스러운 얼굴로 돌아섰다. 겨울을 재촉하는 한 줄기 비를 머금은 구름장처럼 복지회관이 우중충한 모습으로 할머니의 등을 떠밀었다. 바로 지척에 목욕탕, 이발관, 재래시장과 슈퍼마켓이 있지만 주위의 서민들이 즐겨 복지회관을 애용한 이유는 다른 곳보다 싸다는 것이었다.

아이들과 노인네들이 한데 어울려 물웅덩이에서 물장구를 치던 시끌벅적한 목욕탕만 하더라도 노인들로서는 떠나온 고향의 정서가 묻어나 정겹고 만만하기만 하였다. 오냐, 오냐. 네놈 고추가 제법 영글었구나. 우리 나이 때보다 잘 묵고 근심 걱정 없어노이 훨씬 숙성하단 말이야. 노인네들은 손주 같은 귀여운 애들의 고추를 어루만지며 세상물정 모르던 소싯적을 떠올렸다. 히힛, 할배는요, 거기도 터럭이 하얗네요. 우리 집 흰둥이 개도 그런데. 에끼놈. 나이가 들면 그런 법이다. 천 리를 달리는 백마도 젊었을 적부터 흰털을 지닌 것이 아니다. 우아, 할배는 거짓말도 잘한다. 삼국지에 나오는 유비가 탄 백마도 할배처럼 허리 굽고 힘 못 쓰는 늙은 말이었습니까? 꼬맹이들은 냅다 웃음을 터뜨리며 자맥질을 하였다. 비좁은 탕 안이 요란법석 물방울이 튀기는데도 노인네들은 꼬맹이들이 마냥 귀엽기만 하였다.

이발관은 더욱 서민적인 운치가 있었다. 오십이 넘은 이발사는 현대식 유행머리 깎기와는 거리가 멀었다. 나 말이여? 열다섯 살 때부터 이발가위를 들었어. 초등학교를 졸업하자마자 중학교 진학은 애시당초 꿈도 꿀 수 없어 기술이나 배우자고 마음 먹었지. 할아버지 때부터 물려받은 논밭뙈기는 근근이 입에 풀칠이나 할 정도여서 그 가난을 대물림할 수는 없었던 거여. 평생 죽자고 농사를 지어 봤자 육신만 작살날 거라 생각했지. 시골에서 제일 배우기 쉬운 게 뭐겠어? 면소재지에 유일하게 간판을 내건 이발소에 들어가기로 했지. 그것도 엄청 지원자가 많아 경쟁이 치열했구만. 물론 죽자고 허드렛일이나 다름없는 조수 노릇 해봤자 겨우 밥 먹여 주는 정도였어. 월급 따위는 없었고. 그래도 운 좋게 이발소 조수로 들어갔지.

처음에 하는 일이란 손님 머리 감기고 청소하고 물 길어 나르는 일이었지. 가위라든가, 면도날은 쳐다보지도 못하였지. 주인 몰래 면도날이라도 만져볼라치면 불호령이 떨어졌어. 그래도 농사짓기 싫다는 일념으로 버티어 나갔지. 주인이 십 년도 넘게 사용하다 버린 이발가위와 면도날을 용케 손에 넣은 날, 하늘이 파랗게 열린 기분이었어.

그놈을 가지고 밤마다 똥강아지를 상대로 연습을 하였지. 그러다 보니 동네 똥강아지들은 전부 내 고객이 되어 이발을 하게 된 거야. 아, 저녀러 똥개가 뭔 털을 저렇게 이쁘게도 골랐다냐? 우리 집 황구랄 놈은 요상허게 털갈이를 했구랴. 마을 사람들은 이발한 개들을 바라보며 신기한 눈초리를 보냈지. 그뿐이었는감. 다 닳아빠진 면도날을 시험하기 위해 돼지새끼를 붙들고 그 넓적한 귀를 깨끗이 면도해 주기도 하였지. 하여지간, 그렇게 밤마다 열심히 수련을 쌓은 보람이 있어 몰라보게 자신감이 붙었어. 이발사는 어른이고 아이고 머리를 깎으며 쉼 없이 자신이 걸어온 여정을 입에 담았다.

그래서요? 면도날이 목울대를 위험스럽게 스치며 귀밑 아래에 머물면 잔뜩 긴장해 있던 손님은 적이 안도감을 느끼며 다음 말을 재촉하였다. 날선 면도날이 툭 불거져 나온 목울대를 잘못 건드리기라도 하면 검붉은 피가 솟고 비명을 내지를 터였다. 돼지나 소 멱을 어떻게 따는가.

허허, 그렇게 익힌 기술을 슬금슬금 써먹을 때가 왔지. 주인이 갑자기 볼일이 있거나, 감기몸살로 누워 있을 때를 놓치지 않았어. 밤마다 수련한 솜씨를 발휘할 절호의 기회였으니까. 주인은 그때마다 문을 닫거나 밀린 수건을 빨게 하였는데, 손님 가운데 하나가 그날 꼭 이발을 하고 잔치나 행사에 참석해야 할 절박한 상황에 이른 거여. 야, 꼬맹아. 네놈이 면도라도 할 수 있겠냐? 아, 그럼요. 거울 앞에 앉으세요. 그 기회를 얼마나 기다렸는데 겸양지심을 내보이겠어?

물뿌리개로 머리카락을 축이고 조심스레 가위질을 하고 따스한 물수건으로 얼굴을 뎁힌 다음 면도를 하였지. 똥개들을 상대로 한 이발보다 정성스러운 만큼 긴장감이 묻어났지만 손길이 부드러웠어. 더러는 신참답게 귓불에 면도자국을 낸다거나 턱 밑에 핏방울을 맺히게 하였으나, 손님은 상황이 상황이었는지라 만족스러워하며 지전을 호주머니에 찔러주었어. 물론 요금의 절반에 지나지 않은 수고비였으나 감지덕지 하였지. 기술을 인정해 주고 대가를 받았으니 그 감격스러운 순간을 어찌 말로 다 할 수 있었겠어.

그렇게 기술을 익혔군요? 면도를 끝내고 새로 태어난 듯한 거울 속의 모습을 매슬러보며 건듯 물을라치면, 물론이지. 그렇게 주인 대신 이발을 한 손님들의 입에서 숨씨를 인정하는 소리가 입소문으로 번져났지. 주인은 디룩한 눈망울로 긴가민가한 표정을 짓고 나서 정식으로 이발가위를 맡겼어. 그와 동시에 주인은 차츰 자기 시간을 즐긴 거여. 그만큼 나이가 들었고, 자신의 한계와 일에 대한 염증을 느낀 거여. 점점 위치가 공고해지면서 열심히 가위질을 하였지. 그러면서 비상을 꿈꾸었지. 독립을 해서 어엿한 이발관을 차리겠다고. 한적한 시골보다 대처로 나가야겠다고. 몇 년 악착같이 매달린 끝에 대처로 나왔지. 자격증도 얻었고, 없는 돈을 빚내 이발관도 차렸지. 정말 황홀하였어. 자부심으로 가득 찼고, 사장님 소리를 그냥 누워서 들었지.

그럼, 어째서 이곳까지 흘러왔는가요? 조금은 단도직입적으로, 자존심 상할 법한 질문을 던질라치면, 인생유전이라고 하지 않던가. 잘나갈 때 욕심을 내지 않고 처신을 잘해야 하는데 그만 도를 넘은 거여. 자족을 모르고 허욕을 부렸군요. 그런 셈이지. 주위의 부추김도 작용하였고. 한마디로 퇴폐이발소로 눈을 돌렸네요? 허욕의 정점이 그게 아닌감. 잘 빠진 여자 면도사 겸 안마사를 몇 두고 사업을 벌였지. 잘 나갔어. 돈이 다발로 들어오고 아랫배가 튀어나왔지. 삼삼한 안마사의 육보시도 심심찮게 받았고.

지금 그 뱃살이 그때의 잔해인가요? 기념비적인 추억의 산물이지. 그렇게 잘나가다 보니 주위의 시샘과 알력도 만만찮았어. 투서가 들어가고, 몇 번인가 단속반이 들이닥치고, 끝내는 감방 신세까지 졌지. 그 여정이 천국과 지옥을 넘나드는 기분이었어. 감옥에 있는 동안 죄수들의 머리를 깎아 주고 미화운동을 열심히 한 덕분에 좋은 인상을 심어 주었어. 마침 훈련병들의 머리를 깎는 일에 동참하게 되었는데 그 인연으로 여기 온 거야. 이제 황혼 아닌가. 자족하며 살아야지. 이발사는 달관자연하게 말하였다.

배불뚝이 구매점 담당관. 내일모레 퇴직을 앞둔 육군상사. 그는 목욕탕까지 관할하였는데, 대머리에 사복차림의 모습은 기강이 반듯하고 군기가 확실히 잡힌 군인이라기보다는 마음씨 좋은 구멍가게 아저씨를 연상시켰다. 개구쟁이 아이들로부터 팔십 노인에 이르기까지 마음 툭 터놓고 대하였다. 아저씨, 아저씨, 육군상사 아저씨. 오늘은 뭐 맛있는 것 들어왔는가요? 사병 둘을 거느리고 수송차에서 물품을 내릴라치면 학교를 파하고 집으로 돌아가던 애들이 헤헤거렸다. 오냐, 오냐. 맛있고 싼 것 많이 들어왔다. 집에 가서 엄마 손잡고 오너라. 두꺼비 배처럼 장사수완이 꽉 찼네요. 누가 모를까 봐서요. 울 엄마 손잡고 오면 과자만 사겠어요? 이것저것 부식을 사지요. 아이들은 굳이 엄마 손을 잡고 오지 않아도 싼값에 이끌려 엄마들이 구매점을 애용한다는 것을 잘 알았다.

　생선류나 육류, 채소류 따위는 그 곁에 있는 재래시장을 이용하지만 그 밖의 간식용이나 주류는 구매점에서 샀다. 배불뚝이 상사는 웬만한 부인들이 어느 아파트에 사는지도 알았다. 농담도 시기적절하게 곁들일 줄 알았고, 귀꿈스럽게 가정사도 물었다. 바깥양반들이 다들 좋은 분들이에요. 실속도 있고요. 그만한 사회적 지위와 신분이면 온천장이나 시내 반듯한 이발소를 찾을 텐데, 한결같은 마음으로 아이들을 앞세우고 우리 복지회관을 찾아 주니 그렇게 고마울 수가 없어요. 그래서 말인데요. 목욕탕이나 이발소를 산뜻하게 리모델링할 수는 없으세요? 그거야 하루에도 몇천 번 그런 생각을 하지만 제 마음대로 할 수가 있어야지요. 무슨 말씀이세요. 새로 아파트를 증축하고 좀 더 내실 있게 활성화를 시켜야죠. 글쎄요. 그게 말이지요. 배불뚝이 상사는 거기에 이르면 언제나 말끝을 흐렸다. 그러니까 배불뚝이 상사는 그때 이미 군인아파트 단지가 주공으로 넘어가 새롭게 대단지 아파트로 조성된다는 것을 알고 있었던 것이다.

　언젠가 남위원은 퇴근길에 배불뚝이 상사와 마주친 적이 있었다. 반갑습니다. 요즘은 웬일로 목욕탕과 이발소에 발길을 끊다시피 합니까? 배불뚝이 상사가 남위원을 먼저 발견하고 인사를 하였다. 그러게요. 외국나들이를 한 것도 아닌데 그리됐습니다. 하긴, 선생님 같은 분들이 즐겨 찾을 만한 곳은 못 되지요. 지척에 온천장이 있는데. 별말씀을 다 하십니다. 얼마나 정겨운 곳입니까. 술이라도 한잔 할까요? 남위원은 진즉부터 그의 존재에 호감을 지니고 있었다. 군대생활을 할 때, 저질스럽고 표독스러운가 하면 변덕이 죽 끓듯 치사스럽기만 하던 선임상사 밑에서 마음고생깨나 하였는지라, 호인다운 그의 풍모가 마음을 다가서게 하였다. 좋지요. 이웃이라면 이웃지간인데요. 배불뚝이 상사는 수송차 운전병더러 먼저 가라 이르고 남위원과 어깨를 나란히 하였다. 남위원은 안교장과 강시인이 기다리고 있는 충렬시장을 들어섰다.

　강원도 홍천에서 근무할 때, 옥수수로 빚은 술이 입에 쩍쩍 붙었지요. 그 맛에 전방생활의 외로움을 잊었어요. 배불뚝이 상사는 술집 분위기를 금방 알아차렸다. 두 사람은 할매집을 들어섰다. 안교장과 강시인이 먼저 와 기다리고 있었다. 가게 앞에 묵과 두부를 내놓은 술청은 비좁고 누추하였다. 방 안에서는 누룩

122

뜨는 냄새가 풍겨 나오고, 주방에서는 무청을 넣은 동태찌개가 김을 내뿜고 있었다. 안교장과 강시인은 배불뚝이 상사를 반겨 맞았다. 비좁은 장소가 꽉 들어찼다.

배불뚝이 상사는 흔연한 기분이었다. 손수 만든 손두부에다 무청을 넣은 동태찌개가 동동주와 잘 어울렸다. 강시인은 특별히 신경을 쓴답시고 할매더러 생선가게에 가서 삐득삐득 마른 가자미 두어 마리 사 와 된장을 발라 미나리를 곁들여 쪄 달라고 주문하였다. 할매는 동동주 한 됫박을 다 비우고 또 한 됫박을 달라고 하였을 때서야 강시인이 주문한 안주를 올려놓았다.

할매를 보니 저의 고모 옆집에 살았던 미망인이 생각납니다. 혹시 사모한 것은 아닙니까? 지금에 와서 생각하니 그런 셈이지요. 한창나이 적에는 누구나 연상의 여인을 흠모하지요. 누님 친구를 가슴 설레게 바라본다거나, 이웃집 새색시가 마냥 좋다거나 하지요. 그런데 배불뚝이 상사는 정반대였다. 고모 집에 갔다 하면 괜스레 심술이 났다. 수심 어린 듯한, 곱상한 미망인과 마주치면 심술을 부리고 싶었다. 애완용으로 키우는 개가 울 너머로 짖어대면 돌팔매질을 하였고, 수탉이 홰를 치면 대막대기로 쑤셔 댔으며, 돼지랄 놈이 배때기를 드러내 놓고 꿀꿀거리면 먹이를 떠 주는 바가지로 양정없이 머리통을 때렸다. 그것은 일종의 관심끌기의 심리적 반사작용이었는지 모르지만 고모님은 배불뚝이 상사만 오면 눈살을 찌푸리며 몸살을 앓았다. 미망인도 처음 얼마 동안은 무시하듯 참고 넘어가더니만 도가 지나치다 생각하자 아예 상종을 하지 않았다. 사람을 무시한다 싶어 오기 비슷한 게 차올라 집을 뛰쳐나간 길로 자원입대를 하였다. 그게 오늘날의 상사 모습이었다.

엉뚱한 발산이 운명을 바꾸어 놓았군요. 그런 셈이지요. 지금 후회해 봤자 소용없는 일이고…….

그 뒤로 미망인의 존재는 잊었어요? 잊었다면 할매를 보는 순간 떠올랐겠는가. 세월이 흘러 상사로 진급하였을 때, 사죄라도 드릴까 하고 고모 집을 찾았다. 고모님은 백발이 성성한 노인네가 되었고 미망인은 좋은 사람 만나 재혼을 하였다고 하였다. 이번에는 제가 한잔 사겠습니다. 배불뚝이 상사는 부득부득 명장시장 용원횟집으로 이끌었다. 이 집은 강시인 단골인데 어찌 아십니까? 저도 단골이 못 되란 법이 없지요. 두어 번 군속들과 왔는데 젊은 부부가 친절하게 영업을 하더군요.

용원횟집 주인은 강시인을 먼저 알아보았다. 명장시장 뒷골목. 강시인이 길을 튼 용원횟집 말고도 정동진횟집, 목포홍어집이 나란히 자리 잡고 있는데 세 집을 순례자의 마음으로 찾았다. 오늘은 늦은 시간이어서 횟감이 좀 그렇습니다. 전작이 있으니까 양심껏 내와요. 강시인은 주인의 사심 없는 말에 흡족한 기분이었다. 나중에 이선생이 합석을 하였고, 배불뚝이 상사는 의외로 술이 약하였다. 소주 양주는 몰라도 동동주에는 약하다는 것이었다. 삼차로 목포홍어집을 가기로 하였는데 다음으로 미루었다.

　배불뚝이 상사와는 끝내 목포홍어집을 가지 못하였다. 그 뒤로 자리 마련이 쉽지 않았던 것이다. 그 양반과 자리를 한 번 더 해야 하는데 어쩐지 잘 안 됩니다. 거나하게 빚을 갚아야 할 텐데. 강시인의 말이 아니더라도 폐허처럼 변해 버린 군인아파트와 복지회관을 바라보노라면 이발사와 배불뚝이 상사가 눈앞에 다가왔다. 장막을 둘러친 군인아파트는 동공상태로 버려졌다. 집 나간 똥개와 들고양이들도 얼씬거리지 않았다. 어떤 아파트단지가 들어설까? 우후죽순처럼 새로운 아파트단지가 들어설 때마다 쾌적한 문화공간이라고 눈을 번듯 뜨고 생활의 척도, 삶의 부가가치가 높아졌다고 말하지 않는가.

　오늘은 배불뚝이 상사를 생각하며 홍어회를 맛볼까? 기분도 좀 그렇고. 그럽시다. 김여류께서 남위원 때문에 홍어 맛을 제대로 알았다고 하더군요. 아마, 이쪽으로 오고 있을 겁니다. 남위원은 강시인의 행보가 순발력이 있다고 생각하였다. 집들이를 하고 나서 무슨 모임 끝에 홍어집에 들러 홍어탕을 들었다. 그때가 언제였지? 기억이 잘 나지 않았다. 두 사람은 용원횟집을 지척에 두고 목포홍어집을 들어섰다. 김여류는 먼저 와 있었다. 남위원은 한사장과 김선장이 생각나 전화를 하였다. 오늘은 아침부터 주위의 분위기가 심기를 불편하게 하였다. 정년을 바라보는 위치 때문인가? 스스로 자문하며 희끗한 머리칼을 쓸어 넘겼다. 파삭한 기분. 이럴 때 가까운 지기들, 고향친구들과 마시는 한잔 술은 감로수였다. 한사장은 영업 중이라 하였고, 김선장은 산행에서 돌아와 피로한 얼굴로 나타났다.

가만있자, 어디서 본 듯한 얼굴인데……. 김선장은 홍어집 주인을 보자 뜨악한 얼굴로 머리를 갸웃하였다. 아따, 그렇게나 모르것소? 김정성 누이동생 아니요. 내가 그 친구하고 한 번 왔지 싶은데 술김에 찾아와서 긴가민가 했네. 김선장은 기억을 되살리며 새삼 반가움을 담았다. 그녀의 오라버니하고는 향우회를 결성하면서 막역한 사이가 되었다. 홍어삼합이 들어왔다. 거, 홍어애도 좀 주시구랴. 그렇잖아도 장만하고 있어요. 오실 때마다 홍어애를 찾아서 항상 여분으로 비축해 두는구만요. 사위가 와도 홍어애는 내놓지 않는다고 하였는데, 자네는 오나가나 복이 넘쳐. 김선장은 피곤한 얼굴로 나타날 때와는 달리 목소리에 산을 오르는 더운 기운이 일었다.

이 집은 홍어삼합을 제대로 갖추었어요. 김선장은 김여류의 예쁘장한 목소리를 뒤로 물리며 홍어애부터 맛보았다. 자네 아버지가 홍어애를 무척이나 좋아했었지? 좋아한 정도가 아니었지. 술꾼답게 풋보리 대궁이를 넣고 홍어애탕을 끓여 주어야 집안이 조용하였어. 김선장은 어려서부터 아버지가 해장국으로 먹다 남은 홍어애탕을 아침 반찬으로 들었다. 그게 오늘에 이르러

진한 향수로 배어나 술을 든 다음 날이면 종종 그리울 때가 있었
다. 식생활도 따지고 보면 대대로 이어져 내려오는 습관성이 아
닌가 해요. 저만 보더라도 어렸을 때부터 아버지께서 어선을 부
린 탓으로 고등어회나 갈치회가 입안을 자극해요. 고등어회와
갈치회를 즐겨 먹었다면 보통이 아닙니다. 일반사람들은 생각지
도 못하니까요.

　김선장은 강시인과 맞대궁이를 하였다. 바다에서 막 잡아 올
린 녀석의 싱싱한 살점. 혀끝에 와 닿는 그 미각을 누구나 맛볼
수는 없을 터였다. 우리의 식생활도 다분히 환경의 지배를 받는
다. 강원도 저 깊은 산골에 숨은 듯 사는 사람들은 비릿하고 신
선한 바다고기를 감히 상상이나 하겠는가. 제가 군에 입대하여
전방에 근무할 때, 신선한 생선회 한 점에다 술 한 잔 들이키는
게 제일로 소원이었어요. 기껏해야 천렵을 나가 흐르는 시냇물
돌 틈에 숨어 사는 피라미새끼들로 입맛을 달랬어요. 민물고기
도 종류에 따라 맛의 깊이가 다르지요. 홍어찜으로 손길을 돌린
김여류의 얼굴이 연분홍빛으로 물들었다. 김여류뿐만 아니라 모
두가 도도한 강물처럼 취기가 범람하였다. 세상이 상큼해야 하
는데, 이럴 때는 넘치는 강물 위에 떠 가는 일엽편주가 될 수밖
에 없었다. 그 가운데 사무친 그리움이라든가, 뼛속에 저민 슬픔
따위는 술잔 속에 녹아내리고 없다. 혼돈의 질서가 지배할 뿐.

*

　남위원은 충렬사로 향하였다. 어젯밤 목포홍어집에서 깜박 기억을 놓았었는데 아침에 깨어나니 정신이 말짱하였다. 마지막으로 들어온 홍어탕이 숙취를 몰아냈지 싶었다. 주말이라 충렬사는 제법 붐볐다. 소통부재의 엄동설한 같았던 시절 함께하였던 동료가 맏딸을 시집보낸다는 청첩장을 아침에서야 확인하고 부랴부랴 내달은 것이다. 혼례식은 우리네 전통혼례였다. 퍽이나 고무적인 기분이 들었다. 전통혼례를 고집하는 그 마음을 알고도 남아서였다. 그만큼 우리네 것을 아끼고 사랑하였다. 차도 커피 대신 녹차를 즐겨 마셨고, 언젠가 방문하였던 그의 집 서재는 정갈한 우리네 고풍양식으로 꾸며 놓았었다.

　잉어 떼가 한가하게 노니는 연못가는 코흘리개 아이들로 만원이었다. 비둘기 떼들이 코흘리개들을 에워싸고서 군것질을 함께 나누어 먹었다. 잉어와 아이들과 비둘기. 그들은 소통이 불가능한데도 새우깡이나 감자튀김으로 하나가 되어 즐거움을 나누고 있었다. 잉어는 물속에서, 아이들은 땅 위에서, 비둘기들은 날개를 떨치며 하늘을 나는 가운데 동질성을 누리고 있었다. 그 위쪽, 백일홍이 제 모습을 자랑하는 그늘 아래 한 무리 노인네들이 장기판과 바둑판을 놓고 삼매에 빠져 있었다. 모든 전경이 한가로웠다. 임진왜란 때, 구국일념으로 충절을 지켰던 넋들을 모신

충렬사의 평상한 전경이랄까. 혼례식장은 드넓은 야외식장이었다. 비좁고 답답한 결혼예식장과는 분위기부터 달랐다. 누구나 하례객이 될 수 있는 초례청. 외국에서 온 관광객들이 연신 카메라 셔터를 누르고 있었다.

와 주었구만. 어느덧 우리가 사위 며느리를 보게 되었어. 그게 인간사 아닌가. 축하하네. 남위원은 진심으로 축하를 하였다. 초례청에는 고락을 함께하였던 다른 동기들도 서넛 참석하였다. 모두 머리가 희끗하였다. 세월의 질곡과 함께 부침이 심각하였던 한 시절. 그들은 희생양의 면류관을 쓰고서 도리 없이 덧없는 세월 속에 묻혔다. 혼례식이 끝나 갈 무렵 뜻밖에도 이수학이 반겼다. 강시인과 같은 학교에 근무하는 인연으로 요즘 들어 심심찮게 술자리를 함께한 터였다.

저에게는 선배님 됩니다만 무슨 인연이십니까? 나는 저 친구와 입사동기였어요. 우리 둘 다 오래 버티지 못하였지만. 남위원은 쓰겁게 말하였다. 노동운동의 선봉에서 직격탄을 맞고 맨 먼저 동기들이 나가고, 그들의 구명운동을 벌이다 남위원도 결국 퇴출되어 한동안 방황하였다. 시련의 한 단면이었다.

저 선배님도 마음고생이 많았어요. 잘 아시겠지만 몇 차례 직장을 전전하였으니까요. 그런 속에서 자녀들은 제대로 가르쳤어요. 보아하니 사위도 듬직하고 장래가 있어 보입니다. 이수학은 남위원보다 동기가 걸어온 길을 더 잘 알고 있었다. 혼례식이 끝나고, 남위원은 이수학과 동장대를 올랐다.

오랜만에 여기에 오르니 지나간 시절 한 여인이 떠오르네. 남위원은 물큰 추억을 깨물었다. 한동안 방황하던 시절이었다. 남녀 한 쌍이 다정하게 손을 잡고서 돌계단을 오르고 있었다. 남위원은 동장대 마루난간에 기대앉았다. 사방에서 불어치는 바람이 무수한 세월을 살다 간 영혼들의 소리인양 시나위가락으로 가슴을 때렸다.

아름다운 만남이었어요? 신선한 사랑의 시발점이었지. 더구나 그녀는 상처를 입은 마음이었어. 같은 동료 선배와 묵시적으로 장래를 다짐하였는데, 어느 날 다른 여자와 약혼을 하였다나. 그러니까 두 여자를 두고 이중주를 울렸군요. 그녀보다 경제적으로 우위를 점한 쪽으로 기울어진 거지. 결혼과 동시에 입시학원을 차려 주기로 하였다더군. 그녀의 상큼한 보조개가 실루엣처럼 다가왔다. 결혼이란 고대로부터 지참금을 위시하여 거기에 따라오는 부가가치를 중요하게 생각하였다. 오늘날에도 명예와 권세까지 염두에 둔 매관매직 같은 결혼이 얼마나 자행되는가.

그녀가 한낮 조용한 이곳을 찾게 된 것도 실연의 아픔에서 놓여나기 위해서였지. 실연의 아픔을 치유할 대상을 찾은 것도 이곳이었고요? 행운이라면 행운이었겠군요. 이수학은 한발 앞서 상상력을 재워 나갔다. 돌계단을 오르던 남녀 한 쌍은 두 사람을 의식하고서 그냥 뒤돌아섰다. 처음에는 남자라는 속물들을 경멸하려는 의도가 다분하였는데, 한 육 개월 남짓 그렇게 만났어. 최초로 그녀의 자취방을 방문한 그날이 마지막이 될 줄은 몰랐지.

그날 남위원은 그녀가 이끄는 대로 서원시장 근처 꼼장어집에서 술잔을 나누었다. 그리고 훈훈한 기분으로 서동 산비탈에 자리 잡은 그녀의 자취방으로 향하였다. 데려다 달라는 그녀의 요청을 거절할 수 없었다. 팔짱을 끼고 정답게 걸어 보기는 처음이었다. 자취방에 이르자 그녀는 집 주인이 며칠 시골에 내려갔는지라 잠깐 들어와도 괜찮다고 하였다. 궁색하고 초라한 집이었다. 말하지 않아도 집주인의 눈치를 살필 수밖에 없지 싶었다. 비좁은 자취방은 그런대로 깔끔하게 정돈되어 있었고 주인방과 마주한 벽면에는 책들이 잔뜩 쌓여 있었다. 그리고 무엇보다 그녀의 작은 화장대에서 풍기는 향수냄새가 신선한 자극을 주었다.

그녀는 술상을 차렸다. 남위원은 술잔을 거듭할수록 그녀가 사랑스러웠다. 마음 깊은 곳에서 소유욕이 일어났다. 그 마음이 곧 전이되어 그녀는 마음의 문을 하나씩 열었다. 이미 한 사내의 육체를 받아들인 그녀였는지라, 마음의 문을 열어젖히자 적극적으로 나왔다. 비좁은 자취방이어서 두 사람의 숨결은 더욱 가쁘게 파열음을 냈다. 한밤을 온전히 달군 사랑의 열정은 서로를 아낌없이 소유하였다. 그녀는 생각보다 뜨거운 열정을 지니고 있었다. 파르라니 떠는 그녀의 말초신경은 폭풍우로 변하며 격랑을 일으켰다. 소용돌이치는 격랑 위에서 남위원은 허우적거리며 그녀를 사랑하였고 유린하였으며, 서로를 소유하였다. 아침에 몽롱한 포만감으로 눈을 떴을 때 자취방은 엉망이었다. 꼭 지진이 일어난 전경이었다. 쌓아둔 책 더미가 무너져 흩어졌고, 술상이 엎질러졌고, 옷가지가 널부러져 있었다. 강진과 여진이 몇 차례였던가.

뒤늦게 몸을 추슬러 생각하니 그녀의 다분한 계산속이었다. 주말을 꿈속에서 지내고 나서 그녀와 약속한 날 장미꽃다발을 사들고 동장대에 올랐다. 그때만큼 발걸음이 가벼울 수가 없었다. 그런데 그녀가 보이지 않았다. 남위원은 안개구름처럼 실망감이 차올랐다. 그녀가 보이지 않다니. 상상도 할 수 없는 일이었다. 그녀의 자취방을 찾았으나 그녀는 종적을 감추고 없었다.

남성에 대한 대리복수심의 무엇 아니었을까요. 그렇게도 생각할 수 있겠지. 세월이 흐르자 좋은 쪽으로 가슴을 여미었지만 씁쓸한 배신감을 떨쳐 버릴 수 없었지. 어쨌거나, 한동안 진실하고 정겨운 추억을 수놓았다. 어차피 만나고 헤어지는 것은 필연의 무엇 아닌가. 그녀의 매정한 돌아섬은 겨울 밤하늘의 별빛처럼 가슴에 새겨졌으니까. 누구나 한 번씩 겪는 사랑의 상처 아닌가? 그 상처를 얼마나 아름답게 가꾸고 간직하느냐에 따라 이별의 본질이 달라지고 말이야.

따지고 보면 이별은 어머니 뱃속에서부터 비롯된다고 봐야겠지. 어머니 뱃속에서요? 이해가 잘 안 되는데요. 이수학은 놀라는 눈으로 반문하였다. 너무 근원적이고 아득한 본질로 나아가지 싶었다. 엄밀히 말해 어머니의 자궁 속이라고 해야겠지. 어머니의 자궁 속에서 세상 밖으로 나옴과 동시에 어머니와 누렸던 유대감을 상실한 것이다. 가위로 탯줄을 자름과 동시에 모체와의 영원한 이별.

그 별리의 아픔이랄까, 끈적한 모성애를 향유하기 위해 어머니의 젖가슴을 찾는다. 그것은 모태 속에서 누렸던 본질적이고 본성적인 향수의 무엇 아니겠는가. 어린 생명에게 갑작스러운 이별은 너무나 가혹하고 잔인할 것이다. 따라서 모유를 거부당한 오늘의 세태는 치유할 수 없는 슬픔을 본능적으로 안을 수밖에 없을 것이다. 메마른 세태의 시발이랄까. 그래서 심리적 갈등 요인이라든가, 표피적인 제반 문제가 사회 문제로까지 비약하지는 않는가? 성장기준으로 볼 때 무언가 평균율을 잃은.

그렇다면 결혼은 짝짓기 이전의 혼자라는 개념을 불식하고 싶은 원망공간의 한 형태 내지 본능적인 소망 아닌가요? 그런 결론에 도달할 수 있겠지. 더 나아가 결혼 자체도 이별을 수반한 전제가 깔려 있음 직하고……. 점점 미궁으로 빠져드는 기분인데요. 이수학은 수학등식으로 풀어낼 수 없는 담론에 눈을 깜박였다. 결혼은 혼자라는 개체로부터의 이별을 뜻하기도 하지. 남

위원은 그녀로부터 놓여나기 위해 새 직장과 동시에 결혼을 하
였다. 혼자라는 불안감, 그 개체로부터 탈출 내지 이별하기 위한
것이었다. 아무튼, 헤어짐은 불안을 낳는 거야. 잊어야 할 대상
에 대한 미련과 불안, 그리고 새롭게 닥쳐올 새 대상에 대한 기
대치에 따른 불안이 미묘하게 작용하지. 하여, 우리는 고독할 수
밖에 없고, 어느 곳에서나 외로움의 그림자를 바라보게 되지. 이
별의 쓰디쓴 추억을 짓씹으면서. 정말이지, 인간의 마음은 복잡
해요. 불안요소가 가미될수록 시시때때로 변화를 갈구하고요.
충렬사 경내에서 문을 닫을 시간이라고 안내방송을 하였다. 두
사람은 엉덩이를 털고 자리에서 일어났다. 바람이 키 작은 나무
를 흔들었다.


*


　충렬사를 나온 남위원은 이수학이 이끄는 대로 안락한 동네
군인아파트 앞 허름한 똘이네집을 들어섰다. 슬레이트로 엉성하
게 지은 가건물, 조금은 불결하다 싶은 포장집인데도 뚱뚱한 몸
피와는 달리 손끝이 그지없이 맵고 정갈한 똘이아줌마의 음식솜
씨는 일품이었다. 그래서인지 허접한 술집인데도 제법 배짱 두
둑한 사장족들에서부터 공무원, 공사판 인부들, 심지어는 지나
치는 순찰대원들에 이르기까지 언제나 손님으로 붐볐다. 이수학

의 단골이기도 한 똘이네집은, 처음 이수학에게 이끌려 들어섰을 때는 아닌 말로 썩 내키지 않았었다. 그러던 것이 한 번 두 번 찾는 사이 정겨움이 들었다. 하지만 이수학이 동행하지 않으면 그냥 지나치기 십상이었다. 뚜렷한 이유가 있는 것도 아니었다. 제각기 즐겨 찾는 취향이 다를 뿐이었다.

강시인을 부르지. 그럴까요. 혼자 치자나무를 돌보고, 조악한 땅을 파 뒤집고 있던데. 이수학은 강시인에게 전화를 하였다. 김화백이 찾아와서 용원횟집에 있다는데요. 이미 파장이라 이리로 온답니다.

그 사이 주문한 안주가 나왔다. 싱싱한 학꽁치며, 호루래기, 군소, 소라가 술맛을 부추겼다. 이 집의 지정 메뉴이기도 하였다. 바로 옆자리에서는 닭발과 돼지족발을 사이에 두고 상황버섯에 대해 이야기를 나누고 있었다. 오늘의 물주가 상황버섯 농장을 경영하는가 보았다. 홍보 차원의 술자리인 듯하였는데 한 사람은 열심히 재배에 관한 질문을 던졌고, 또 한 사람은 판로에 대해 걱정스러워하였다. 농작물은 수요와 공급이 평행선을 유지해야 하는데 그게 어려웠다. 물량이 많으면 값이 떨어지고 물량이 적으면 값이 치솟았다.

오늘은 가만스레 넘어가나 했더니, 방앗간을 그냥 지나치지 못하는군요. 강시인이 문을 밀치고 들어섰다. 구면인 듯 옆 좌석 손님들과도 인사를 나누었다. 김화백이 뒤를 따라 들어섰다. 김화백은 강시인과의 인연으로 종종 안락한 동네를 찾았다. 김화백은 어인 일이오? 저야, 형님들이 보고 싶어 울적한 기분을 털어 내자고 왔지요. 언짢은 일이라도 있었는가 보구만. 지금 돌아가는 시절이 울적하게 만들지 않습니까. 그림 그릴 맛도 나지 않고, 살맛도 덩달아 나지 않습니다. 그럼, 술맛이라도 나야겠네. 개좆같은 세상일수록 술맛은 더하지요. 허허, 단단히 꼬이는가 보네. 이쪽으로 작업실을 옮길까 하고 의논차 강시인을 찾아왔어요. 지금 있는 작업실은 어쩌고? 방금 말하지 않았어요. 시절이 팍팍하다고요. 점점 그림마당은 쫄아들고, 월세야, 관리비야, 감당을 못하겠어요. 늦둥이 녀석은 아직도 대학생이지, 전업화가의 비애로움입니다. 이 나라는 강단화가들 세상 아닌가. 꼬박꼬박 나오는 월급 받아 챙기고, 적당히 학생들 지도하면서 부담 없이 그림 그리고, 전시회라도 열면 학부형이나 제자들이 떼거리로 몰려와 작품 값을 부풀리고. 경제적으로 고통 없이 그림을 그릴 수 있다면야 그보다 더한 행복이 어디 있겠는가.

어느 시대건, 어느 나라건, 예술가라면 가난의 대명사처럼 인식되었습니다만, 우리네 사회는 너무 경제적인 잣대로만 따져 예술가가 설 땅이 점점 좁아져 갑니다. 독서인구의 감소만 하더라도 심각하지 않습니까. 그런데도 예술가는 숫적으로 점점 불어나는 것은 무슨 이치인가요? 이수학은 한 점 이의를 제기하였다. 하긴, 진짜 순금과 액세서리는 질적으로 다르다. 그런 안목을 우리 사회는 가늠할 줄 몰랐다. 가짜가 진짜를 능가하는 진풍경은 어느 시대나 있었고, 진짜와 가짜의 진면목이 적자생존의 법칙에 의해 걸러진다고 하나 김화백의 고충과 고뇌는 이해하고도 남았다. 이쪽으로 작업실을 옮기면 경제적으로 무게를 덜 수 있다니 나로서는 환영이야. 남위원은 위로의 마음을 따북이 건넸다.

옆 좌석 손님들이 자리에서 일어났다. 오늘은 일찍습니다. 선생님들이 계시니까 마음껏 떠들 수 없어 다른 곳으로 장소를 옮기겠지요. 이차, 삼차까지 갈 겁니다. 강시인의 말에 똘이아줌마가 그들의 뒷모습을 바라보며 주석을 달았다. 이해가 갔다. 한잔 술이 들어가면 누구나 목청이 커지고, 그러다 보면 자신이 위치한 공간개념을 망각하기 십상이었다. 옆 좌석과의 간격이라야 겨우 십 센티미터 정도인 비좁은 공간이 마음껏 떠들고 흥분하기에는 부적절하였다. 더 넓은 공간이 필요하다. 그곳이 어디인가? 그들만이 확보할 수 있는 공간을 찾아 나선 것이다.

우리 쪽에서 보다 자유롭고 편안해지려고 합니다. 멀리 생각할 것 없이 바로 앉은 자리가 도원경이라……. 너무 멀리 나앉아 이상을 펼쳐도 부질없고 허망한 물거품이 되기 마련이었다. 때로는 가까운 자리에서 누리는 짜릿한 자극제가 삶의 활력소를 주는데, 우리네 삶은 대체로 평상한 일상의 연속이어서 한없이 정체되어 흐르는 물을 연상시켰다. 하지만 똘이네집처럼 수더분한 웅덩이 물에서 물고기가 살지 않는가. 평상한 일상 속에서 능동적인 양태와 수동적인 양태는 사뭇 다를 것이다.

똘이네 아줌마는 이수학이 새로 주문한 돼지족발에 듬뿍 양념을 묻혀 탁자 위에 올려놓았다. 순간, 남위원은 돼지족발이 일어서는 것을 보았다. 조립을 하듯 하나하나 꿰맞추어 일어서며 돼지랄 놈이 형체를 드러냈다. 엉덩짝을 남위원의 코앞에 들이밀고서 금방이라도 묽은 똥을 내갈길 듯하였다. 말아 올린 꼬리를 연신 장난스레 흔들며 호박잎 같은 두 귀를 실룩거렸다. 맛있게 양념을 했네요. 이수학이, 강시인이, 김화백이, 먹성 좋게 족발을 뜯었다. 돼지가 비명을 질렀다. 그 비명소리를 아는지 모르는지 순식간에 세 사람의 입속으로 돼지머리가, 몸통이, 토실한 엉덩짝이 사라졌다. 뿌지직, 묽은 똥을 내갈긴 듯, 세 사람의 손마디에 시뻘건 양념이 묻었다.

이 맛있는 것을 왜 멀거니 바라보고 있어요? 이수학은 물수건으로 손바닥을 훔치며 남위원에게 족발을 권하였다. 남위원은 돼지족발을 입에 가져갔다. 이번에는 돼지 머리통이 남위원의 눈앞에 다가왔다. 깊고 검은 눈이 슬픈 빛을 드리운 채 앞으로 쑥 내민 코를 벌름거리며 침이 잔뜩 배어난 혀로 남위원의 입술을 핥았다. 갑자기 저팔계로 변할까 봐 눈살을 찌푸렸다. 그래, 어디 인물 보고 잡아먹나. 네놈 맛이야말로 그 어느 육덕에 비하나. 남위원은 농식이 기르던 똥돼지를 떠올리며 시원스럽게 술잔을 들이켰다.

　인간의 손에 의해 죽어 간 생물들은 지옥이 따로 없을 것이다. 희생양이기에 지옥과 천국이 바로 인간의 뱃속일 것이다. 그와는 반대로 인간은 곳곳에 지옥이 도사리고 있음에랴. 탐욕스럽고 게걸스럽게 식탐을 부릴수록 지옥은 시궁창처럼 아가리를 벌리고서 시큼한 냄새를 풍기고 있다. 다만, 의식하지 못할 뿐. 남위원은 이수학을 바라보며 비싯 웃음을 지었다. 알딸딸한 얼굴로 술잔을 건네는 이수학의 행동거지에서 벌써 꼭지가 돈 듯싶어서였다. 이제 소리 소문 없이 자리에서 일어나 갈 길만 남았다. 이수학은 그렇게 처신하였다. 약간의 응석과, 조금의 실수와, 다소의 짓궂은 언사가 똬리를 튼다 싶으면 사라졌다. 현명한 자리매김이었다. 뒷자리가 분명하지 못한 사람은 호감을 주지 못하였다.

　모두가 돼지 한 마리씩 통째로 뜯어 발기고 나서 비치적 원시인의 춤사위로 똘이네집을 나섰다. 일행과 헤어지고 나자 발걸음이 왠지 모르게 허정하였다. 허전하게 돌아서는데 서점의 불빛이 밝았다. 주위 점포들의 불빛이 꺼져 눈을 부시게 하는지 몰랐다. 책이나 한 권 살까? 인색스럽게도 술값 아까운 줄은 모르면서 책값 비싸다는 푸념들을 곧잘 하였다. 책과는 거리가 먼 사람일수록 그랬다. 남위원은 호기롭게 서점 문을 밀치고 들어섰다. 이쁘장한 주인은 컴퓨터 앞에 앉아 있다 반겼다.

오늘도 한잔 하셨네요. 술은 지상의 천국으로 인도하지 않는가요? 또 비꼬서요. 그녀는 자신이 교인이라는 점을 재빨리 인식하며 받아넘겼다. 처음 이곳에 이사 와 서점에 들렀을 때 그녀는 아가씨였다. 속이 알찬 처녀로 보였는데 지내고 보니 주관이 뚜렷하였고, 나름대로 긍지와 자존심을 지니고 있었다. 불경기가 불어닥치면 제일 먼저 바람을 타는 게 서점인데도 꿋꿋하게 지켜나갔다. 그 마음이 돋보여 가끔씩 들러 농담을 곁들이며 독서량을 충족시켰다.

요즘 잘나가는 신간은 무엇이오? 저보다 더 잘 아시면서 그러세요. 겉포장만 번드르르한 베스트셀러는 거들떠보지도 않으면서요. 그런데 말이오. 이렇게 한잔 술에 취한 날은 누군가 곁에서 책이라도 읽어 주면 쉬이 잠이 들지 싶어요. 안방마님이 계시지 않아요. 다들 미녀라고 부러워하는데, 어련히 알아서 해 주시겠어요. 그런가요? 무슨 책을 읽어 달라고 할까. 아니지, 이참에 마나님에게 책 선물을 할까 부다. 점수 좀 따게. 남위원은 책을 골랐다. 마음에 드는 책이 쉬이 눈에 들어오지 않았다. 마나님께 책을 선물하시려고요? 젊은이들은 책 선물을 제일로 받기 싫어한답니다. 허어, 그런가요? 세상이 더욱 낙엽을 비질하는군요. 남위원은 자신도 모르게 한숨을 내쉬며 책을 골랐다. 독서의 함량은 그 나라의 미래를 가늠한다는데, 순간 사막으로 변해 가는 아프리카 밀림지대를 떠올렸다.

거기서 무엇 하는 거요? 돌아보니 문이 열리면서 안교장이 들어섰다. 마누라께서 책을 읽어 주지 않을까 하는 마음으로 선물용 책을 한 권 샀소. 어디서 푹 젖은 게요? 살풀이 모임이 있어서요. 그렇지 않아도 집으로 전화를 걸었더니 결혼식에 갔다고 하더군요. 마나님더러 책을 읽어 달라고 한 권 사시오. 꿈도 야무집니다. 술냄새 풍긴다고 쫓겨나지 않는 것만도 행운이오. 말은 그렇게 하면서도 안교장은 신간을 한 권 샀다. 서점을 나온 두 사람은 그냥 헤어지기가 무엇하여 이심전심으로 육교를 건너 북면막걸리집을 들어섰다. 강시인과 김화백이 거기에 죽치고 앉아 있었다.

이 사람들이 고이 헤어진 줄 알았더니 이곳에서 뜸을 들이는구랴. 두 분은 또 무슨 바람입니까? 강시인은 자리를 내주었다. 주모가 눈꼬리에 잠을 매달고서 반겼다. 보다시피 서점에서 마주쳤소. 그래도 알량한 선비들입니다. 취중에도 독서삼매를 잊지 않으시고. 마누라더러 자장가 삼아 읽어 달라고 할 거야. 맙소사. 술만 취했다 하면 술과부가 되는데 눈치가 있으시오? 배짱 한번 좋습니다. 김화백은 짓궂은 얼굴을 하였다. 하긴, 우리네 생활양식이랄까 습성은 책을 읽어 주는 데 인색하였다. 조금이라도 가녀린 향수로 기댈라치면 퉁명스레 버거워할 것이고,

이이가 무슨 망령이냐고 샐쭉 눈을 흘길 것이다. 자정이 넘도록 술독에 빠져 있는데 환영할 마누라가 어디 있어요. 사치스러운 어리광이죠. 주모가 곁에서 거들었다. 눈 밑에 불그레 취기가 돌았다. 그럴 때 주모는 뼈 있는 한마디를 곧잘 하였다.

그림도 마찬가지일 게야. 사치스러운 경지를 떠나 화폐단위로 매김할 것이고, 진정 그림이 좋아서 걸어 두는 게 아니라 자신의 위치를 내보이기 위한 신분상승용 장식쯤으로 생각할 테니까. 누가 아닙니까. 화가로서 정말 자존심 상할 일이지요. 김화백은 자신의 처지를 잠깐 돌아보았다. 그림 한 점을 경제적 단위로 받아들이는 현실 앞에서 점점 설 땅이 줄어드는 기분이었다. 그림 한 점은 영혼의 피나 다름없는데 세속은 가볍고 현란한 색채를 좇았다. 화폭 위에 화려하게 피어나는 꽃은 향기가 없거나, 벌나비가 찾는데도 그 바탕은 메마르고 건조하거나, 새가 지저귀는데도 울음을 들을 수 없는 그림들이 아무런 여과 없이 사탕발림에 현혹되어 자리매김을 하였다. 스승의 그림이기에, 동문이기에, 상거래의 선물용으로, 너저분한 인맥을 동원하여 값이 매겨지고, 그런 자들만이 어깨를 으쓱하며 대가입네, 활개를 쳤다. 한마디로 쓰레기 문화야. 그렇게 타박하고 일갈하면서도 우물을 청소하듯 휘저어 정화시킬 수 없는 것은 어째서인가? 자신의 한계치인가, 아니면 조잡하고 영악한 세속에서 과감하게 발을 빼지 못한 어리석음인가.

어느 시대나 사이비 얼치기들이 판을 치기 마련이오. 하지만 한 시대가 지나면 환몽에서 깨어나듯 이성들이 돌아오잖소. 얼마 전 길을 지나치다가 그러한 현상을 목격하였어요. 안교장은 같은 화가의 입장에서 공감하였다. 안교장은 그날 인쇄소 사장과 만날 일이 있어 차 한잔을 나누고 골목을 돌아 나오는데, 가로수 아래 표구한 그림과 서예 대여섯 점이 버려져 있었다. 주위를 돌아보니 한 가게가 새로 영업 간판을 내달면서 실내장식을 하고 있었다. 그러니까 기존의 시설물 대신 새로운 감각으로 치장을 하고 있었다. 그림과 서예는 그 전에 걸려 있었던 장식이었다.

낙관을 보니 안교장도 알 만한 사람들의 그림과 글씨였다. 왜, 아까운 그림과 서예를 버리십니까? 안교장은 다소 애련한 얼굴로 물었다. 버려야지요. 알고 보니 세 치 혀에 휘둘려 고가로 구입하였더군요. 곰팡내가 나지 않습니까. 시대에 한참 뒤떨어진 실내장식부터 그렇게 농락당하다시피 하였는데 장사가 온전히 되었겠어요? 솔직히 말해서 저것들을 걸어 놓느니 잘 찍은 사진 몇 장이 낫지 싶습니다. 안교장은 그 말에 할 말을 잊었다. 양해를 구하고 그림 한 점을 들고 와 서재에 걸어 두었다.

잘나가던 베스트셀러가 한 시절이 지나면 쓰레기통에 버림을 받듯, 예술가는 어느 시대를 막론하고 양심과 영혼을 헐값에 매판해서는 안 되지요. 시절이 혼탁하고 급하게 변할수록 자신을

지킨다는 게 어렵지. 수영도 잔잔한 물위에서 즐기는 것이지 급
물살에 휘말리면 살려 달라는 목매임이 먼저 터져 나오는 법이
야. 오늘의 세태가 꼭 급물살에 휩쓸려 허우적거리는 위기의식
에 젖어 있어요. 김화백은 이 시대의 양심과 지조를 헐값에 팔
사람이 아니지. 강시인은 흘깃 벽시계를 올려다보았다. 오늘도
자정을 넘겼다.

　예술가뿐인가. 정치가, 사업가, 하다못해 장사치에 이르기까
지 자신의 지조를 적당히 팔아 가면서 자신의 존재양식을 망각
하기 마련이지. 하지만 평가는 후대에 준엄하게 내려질 게야. 그
래서 산다는 게 두려울 때가 많지요. 미래에 대한 불안감, 현재
의 열악한 위치 등등, 늘 백척간두에 서 있는 기분이에요. 공감
할 수밖에 없지요. 그걸 술이라는 최면제로 잠시잠시 잊고 싶어
하고요. 불안의 대명사는 어느 부류를 막론하고 현대인의 그림
자 아닌가요? 안교장은 빈 주전자를 흔들었다. 주모는 매일 술
꾼들의 이야기를 들으면서 무슨 생각에 젖을까. 각양각색의 취
객들. 무념스레 들어 넘기면 모를까, 때로는 아릿한 무언가가 숙
취처럼 뒷골을 칠 것이다.


*


　아파트단지에 웬 고양이들이 이렇게 많아요? 모처럼 초저녁

맨숭한 기분으로 들어와 저녁상을 물리고 차를 마시고 있는데, 아내가 영 신경에 거슬린다는 듯 눈살을 찌푸렸다. 방자하게도 초저녁부터 비음과 괴성을 질렀다. 내다 버린 고양이들인가? 남 위원은 혀를 찼다. 빌어먹을 놈들이 아파트단지에 살고 있는 사람들 눈치도 보아 가면서 은밀하게 사랑놀음을 할 것이지, 초저녁부터 물불 가리지 않고 괴성을 질러 대며 나뒹굴면 어떡하나. 아담한 정원 같은 공간이 눈에 들어와 전원생활이 따로 없겠구나 싶어 남들이 기피하는 일층에 들어 한동안 꽃씨도 뿌리고 나무도 심어 제법 살뜰한 운치를 만끽하였다. 그렇게 한 이 년 정성을 기울였는데 관리소에서 통일된 정원을 가꾼답시고 포클레인으로 무참히 짓이겨 버린 위에 판박이 나무들을 심었다.

어처구니없고 비윗장이 틀어져 거들떠보지도 않았는데 어느 날 고양이랄 놈이 야옹거렸다. 누구네 애완용 고양이가 잠시 나들이를 나왔는갑다, 생각하였는데 웬걸 한두 달 지나자 귀염성 있는 새끼들을 거느리고 있었다. 허, 그놈들. 주인을 찾아갈 줄 모르고 아예 둥지를 틀었구나. 별로 성가신 존재로 여기지 않아 어쩔 때는 먹다 남은 고기를 간식으로 던져 주었다. 그러던 것이 급기야 그 숫자가 늘어나면서 어디서 몰려왔는지 밤이면 고양이들로 잠을 설쳤다. 떼거리로 아파트단지 구석구석을 돌아다니면서 쓰레기통을 헤집고 괴성을 질러 댔다. 정말이지, 새벽녘까지 지칠 줄 모르고 질러 대는 음산한 괴성과 비음은 잠을 설치게 하여 짜증을 불러일으켰다.

이건 단순한 오염이 아니다. 그렇게 생각한 주민들은 들고양이 퇴치운동을 벌이자고 반상회 때마다 열을 올렸다. 하지만 뾰족한 대책이 없었다. 낮이면 어느 구석에 숨어 있는지 종적을 감추었고 밤이면 잽싸기가 나는 새보다 더하여 잡을 수가 없을뿐더러, 모두가 직장에서 돌아와 피로에 떨어져 잠든 사이여서 누가 선뜻 고양이를 잡자고 나서지도 않았다. 그저 귀찮은 존재일 뿐이었다. 쥐약을 놓자는 안건도 나왔으나 영악한 고양이들에게 통하지 않았다. 밤이면 사람이 사는 아파트가 아니라 들고양이들의 무법천지였다.

무언가 대책을 세워야겠어요. 어째서 바퀴벌레와 들고양이는 정력에 좋고 미용에 좋다고 선전하는 사람이 없죠? 사람들은 몸에 좋다면 물불 가리지 않고 못 먹는 게 없잖아요. 바퀴벌레는 몰라도 고양이는 예로부터 악창을 다스리고 괴질과 심복통에 좋다고 하였지. 그렇게 요긴하게 쓰이는데 왜들 생각이 미치지 못하죠? 현대의학이 모든 걸 시원스럽게 해결해 주는 덕분이겠지. 양약보다 한방이 더 우선할 때가 있어요. 새삼스레 한방의 효용성이 대두되지 않아요. 또 모르지. 유행이라도 타면 씨를 말릴지. 유행에 제일로 민감한 백성들이 아닌가? 그렇게만 된다면야. 바퀴벌레의 효용성부터 부각시켰으면 해요. 한때 지렁이가 정력에 좋다니까 너도나도 토룡탕에 코를 박았듯이 말이에요.

아내는 이불을 둘러썼다. 남위원은 번식력에 대해 잠시 생각하였다. 번식력은 곧 생명력인데 대체로 연약한 생명일수록 번식력이 강하였다. 먹이사슬에서 최하위 단계로 내려갈수록 수명이 짧은 만큼 왕성한 번식력을 자랑하였다. 생명력이 짧다는 것은 힘이 약하다는 것을 의미하고, 보다 힘센 자에게 잡아먹히는 데서 생존율을 높일 필요가 있을 것이다.

초저녁부터 들고양이들이 괴성을 지르며 난리를 피우더니 새벽녘에는 빗방울이 후둑였다. 강시인, 풀피리 시인과 함께 범어사 성보박물관에 가기로 하였는데 비가 오다니. 그리 많은 양은 오지 않을 듯싶은데 기분이 명쾌하지 못하였다. 아침을 들고 약속장소인 아파트 정문 앞으로 나갔다. 일요일이어서 정문 앞이 한산하였다. 평일에는 출근인파와 차량들로 자원교통안내원의 호루라기 소리가 요란한데, 비마저 추적거려 차가운 고요가 떠돌았다.

벌써 나왔어요? 풀피리 시인이 택시에서 내리며 밝은 얼굴을 하였다. 언제 보아도 밝은 모습이어서 동심을 찾아볼 수 있었다. 강시인은 차를 두 사람 앞에 세웠다. 상큼하게 이발을 새로 하였다. 잠을 제대로 못 잤는가 봐요. 강시인은 백미러로 남위원을 훔쳐보았다. 눈가에 약간 장난기가 흘렀다. 들고양이들이 밤새도록 괴성을 지르는 바람에 잠을 설쳤어요. 그놈들 지독한 사랑을 하였군요. 덕분에 그 열정이 화염처럼 가슴에 인화되었겠어요. 남위원은 지그시 눈을 감으며 시트에 몸을 맡겼다. 도로는 한산하였다. 범어사에 도착하여 성보박물관 앞에 이르자 박물관장 스님이 이제 막 문을 열고 있었다. 박물관에서는 심무의 전각 작품을 전시하고 있었다. 박서예가 그룹과는 따로 전시회를 하는가?

 남위원은 전시장을 눈으로 일별하였다. 그간의 작품들을 빼곡하게 전시하였다. 작품량이 상당하였다. 지칠 줄 모르는 예술혼. 압도당할 만하였다. 풀피리 시인과 강시인은 꼼꼼하게 작품을 감상하였다. 심무를 알게 된 것은 동래구청 근처 복천동박물관으로 오르는 길목에 자리 잡은 찻집이었다. 풍성한 분위기를 자아내는 주인은 노처녀였는데, 마음씨가 설렁설렁하고 막힌 데가 없어 여러 부류의 사랑방 구실을 하였다. 남위원도 조시인과 구박사 셋이서 성전암 주지의 후원에 힘입어 동인지 형식의 부정기간행물을 내기 위해 그곳에 모여 편집회의를 하곤 하였다. 일주일에 한두 번쯤은 퇴근과 동시에 웅숭깊은 차 맛을 즐겼다. 그러던 어느 봄날이었던가? 심무의 전시회를 다녀온 주인의 얼굴 화색이 예전 같지가 않았다. 무슨 좋은 일이라도 있느냐고 농담 반 진담 반 묻자, 자신이 기거하고 있는 방을 심무의 작업실로 제공하기로 하였다는 것이었다. 노처녀가 한눈에 반하였나? 주위 사람들은 실풋이 웃음을 지었는데 아니나 다를까, 심무가 안방을 차지하고 들었다. 찻집 전체가 심무의 작업실로 탈바꿈

148

하였고, 우리들은 그 분위기가 좋아 더욱 출입이 잦았다. 작품도 한 점씩 선물 받고 전각에 대한 지식도 은연중 얻어 들었다. 수강생들도 더러 드나들었고 뒤늦게 떡대 같은 아들도 얻더니 온천장으로 자리를 옮겼다.

남위원은 이틀 전 박서예가의 전화를 받았다. 정작 초대전을 해 놓고 사찰 측의 홀대와 무성의가 마음의 상처를 준다면서 다소나마 성의를 베풀어 주었으면 좋겠다는 것이었다. 남위원이 박물관장을 잘 아는지라 중간에서 가교역할을 좀 해 달라는 것이었다. 차마 거절할 수 없어 오늘 약속을 하였다. 그분들은 사천왕문을 들어서는 곳에서 전시를 합니다. 길거리에서요? 남위원은 적이 놀랐다. 아마추어들도 아니고, 그래도 내로라하는 일군의 작가들인데 심무의 전시와는 달리 장소부터가 푸대접이랄까, 자존심이 상할 법도 하였다. 사중 스님들의 양식 문제이기도 하였다. 그러게요. 제가 잠깐 출타하고 없는 사이 장소가 마땅찮아 사람의 왕래가 비교적 잦은 그곳에 전시를 한 모양입니다. 심무와 결코 차별하자고 그런 것은 아닙니다. 박물관장은 궁색하게 변명하였다. 자신도 서예와 사군자를 취미 삼아 하는 터여서 미안한 마음을 지니고 있었다.

비가 오는데 전시가 되겠어요? 그렇군요. 가 보십시다. 박물관장의 무심한 경계를 뒤따라 밟으며 사천왕문을 들어섰다. 알만한 서예가들과 화가들이 비를 맞으며 전시작품을 챙기고 있었

다. 비도 오고 재미도 적어 예정일보다 일찍 마치기로 하였다는
것이다. 총무를 담당한 친구가 박물관장과 남위원을 따로 불러
그간의 불만과 사정을 하소연하였다. 전시 장소부터가 당초 주
지와 약속한 것과는 거리가 멀다는 것이었다. 하다못해 닷새간
의 경비라도 내려 주어야 하는데 내몰라라 까맣게 잊고 있다는
것이었다. 남위원은 무심의 경지가 지나쳤다고 생각하였다. 박
물관장도 그 점을 선선히 시인하였다. 주지스님께 말씀드려 사
과를 드리도록 하겠습니다. 보상차원에서요. 가십시다. 저의 절
에 가서 차라도 한 잔씩 나눕시다. 박물관장은 흔쾌한 기분으로
앞장섰다. 그렇게 시원스레 소통될 일을 가지고 두통을 앓다니.
한편으로는 순진한 구석이 없지 않았다.


*


　일행은 사자암에 들어섰다. 몰라보게 정비를 하였다. 주위에
불고기집들이 에워싸고 있는데도 산의 정기를 고즈넉이 머금고
있었다. 추녀 끝에서 떨어지는 낙숫물소리가 거문고 소리만 같
습니다. 강시인은 마루에 엉덩이를 내려놓으며 가슴을 모두었
다. 시대를 한참 거슬러 올라가 할아버지의 할아버지를 뛰어넘
는 시절, 그 누군가가 튕겼음 직한 가락이 빗방울에 맺혀 나왔기
때문이었다. 전생의 전생에 들었던 음률인가? 한 세대, 한 시절

이 가도 산천초목은 변함이 없다고 하였던가?

박물관장은 경계심 없는 얼굴로 차를 다루었다. 비 먹은 차향은 여리고 새침한 여인네의 가슴을 지니고 있었다. 그러자 어느 여인의 봉긋하고 비릿한 젖가슴이 눈앞에 다가왔다. 첫사랑이라 해도 좋고, 아무튼 가슴 깊이에서 묻어나는 향기였다. 벽면에는 스님이 손수 친 그림과 글씨가 가지런히 걸려 있었다. 방 안 전경이 정갈함 그것이었다.

그 다기는 퍽 낯익습니다. 눈썰미 하나는 예리합니다. 무형의 작품입니다. 박물관장은 새삼 무형의 인생역전을 떠올렸다. 만성암 위쪽, 금정산 오르는 등산로 곁에 버려진 듯 숨어 있던 퇴락한 요사채를 수리하여 무형을 들게 하였다. 주말이면 주위의 알량한 친구들이 모이게 되었고, 어느덧 무형이 기거하는 요사채는 사랑방 구실을 하였다. 아직은 설익은 솜씨였지만 요사채 옆에다 비닐하우스 도자기 공방을 지었다. 심성이 끈기가 있고 우직한지라 밤낮을 가리지 않고 최선을 다하였다. 노력한 보람이 있어 차츰 눈과 마음이 트이면서 흙 다루는 솜씨가 늘었다. 주위의 부추김에 못 이겨 어줍잖게 전시회를 열고 나서 자기 몫을 다하였다. 수강생들이 문지방을 넘나들며 배우러 왔다. 어떻게 생각하면 눈물겨운 고행이나 다름없었다. 그러던 것이 만성암 주지가 새로 들어오고부터 대대적으로 정비를 하는 바람에 자리를 옮겨 갔다.

만성암 위쪽 요사채에 있을 때는 주말마다 없는 시간을 쪼개어 모닥불 주위에 앉아 술잔을 나누었지요. 그 친구, 턱수염 더부룩한 장비 같은 얼굴로 돌판 앞에 앉아 지글지글 구워 낸 삼겹살이 일미였어요. 남위원은 금방 추억에 젖었다. 주말이면 무형은 어김없이 널찍한 돌판을 불에 달구었다. 약속이나 한 듯 제각기 배낭에다 쌀이며, 생선이며, 술이며, 삼겹살 따위를 짊어지고 왔다. 그리고 돌판 주위에 빙 둘러앉아 밤을 지새웠다. 그 가운데 단연 으뜸인 것은 삼겹살로, 불에 달구어진 돌판과 가장 궁합이 잘 맞았다. 그렇게 거나하게 취하면 누군가 화선지를 꺼내고, 오화백을 비롯하여 기개 넘치는 친구들이 도도한 취흥으로 붓대궁이를 놀렸다.

그때 어울렸던 사람들이 어찌 생각하면 무형에게는 은인들이지요. 오화백을 비롯하여 모두들 흩어졌지만 아직도 여전히 찾아오는 벗들과 잘 어울립니다. 이왕 오셨으니 같이 가 봅시다. 저도 지척인데도 가 본 지가 꽤나 오래 되었습니다. 그럽시다. 강시인과 풀피리 시인도 시 한 수 수놓듯 달항아리에다 새기고, 박서예가도 붓 한번 놀리시고요. 박물관장은 붓 한 자루를 손에 들고 자리에서 일어났다. 제대로 일판을 벌일 모양이었다. 건듯 김종식 그림비를 지나쳐 들어서니 뜻밖에도 무형은 안교장과 차를 나누고 있었다.

내가 여기 있는 줄 어이 아셨어요? 안교장은 깜짝 반기는 얼굴로 자리에서 일어났다. 안교장이야말로 무슨 바람이오? 저야, 무형과는 오랜 구면이지요. 비 먹은 날이면 가끔 찾아옵니다. 오늘은 범어사에서 귀한 분들이 전시회를 한다기에 한가한 마음으로 오르다 이곳에 먼저 들렀어요. 안교장은 범어사 아래 휘늘어진 노송을 스케치하러 왔다가 무형과 알게 되었다. 무형이 안교장 곁을 지나치다가 그림에 관심을 보이더니 전시준비를 하는데 달항아리에 그림 한 점 쳐 줄 수 없느냐고 어렵게 부탁을 하였다. 그게 인연이 되어 세월의 무게를 나누어 가졌다. 그럴 줄 알았으면 함께 오를 걸 그랬소. 우리도 전시장에 들렀다가 내려오는 길이오. 남위원은 박서예가와 풀피리 시인과 강시인을 소개했다. 무형은 새로 자리를 마련하겠다면서 술과 안주를 주문하였다. 곧바로 오토바이 소리가 나고, 주문한 안주와 동동주가 배달되었다.

공간이 널찍하니 자리가 잡혔어요. 박물관장 스님께서 신경을 써 주셨어요. 수강생들도 더러 있는가 봐요. 요즘 같은 불경기에 수강생들 덕택으로 유지하고 있습니다. 저쪽 공방은 수강생들 차지입니다. 이제 대가의 반열에 들어 튼실하게 뿌리를 내렸다고 해야겠지요. 안교장은 덧붙여 말하였다. 무슨 일이든지 한 가지만 고집스럽게 일구어 나가면 뿌리를 내릴 터였다. 무형은 한쪽 구석에 세워진 돌판을 가져와 불을 달구었다. 그건 옛날 우리들이 사용하던 것 아니오? 맞습니다. 제 보물 일 호입니다. 특별한 사람들이 올 때만 선보입니다. 무형은 돌판을 가운데 놓고 가스불로 달구었다. 남위원은 옛날로 돌아간 기분이 들었다. 일행은 돌판 주위에 둘러앉아 술잔을 나누었다.

사하촌도 점점 낯설게 다가와요. 시절과 더불어 변하는 게 당연하지요. 이곳도 부침이 심합니다. 토박이로 자처하는 몇 몇 장사집을 제외하고 전부가 뜨내기나 다름없습니다. 순환도로가 나기 전에는 한잔 술로 등허리의 땀을 식히며 오솔길을 쉬엄쉬엄 올랐는데, 그때가 그리워요. 향수라고나 해야 할까. 편리함은 좋은데 때로는 가슴에 우러나는 낭만과 정서를 메마르게 하지요. 그래도 산기운은 여전합니다. 더구나 이맘때의 산기운은 청상과부의 가슴만 같아 저절로 달항아리가 빚어집니다. 그 달항아리에다 박서예가께서 깊고 은근한 글을 새겨 넣어야겠습니다. 어디 나만 새겨 넣을 수 있겠어요. 시인의 마음은 더욱 간절하고 웅숭깊을 텐데.

돌판 위의 삼겹살이 어지간히 바닥이 났을 때는 모두들 취기에 젖었다. 무형은 뚜벅한 걸음으로 글과 그림을 새겨 넣을 항아리와 대접사발을 가져왔다. 이거, 생각지도 않은 고역을 치르게 되었네요. 아무래도 스님과 박서예가께서 시범을 보여야겠습니다. 강시인의 즐거운 비명은 후두기는 빗소리에 묻혀 들었다. 두 사람은 호흡을 가다듬고 나서 차례로 붓을 들어 일필휘지로 달항아리를 둘러쳤다. 무형은 퍽 만족스러워하였다. 예기치 않은

귀한 작품을 얻은 것이다. 남위원에 이어 안교장, 풀피리 시인,
강시인에 이르기까지 힘겹게 한 점씩을 치고 물러나 품평회를
가졌다.

아무리 매슬러 보아도 우리들은 엉망이오. 풀피리를 그려 넣
은 풀피리 시인은 풋풋한 웃음을 지었다. 추사체가 어디서 나왔
습니까. 쉰 살이 넘어 제주도에서 귀양살이할 때, 코흘리개 아이
들이 글을 배운답시고 붓과 종이가 없어 땅바닥에다 막대기로
글을 쓰는 것을 보고 문득 체달하지 않았어요. 동심으로 돌아간
그 비움. 천연한 마음자리가 중요한 게지요. 어쨌거나, 기념이
되지 싶습니다. 제가 성의껏 구워 내겠습니다. 무형은 결론을 짓
듯 말하고, 이번에는 오리불고기를 돌판 위에 올렸다.

그런데 저 시구(詩句)는 어디서 따온 것입니까? 술잔을 들며
안교장은 박서예가가 달항아리에 새겨 넣은 시를 가리켰다. 퇴
계가 쉰일곱 되던 해에 쓴 것입니다. 퇴계가 도연명을 좋아하였
어요. 고향에 내려가 읊조린 시 대부분에 그러한 소망이 깃들어
있어요. 어디 퇴계 이황뿐이었는가. 그 시대는 모두가 정치가요,
학자요, 시인인가 하면 문장가였다. 요즘 위정자들이 그 점을 본
받아야 하는데 함량 미달이라 할까.

정치는 사람의 도리를 올바로 일깨워 선도하는 그릇인데, 사
물을 바라보는 심성들이 너무나 인색하고 메말라 있지 않는가.
패거리 선동구호나 일삼고. 남위원도 한때 그런 유혹에 휩쓸릴

뻔하였다. 마음이 풍요로우면 인심이 너그러운데, 각박하고 살벌하다는 느낌을 주는 것은 마음이 궁핍한 때문일 것이다. 숲이 울창하면 새와 짐승이 찾아드는데 어찌 보면 패거리 문화가 판을 치는 이유도 각박한 현실 속에서 두려움을 떨쳐 버릴 수 없어서일 것이다.

남위원은 한사장 처가마을 당산나무를 눈앞에 떠올렸다. 누대로 사람은 생사를 거듭하였으나, 당산나무는 뿌리를 굳건히 내리고서 혼연한 자태로 마을의 역사를 나이테 속에 간직하고 있었다. 그 점을 잘근 깨물게 되면, 이 시절의 혼돈은 질서가 무너진 탓도 있었다. 자유분방함 속에 엄연한 질서가 흐르는 시냇물처럼 자리해야 하는데, 방종과 타락을 부추기는 방만함만 있을 뿐, 자기성찰이 없었다. 무언가에 종속되어야만 하고 휩쓸려 들어야만 처신할 수 있다는 강박관념이 자리하였다.

무형은 마무리를 짓는다는 듯 기름기 묻은 투박한 손을 씻고 차를 내왔다. 덥수룩한 구레나룻하며, 툭 튀어나온 왕방울 눈하며, 투박하고 거친 손마디와는 달리 차를 다루는 마음씨는 여리고 고왔다. 겉보기에는 산적두목 같은 인상인데 사귈수록 편안하고 욕심이 없는 진국이었다. 요즘 세상에 너무나 겉치레적인 빤질한 부류들이 얼마나 많은가. 겉은 달고 박속 같은데 속은 검고 노회한 부류들. 차로 입가심을 하고 나자 박물관장이 먼저 자리에서 일어났다. 호출이었다.

우리도 일어납시다. 일행은 도시고속도로를 타고 안락한 동네에 도착하였다. 강시인은 차를 집에 두고 와야 홀가분할 것이다. 박서예가는 남위원이 여러모로 도움을 주었고, 박물관장이 촌지도 주었다면서 남위원더러 앞장을 서라고 하였다. 풀피리 시인이 큰길가 포장집을 가리켰다. 이제 막 문을 열었는지 주인은 주방을 정리하고 있었다. 어머나, 깜짝이야. 오늘은 웬일로 이렇게나 일찍습니까? 포장집 주인은 그 몸피에 어울리지 않는 얼굴로 반겼다. 일행은 자리를 잡고 앉았다. 비좁은 공간이 가득 찼다.

이 빨간 담요는 이선생의 전용 아닌가? 풀피리 시인은 빨간 담요를 뒤로 물리며 정겹게 말하였다. 이선생은 밤늦게 이 집에 들면 빨간 담요를 뒤집어쓰고 자기 집 안방에라도 든 양 잠이 들었다. 편안하고 순진한 술자리 수면이었다. 말이 나왔으니까 이선생을 부르지요. 안교장의 재촉에 남위원은 이선생을 불러냈다. 이선생은 바둑을 한판 두고 가볍게 한잔하다 말고 왔다. 안주는 우선 고래고기로 합시다. 무청으로 우려낸 토장국도 가히 일품이고요. 박서예가는 뚝사발에 담겨 나온 토장국 맛을 잊지 않고 있었다. 묵은 신김치는 어떻고요. 아마 한 이삼 년 묵었지 싶습니다. 안교장도 맞장구를 쳤다. 어머니의 손맛, 장맛, 된장맛이야말로 천하의 별미 아닌가. 아주 소담한 것일지라도 어머니의 손맛, 그 향수 어린 진국이 묻어나면 산해진미를 능가하였다.

이 고래고기는 어쩌면 일본을 왕래하는 쾌속선에 부딪쳐 육신 공양을 하게 된 것 아닌가 모르겠어요. 그럴 가능성도 있을 법하지요. 지난해 여름 대마도를 다녀오는데, 여객선이 고래와 부딪쳐 잠시 멈춘 적이 있어요. 안하무인격으로 내달리는 쾌속선이 얼마나 마음에 들지 않았으면 죽음을 마다하지 않고 돌진하였겠어요. 그게 아니라 자살을 시도하지 않았을까요? 기하급수로 숫자가 늘어나는 고래사회에서 그에 따른 스트레스와 갈등, 나아가 회의와 절망이 차오를 수도 있지 않겠어요. 그들도 자살사이트 같은 반사회적인 갈등요인이 있을까? 하긴, 어느 사회나 회의와 갈등요인은 있기 마련이고 자살충동은 시대적 반영이기도 하다.

그렇다면 고래고기를 다른 각도에서 음미해야겠어요. 우리 모두를 대신한 희생양일 수도 있어요. 우리도 한 번쯤은 자살을 생각하지 않는가요? 허허, 신전에 바쳐진 제물만 같습니다. 모두가 너털웃음 속에 술잔을 채웠다. 빗방울은 더 거세어졌다. 이선생은 어느새 빨간 담요를 뒤집어썼다.

빨간 담요 속에서 옛 추억이 묻어날 게요. 고등학교 때 자취하였던 시절이 알싸하게 묻어나요. 잠든 줄 알았던 이선생이 한마디 거들며 돌아누웠다. 누구나 겪었음 직한 추억. 얄상맞게도 삼십 대가 넘으면 지나온 일들을 망각하기 쉬운데 그 이전의 추억은 언제나 새롭게 다가왔다. 인간의 삶이란 특별한 것도 아니었다. 늘상 반복되는 생활 속에서 새로울 것도, 기억 속에 저장할 것도 없었다. 짜릿한 연애시절 말고는 편지 한 통 쓰는 것도 박제되어 버린 지 오래되었다. 감정이 고갈되어서가 아니었다. 생활의 반추, 시계추와도 같은 일상이 그렇게 도색을 하였다. 한번 실내장식을 하면 빛이 바래질 때까지 하나의 공간을 설정하듯, 정체된 일상에서 비상을 시도하고 새로운 전환점을 누리기 위해 기껏 한잔 술로 일탈을 시도하지 않는가. 어찌 생각하면 정체된 공간 속에서 비울 줄 알아야 온전한 삶을 누릴 수 있는데 어디 그런가. 허접한 일상을 비우고 또 비우고, 자주 비우는 가운데 허공계가 열리지 않는가. 꽉 차 있으면서도 비어 있고, 충만한 가운데 영혼이 숨 쉬고……

언젠가 여기서 술 마시고 택시를 타면서 벗어 놓은 신발 어찌 되었어요? 아, 그 구두? 소중하게 간직하고 있지. 보배로운 기념 아닌감. 박서예가는 남위원의 말에 금방 추억에 젖으며 안주를 더 시켰다. 이선생도 그 말을 듣고 부스스 붉은 담요 밖으로 나 왔다.

# 양지와 음지

철길 건너 안락골목 시장은 오랜 비바람을 맞은 옛집처럼 낡고 우중충하였다. 언제 보아도 음산한 기운이 떠도는 가운데 그만그만한 부류들이 들고나며 일용양식을 거래하였다. 오징어 전문횟집, 떡볶이집, 헌옷 고치는 집, 식육점, 옷가게, 신발가게, 가덕도횟집, 채소가게, 반찬가게, 생선가게 등등. 그 틈바구니에 난(蘭)을 분재하는 가게는 특별한 구석이 있었다. 보통 난이라든가 수석은 사람들이 번잡하게 오가는 대로변에 자리 잡기 마련인데, 이 집은 우중충한 시장바닥에서도 가장 후미진 공간에 들어서 있었다. 바쁜 걸음으로 걸어가는 사람들은 그냥 지나치기 십상이어서 단골이 아니고서는 찾기 힘들었다.

가만, 여기 어디 백시인의 가게가 있다고 들었는데……. 남위원은 이선생과 자전거로 온천천을 한 바퀴 산책하고 지친 발길로 느슨하게 페달을 밟으며 안락골목 시장을 지나치다 말고 주위를 두리번거렸다. 나도 들었지. 한번 찾아볼까? 두 사람은 갈래 길에서 백시인의 가게를 찾았다. 과일집 할머니에게 물으니, 바로 건너편 굳게 닫힌 가게를 가리켰다. 두어 번 지나친 성싶었다. 다가가 자세히 보니 유리문 안쪽에 난(蘭) 분재가 가득하였다. 남위원은 문을 두드렸다. 서너 번 두드려서야 가게 안쪽 방문이 열리며 찾아온 사람을 확인하였다. 백시인의 부인이었다. 이제 막 들어오셔서 옷을 갈아입습니다. 부인은 여전히 뜨악한 표정을 지었다. 백시인이 목소리를 알아듣고 반가운 얼굴로 나왔다. 백시인은 등을 밀어내듯 철길 옆 곱창집으로 이끌었다.

가게는 왜 꼭 닫아 놓으시오? 이선생은 자리에 앉기가 무섭게 궁금함을 물었다. 우리는 전화나 인터넷으로 전국적인 루트를 통하여 거래를 해요. 지나치는 손님들을 상대하다가는 쪽박 차기 딱 알맞아요. 이해가 잘 안 가요. 난은 품종에 따라 값이 천차만별입니다. 까딱 잘못하다간 사람 목숨까지 담보로 잡힐 수 있어요. 여기 오기 전 만덕에서 도둑을 한 번 맞았는데 자칫 목숨을 잃을 뻔하였어요. 그래요? 그 세계가 으스스한 면이 있군요. 남위원은 품종에 따라 값이 엄청 나간다는 말은 들었지만 그렇게 살벌한 구석이 있는 줄은 몰랐다. 백시인이 숨어 지내듯 거래를 하는 이유를 알 듯도 하였다.

그냥 화훼단지에서 파는 일반 난과는 성질이 다르지요. 늘 지나치면서도 오랜만에 곱창을 대합니다. 우리가 자리를 같이 한 지가 꽤나 오래되었지요? 중국을 왕래하는지라 적조하였어요. 중국까지 난을 거래하나요? 그곳에서 농장을 하나 합니다. 말하자면 땅을 세내어 난을 비롯하여 허브를 심고, 그걸로 냉면사리를 만들어 시판을 하려고요. 이번에 샘플을 좀 가져왔어요. 이따 두 분께 선물하겠습니다. 홍보차원에서요. 백시인은 상당히 자신감에 차 있었다. 평소 매사가 활달하고 진취적인 데다 정력이 넘쳐 언제 보아도 활기가 넘쳐 났다.

여러모로 살뜰하게 시장을 개척하였겠지만 가능성이 있겠어요? 벌써 유명짜한 백화점에서 주문을 받았어요. 라면식으로 끓는 물에 넣으면 먹을 수 있게끔 가공처리가 되어 있어 간식용이나 등산용으로 제격일 겁니다. 백시인은 이선생의 의문에 열성적으로 홍보를 하였다. 아무튼, 별난 아이디어였고 아무나 생각해 낼 수 없는 사업이었다. 하긴, 중국은 땅이 드넓어 작물 심기에 부족함이 없을 것이고, 그 사람들, 면(麵) 종류를 워낙 좋아하잖아요. 정말 땅 하나는 넓어요. 십 년 계약을 하였는데 마음껏 작물을 재배할 수 있어요. 내년에는 배추와 무, 고추도 심어 국내로 반입할까 합니다. 백시인은 첫 잔을 비우고 나서 사업 이야기에 열을 올렸다. 문이 열리면서 강시인과 김화백이 들어섰다.

지나치다가 세 분이 밀담을 나누나 싶어 들어왔어요. 아, 강시인. 길을 마주하고 이웃에 살면서도 오랜만입니다. 제가 요즘 중국을 드나드는 관계로…….

백시인은 강시인을 반겼다. 김화백과는 초면이지 싶었다. 얼굴 보기가 어렵다 했더니 중국에다 사업이라도 벌이는가 보지요? 지금 우리가 그 이야기를 열심히 듣고 있어요. 가만있으시오. 내 집에 퍼뜩 다녀올 테니까. 백시인은 남위원의 말이 채 끝나기도 전에 밖을 나서더니 잽싼 걸음으로 돌아왔다. 손에는 선물꾸러미가 들려 있었다. 그건 뭡니까? 내가 중국에서 생산하고 있는 허브냉면사리입니다. 선물로 드릴 테니까 들어 보세요. 주인장도 받으시고요. 그리고 저는 가 봐야겠어요. 긴한 전화가 오기로 해서요. 백시인은 곱창을 더 시킨 다음 계산을 하고 바쁘게 돌아섰다.

허어, 백시인이 이런 사업을 할 줄이야. 신선한 맛이 나겠어요. 강시인은 선물꾸러미를 살피며 웃음을 지었다. 주인도 흔감한 표정을 지었다. 아무튼, 부지런하고 바쁜 사람이었다. 매너도 깨끗하고 불의를 참지 못하는 올곧은 성격의 소유자였다. 정계로 나갔더라도 한몫하였을 것인데, 하여간 여러 방면으로 두루 눈이 밝다고나 할까. 기차가 지축을 울리며 지나쳤다.

오늘은 두 사람이 어인 일이오? 김화백이 이쪽으로 이사 오게 되었어요. 방금 화실을 계약하였어요. 축하할 일이군. 강시인을 비롯하여 형님들이 좋아서요. 세도 무지하게 싸고요. 사랑방 하나 생겼다고 여기십시오. 안락한 동네의 문화공간이 된다? 강시인은 친절하게 위치를 알려 주었다. 모임자리. 담배연기 자우룩한 사랑방. 그것도 향수를 불러일으키리라. 언제 이사 와요? 내일이라도 가능합니다. 김화백은 어렵지 않게 대답하였다. 하긴, 실내장식이야 화가의 솜씨로 그려 붙이면 될 것이었다.

그런데 저희들은 오늘로 이 장사를 마감합니다. 마지막 서비스로 곱창 한 판을 드립니다. 주인장은 기회를 엿보고 있었다는 듯 침중한 얼굴을 하였다. 그건 또 무슨 소리요? 그렇게 됐습니다. 갈수록 어려워서요. 장사가 어렵단 말인가요? 그 점도 있고요. 점점 손님 맞기가 피곤해서요. 곱창 장만하기가 힘듭니다. 구제역의 한파로 수요도 달리고요. 정말 섭섭한데요. 우리들의 정겨운 아지트가 문을 닫다니. 지축을 울리는 기차소리를 어떻게 듣는다지. 다른 사람이 들어오겠지요. 업종은 다를지 몰라도. 사람에 따라 인심이 변한다고 하지 않던가요? 술 한 잔 나눕시다. 주인장은 기꺼운 마음으로 합석을 하였다. 부부가 무던한 성격으로 열심히 장사를 하였다. 한마디로 친절하고 성실하였다.

이제 무슨 장사를 할 겁니까? 옛날에 동업을 하였던 친구가 교통사고를 당하여 제가 인계받기로 하였습니다. 그 친구 잘나가다가 불의의 사고를 당하였어요. 아무쪼록 잘되시기를 바랍니다. 남위원은 주인장에게 술잔을 안겼다. 만나고 헤어지는 것,

사소한 일상에서 빚어지는 별리의 현상. 사람에 따라 가고 오는 정이 다름에랴. 어찌 생각하면 밀물과 썰물의 현상 아니겠는가. 네 사람은 예기치 않은 이별의 잔을 나누고 돌아섰다.

*

저 윗녘에는 연일 눈이 내렸다. 우리네 사계절도 이제는 서서히 변화가 오는가. 지구의 온난화가 가속화되면서 아열대현상이 급격히 찾아왔다. 그래서일까, 봄가을이 짧아졌는가 하면 겨울엔 매서운 한파가 대지를 얼어붙게 하였다. 전례 없는 폭설은 세상을 반신불수의 상태로 냉동시켰다. 반면 여름은 길어졌다고나 할까. 살인적인 무더위와 느닷없는 국지성 폭우가 쏟아졌다. 따라서 생태계도 점점 변화를 가져오기 마련이었다.

남위원은 책상머리에 쌓아 놓은 책들을 일별하고 텔레비전을 켰다. 프로가 영 신통찮았다. 프로가 다양한 만큼 볼거리가 풍부해야 하는데 도대체 재미가 없었다. 뉴스 아니면 어쩌다 내보내는 역사물이나 다큐가 눈에 들어올 뿐. 더구나 리포터마다 어찌 그리 방정을 떠는지 몰랐다. 어디서 배워 왔는지 저절로 눈살을 찌푸리게 하였다.

각종 신간서적들도 그랬다. 가벼움을 추구하는 것도 유분수지, 시저분한 내용과 얄팍한 상술이 짝짜꿍으로 어울려 식상하였다. 이래저래 따분하였다. 직장을 그만두면 책이나 실컷 보자고 장정도 맛깔스러운 책들을 책상머리에 쌓아 두었는데 실망스러웠다. 그나마 다행인 것은 지난날 읽었던 고전들이 위안을 준다는 점이었다. 젊은 시절 읽었던 기억들을 되살리며 잠시잠시 추억에 젖는 즐거움이 솟아났다.

아무튼, 책도 그렇고 텔레비전 프로도 식상하였다. 바다가 보이는 곳에 열두어 평 남짓한 작업실을 얻어 무언가 내 것을 두레박으로 길어 올려야겠다는 의욕이 열흘도 못 가 심드렁해지기 시작하였다. 이틀 전까지 전화도 끊은 채 틀어박혀 자신에게 몰두하였는데 너무나 쉽게 무너지는 결과였다.

무엇 하고 있나. 전화까지 불통이고. 이선생이 손전화를 하였다. 갑자기 사라졌으니 궁금해 할 법도 하리라. 날만 새면 편리함을 자랑하는 차량들이 흉폭한 살인무기로 변하여 얼마나 많은 교통사고를 일으키는가. 그 밖에 도시의 일상은 언제나 예측불허의 인명피해가 도사리고 있었다. 잠시 좌선삼매에 들었지. 왜, 궁금한가? 나오라고. 직장을 마감하였다고 갑자기 돌부처가 되면 쓰나. 자칫 마음에 동공현상이 일어나 병이 생긴다고. 아무려면 심각한 증후군이야 나타나겠어? 어디야?

서면, 내 고향 전통찻집이야. 주인장이 섬섬옥수 고혹적인 입술로 보고 싶다는구만. 나도 퇴직 이후의 대비책으로 영광도서에서 책을 좀 사 들고 목이 말라 들렀어. 퇴직 이후의 대비책이라니? 나도 명퇴를 하기로 했어. 허헛, 백수들이 하나둘 늘어나는군. 통계학상으로는 나로 인해 실업율의 감소효과를 가져오지. 그건 또 무슨 말이야? 알면서 반문은. 우리들이 받는 월급을 쪼개 젊은이 두세 사람을 구제할 수 있다는 논리가 적용되지 않는가. 그렇다고 실업율이 감소되지는 않지. 대기업뿐만 아니라 중소기업들도 인력수급이 싸게 먹히는 해외로 빠져나가고, 다들 고급인력으로 자처한 나머지 소위 삼디업종은 기피하는 세태 아닌가? 논리의 타당성은 항상 현실과는 거리가 있지. 나올 거지? 안 그러면 내가 그쪽으로 가겠어. 틀어박혀 있었더니 갑갑한 기분이야. 내가 그쪽으로 가지.

　남위원은 자리를 떨치고 나섰다. 하늘은 잔뜩 찌푸려 추위를 몰아오는데 왠지 모르게 신선한 기분이 들었다. 스스로 금욕을 깨뜨리는 짜릿함과도 같았다. 굉음이 진동하는 전철을 타고 서면에 내렸다. 사람의 물결이 홍수의 뒤끝처럼 넘쳐 났다. 한 달 전만 하더라도 도도히 흐르는 사람의 물결에 휩쓸려 삶의 공감대를 나누었다. 존재 그 자체였다. 그런데 갑자기 어리둥절한 느낌이 들었다. 이방인 같은 자신의 존재가 궁색해 보였다. 저들 속에서 떠밀려 난 이방인. 이제는 저 가운데 휩쓸려 들 수 없는 존재가 되었다. 지하철 광장 한구석에서 라면상자를 둘러치고 웅크리고 있는 노숙자들을 비로소 이해하였다. 삶의 대열에서 이탈한 떨거지들. 누가 그렇게 만들었을까?

　지상의 협소한 휴식공간도, 전통찻집도 만원이었다. 여기도 빛 좋은 개살구마냥 겉모양새만 번드르르한 이방인들이 시간을 죽이고 있었다. 다만 노천 벤치에 앉아 장기판을 두드리는 사람들이나, 전철역 광장의 노숙자들보다 다소나마 경제적 여유가 있을 것이다. 허나, 마음이 궁핍하기는 마찬가지 아닐까. 이선생이 손을 들기 전에 주방에서 물을 끓이고 있던 주인장이 먼저 알아보았다.

　저는 아예 발길을 끊었는가 했어요. 듣자니 해운대 풍광 좋은 곳에 사무실을 냈다면서요? 소식 한번 빠르네. 사무실이라기보다 은둔처지요. 그것도 며칠 지내 보니 심드렁해요. 남위원은 이선생과 마주 앉았다. 이선생은 헐거운 기분으로 창밖을 내다보고 있었다.

　이웃에 살면서 얼굴 잊는가 했지. 차는 뭘로 할까? 아니에요. 이번 차는 제가 내기로 했어요. 사무실도 내셨고요. 주인장은 상큼 웃으며 미리 준비한 쌍화차를 내왔다. 향기가 짙었다. 남위원은 쌍화차를 들었다. 사람 사는 것이 이런 것인가. 며칠 동안 갇혀 지내며 무수한 잡념들을 부수었다. 부수고 나면 또 생겨나고, 질긴 잡풀의 생명력과도 같았다. 흐르는 시냇물에 닳는 조약돌처럼 사람 사람의 틈바구니 속에서 부대끼며 숨 가쁘게 사는 데서 오히려 잡념이 솟아나지 않는 법.

　왜 갑자기 명퇴를 결심한 거야? 오래전부터 고심해 왔어. 사고

라든가, 행동 따위가 젊은 사람들과는 거리감이 있고. 아이들의
분위기도 무시 못하고. 점점 젊고 발랄한 선생들을 선호하지 않
는가. 젊음은 경험이 얕다. 사고의 틀도 단선적이고. 열정과 의
욕만 가지고는 안 되는 게 많잖은가. 삶의 축적에서 오는 경험과
사고의 깊이가 조화를 이루어야 건전한 사회로 인도할 수 있다.
우리 사회가 어쩌다 이런 묘한 광풍에 젖었는지 모르겠다. 너무
노쇠한 자리 보존은 노탐에 치우치기 쉽다고? 인간의 수명은 점
점 길어져 노령화시대로 접어들었는데 사십 대, 오십 대 명퇴는
사회적으로 손실이다. 시골 가 봤잖은가. 육십, 칠십 노인네들이
상두꾼으로 자임하면서 마을을 책임지고 있지 않던가. 때문에
정체된 마을로 자리매김하지 않느냐고? 시대적 상황을 인식하
고 나름대로 활력소를 불어넣지 않던가.

　이선생의 말은 다분히 자조적인가, 아니면 한계를 뛰어넘은
자기 도전의 무엇인가. 남위원은 스스로 자신을 돌아보아도 지
금까지 몸에 배인 생활습속에서 자유롭지 못하였다. 갑자기 다
가온 무한대의 누림을 버거워하지 않는가. 알게 모르게 경계가
설정되어 그 한계를 쉬이 벗어날 수 없었다.

　앞으로의 계획 같은 건 마련한 건가? 글쎄. 궁즉통이라고 하지
않던가. 어때? 자기 공간을 확보하고 보니 벅찬 기분이 들지? 의
욕만큼 쉽지 않아. 무언가 고립된 기분이야. 동지섣달 긴긴밤에
들이치는 찬바람 같은 외로움이 밀려들기도 하고. 오래 버텨 낼

수 없을 것 같아. 군중 속의 고독. 그건 고통이지. 소외감도 떨칠
수 없을 게고. 차라리 시골로 내려가는 게 어떨까? 그게 오늘의
화두야. 아무튼, 익숙해지도록 노력해야겠지. 그런 가운데 즐거
움이 있을 것이고. 모든 일상을 긍정적으로 받아들여야지. 인간
만큼 유약하면서도 환경에 잘 적응하는 강인한 동물도 없으니
까. 이선생은 자신에게 다짐하듯 말하였다. 동질성이란 남의 일
이 남의 일 같지 않을 때 절실하게 다가오는 것이다. 남의 죽음
을 애틋한 마음으로 눈물짓는 것도 따지고 보면 자기 설움에 겨
운 동질성이 아니겠는가.


*


　자리를 옮길까? 남위원은 한 무리 손님들이 들어오는 것을 보
고 이선생을 일으켜 세웠다. 두 사람은 길 건너 산야를 들어섰
다. 이 집을 드나든 지도 어언 이십 년을 헤아렸다. 강시인이 오
늘 모임이라고 하던데요. 우리야 그 모임과는 무관하지요. 바람
불어 좋은 날이라고 바람 따라 왔어요. 두 사람은 구석진 자리를
차지하고 앉았다. 옆자리에는 나이 든 노인네들이 노익장을 과
시하듯 등산복 차림으로 떠들썩하게 술잔을 들었다. 한 차례 산
행. 그리고 저렇게 떠벌리다가 집에 들어가면 갑자기 외로움이
더께로 내려앉아 이불을 둘러쓸 것이다. 청운의 꿈을 안고 젊음

170

을 누릴 때가 언제였던가. 남위원은 자신의 모습을 보는 듯하여 가슴이 아릿하였다.

오늘은 강시인이 특별히 안주를 주문하여 신경을 썼어요. 미리 맛이 어떤가 보세요. 산야는 넉넉한 마음으로 술안주를 내왔다. 언제나 푸짐하고 넉넉하기만 하여 마음이 풍요로웠다. 술을 두어 순배 들었을까, 강시인 일행이 들어섰다. 모두가 낯이 익은 터여서 반기는 가운데 합석을 하였다. 두 분이 서면까지 진출하시고 얼굴이 훤하십니다. 임박사가 조용한 얼굴로 모두를 대신하였다. 신앙심이 깊은 만큼 매사가 조용하고 신중하였다. 오늘의 토론 주제는 무엇이오? 저녁을 들면서 다 했어요. 이제부터는 뒤풀이에요.

이시인이 새로 출간한 시집을 사인과 더불어 안겨 주었다. 오늘날 시인의 위상은 어디쯤일까? 문득 회의감을 잘근 깨물며 소중하게 받았다. 오랜 습작을 거쳐서인지 시알이 여물고 쫀득한가 하면 감칠맛이 났다.

축하연을 하는 자리 아닌가요? 이선생의 말에 이시인은 웃음으로 대답하였다. 그 말이 떨어지기가 무섭게 산야가 미리 준비한 케이크를 내왔다. 여류들이 산야의 배려에 감격스러운 얼굴을 하였다.

마음을 울리는 시를 쓰면 어디를 가도 축하를 받기 마련입니다. 남위원께서 한마디하세요. 그럴까요. 문자(文字)는 자연의 힘들이 상호작용하는 도상(圖象)적인 표현과 함께 시작되었다고 하였습니다. 다시 말해 문학은 인간사회 이전에 존재하였던 질서로서 천지와 만물들의 이치를 드러낸다고 가정하였어요. 따라서 문화는 인간의 영역과 천지의 영역 사이의 필연적인 분리가 없다는 가정하에 기초한다는 것입니다. 인간의 문화적 창조의 이치는 하늘의 이치와 동일하다고 생각하였습니다.

굉장히 깊이 있는 말씀입니다. 때문에 문학은 감정을 나열하고 사물들에 형식을 주는 것이 아니라는 것이지요? 옛사람들의 지순한 말을 새삼 새겨들어야 해요. 혼탁한 물일수록 정제가 필요한 법인데 여과 없이 혼탁한 물에 휩쓸려 구정물을 토해 내요. 귀담아들어야 할 부분입니다. 잠자코 듣고 있던 임박사가 자세를 바로 하였다. 오늘 이시인의 축하연은 여러모로 의미 있는 자리였다. 조촐할수록 좋다는 말이 가슴에 와 닿았다. 술좌석은 시간이 흐를수록 농익어 갔다. 옆자리의 노인네들은 호쾌하고 흔연한 담론에 자극을 받은 듯 벽면에 걸려 있는 흑판에다 한시를 또박또박 판서하고 산야를 나섰다.

저분들도 한 가닥 하신 분들이에요. 학교장을 지내셨고, 그림을 그리시고, 변호사도 한 분 계셨고, 한의사도 계셨고요. 산야는 문밖까지 배웅하고 돌아와 그들의 신분을 밝혔다. 어쩐지 품위가 있어 보였다. 세월은 무상하다. 세대 간의 자리바꿈이랄까, 싫든 좋든 자리 비움은 인지상정 아니겠는가. 우리도 어느 날 더 젊은 사람들에게 자리를 내주어야겠지. 그게 순환과정이다. 동물의 사회에서 당연한 질서라고나 할까.

그때 느닷없이 문 쪽에 앉은 여자가 새된 소리를 내지르더니 울음을 터뜨렸다. 마주 앉은 사내가 난감한 얼굴로 달랬다. 뭐가 창피하단 말이고? 다 똑같아. 너도 그렇고, 좆 달린 사내들은 하나도 다를 게 없다고. 여자는 육두문자를 입에 발리며 억너구리를 쳤다. 하, 보통 기갈이 아니네. 강시인이 머리를 가로저었다.

아, 좀 그만하란 말이다. 여기가 니네 집 안방인 줄 아나? 사내는 참다못해 마주 대거리를 하였다. 싫으면 가라마. 그라지 말고 일나라. 조용한 데 가서 조근조근 이바구하자. 그래, 니도 사내라면 양심이 있을 거 아니가. 내가 이렇게 시퍼렇게 육신이 멀쩡한데 어느 년한테 한눈을 판단 말이고. 니나 내나 팔자 한번 더러워 마누라 잃고, 첫 남자와 헤어진 사이 아니가. 그렇게 오다가다 만났으면 제대로 살뜰히 마음 주고 사는 기이 도리제, 그새 딴 여자에게 눈길을 주어? 본마누라도 니놈 바람기에 속병을 앓다 먼저 눈감은 기이 아니가?

들자 들자 하니께 이게 술 처먹고 바로 뚫린 입으로 하는 소리야? 사내는 아킬레스건을 건드리자 주위를 돌아보지 않고 불끈 성을 냈다. 그라믄 내가 헛소리를 했단 말이가? 눈에 밟히는 행동거지를 보면 전력을 알 수 있지러. 내 싫으면 이참에 미련 두지 말고 싹 돌아서거라. 나도 한 점 후회 안 할긴게. 세상의 반이 남자인데 너만 한 사람 없겠나? 그래, 그래. 니 잘났다. 그따위 심보로 기갈이나 부리니까 첫 남편이 에누리 없이 뒤돌아섰지. 뭐라카노? 이 순덩이 같은 지집년 하나 제대로 간수 못하고 떠난 사내가 어디 온전한 사내가? 내가 어쩌다 니 같은 인간을 만나 제2의 인생을 꿈 꿨을고. 여자는 한 치도 뒷걸음치지 않고 악다구니를 하였다. 단단히 배신감을 느낀 모양이었다.

아무래도 자리 정리를 해야겠네. 산야가 지나치는 손님 몇이 쭈볏거리자 그들 앞으로 다가갔다. 사랑싸움도 그렇게 하면 안 되지러. 다른 때는 죽을둥 살둥 머리 맞대고 행복에 겨워하더니 오늘은 무슨 일고? 언니요. 저 인간이 내 모르게 딴 주머니 찬 걸 오늘에사 알았어요. 바람 불어 좋다고 만난 지 한 달 보름 만에 동거를 하였는데, 동거생활 닷새 만에 들통이 났으니 도대체가 말이나 되는기요? 인간 말자제. 여자는 산야의 손을 붙들고 다시금 울분을 쏟아 냈다. 오해가 있었겠지. 가까운 사람일수록 오해하기 쉽지러. 누가 아닙니까. 누누이 오해가 오해를 불렀다고 씹어 일러도 막무가내입니다. 시끄럽다. 더러운 인간아. 내가 오해 모르고 구렁이가 들어앉은 니놈 속내도 구별할 줄 모르겠나? 사람 미치겠네. 친구들과 노래방에 갔다가 술김에 도우미에게 명함을 쥐어 주었는가 본데 전화를 했지 뭡니까. 코맹맹이 목소리로 전화만 했나? 문자까지 보내고, 알량한 내용은 또 뭐고? 한 번 간 노래방 도우미가 보낼 수 있는 내용이더나?

174

그걸 꼭 부정적으로 받아들이지 말고 긍정적으로 받아들여. 사내가 못나 봐. 돈을 주고 사정을 해도 콧방귀를 뀌고 돌아서는 세상이야. 암만 좋게 생각하려 해도 마음에 걸리고 괘씸해서 오늘 결판을 내자고 마음먹었어요. 내가 볼 때는 두 사람 다 상처를 딛고 새롭게 시작하기로 결심하였는데, 삿된 마음을 먹을 리 없고, 우연찮은 마(魔)가 시샘하듯 끼어들었다고 넉넉한 마음으로 소화해. 독이 약이 된다는 이치를 알 것 같으면 과감하게 삼킬 줄도 알아야지. 안 그런가? 산야는 여자의 등을 따북하게 두드렸다. 그것도 모르는 바 아니지만도…….

여자가 한 남자를 사랑하면 불도 삼킬 줄 알아야 하고, 깊은 바다에서 자맥질도 해야지. 그런 인내와 슬기로움을 비끄러매지 못해 스스로 불행해지는 거라고. 항상 문제의 발단은 자기 자신에게 있는 거라고. 맞습니다. 저 성깔만 죽이면 천하의 미녀도 저리 가라인데 때때로 저를 궁지로 몰아넣습니다. 그러니까 그쪽에서 미리 알아 새기고 빌미를 주어서는 안 되지요. 어느 여자치고 왼쪽 주머니 속에서 간드러진 소리가 나면 좋아하겠어요. 마음이 상하지요. 여자의 자존심은 단순하다는 것을 알아야죠. 자, 자, 서로 손잡고 일어나. 눈물 흘린 만큼 굳건한 마음으로 사랑하서. 나는 그렇게 사랑싸움 할 상대라도 있었으면 바랄 게 없겠네. 산야는 두 사람을 일으켜 세웠다. 사내가 중심이 흐트러진 여자의 허리를 붙들었다. 여자는 사내의 어깨 위에 머리를 기댄 채 산야를 나섰다.

　세상은 저래서 재미있어요. 사람 하나는 잘 다룹니다. 진땀 뺐어요. 뻔한 사랑싸움 아니겠어요. 보나마나 집에 가서는 더 격렬하게 사랑을 나눌 거예요. 방금 여자의 자존심은 단순하다는 그 말이 드넓은 가슴에 배를 띄우게 하였어요. 남자의 마음은 더 단순하지요. 임박사가 가방을 챙겨 들었다. 벌써 자정이 임박하였다. 임박사는 정확하였다. 어떤 자리일지라도 막차시간이면 어김없이 묵직한 가방을 손에 들었다.

*

　어디 다녀온다고요? 강시인은 바람 들이치는 학교부지 동산에서 목청을 높였다. 서예학원. 이제부터 여가활용으로 붓을 담금질해야겠어요. 시간이 남아도는 사람은 다르군요. 그런 강시인은 지금 뭣 하는데? 전류를 타고 바람소리가 쌩쌩 나는걸. 나만의 꽃동산을 만들고 있어요. 부질없는 짓이라고 핀잔은 주지 않겠소. 뭣 땜새 전화를 한 게요? 김화백이 낮에 이사를 하였어요. 가만있을 수가 없잖아요. 내, 그리로 가지. 강시인은 남위원을 기다리는 동안 돌자갈을 파냈다. 워낙 조악한 땅인지라 괭이 끝이 닿는 곳마다 돌멩이가 튀었다. 이수학을 비롯하여 동료들은 그런 땅을 일구어 무엇에 쓰느냐고 대놓고 한소리 하였다. 여

176

학생들은 시심(詩心)이 묻어나세요, 미라를 발굴할 거예요? 바람결로 깔깔거렸다. 학교부지가 공동묘지였다는 것을 염두에 두고 하는 말이었다. 그러거나 말거나 우직하게 짜투리 시간을 이용하여 한 뼘씩 일구어 나갔다.

아직도 손 부르트게 괭이질이시오? 이수학이 테니스채를 들고 나타났다. 운동장에서 땀을 흘렸는가 보았다. 남위원께서 이리로 온다는군. 서예를 한다나. 자갈밭을 일구는 것보다 낫겠어요. 비아냥거리지 말거라. 꽃향기가 가득하면 오늘의 땀방울을 이해할 테니까. 글쎄요. 치자꽃은 향기가 드높던데, 여기다 무슨 꽃씨를 뿌릴 것인지. 이수학은 서산에 기우는 해를 바라보고 의자에 앉았다. 그 해를 등지고 남위원이 느릿한 걸음으로 올라왔다. 한껏 여유로운 걸음이었다. 걸음걸이가 신선걸음이오. 바쁠 게 있나. 이렇게 여유로움을 누리는 것도 복 아닐까. 남위원은 이수학 곁에 앉았다. 까치 한 쌍이 날아와 주위를 맴돌았다. 마음이 태평하면 근심걱정이 없다고 하였어요. 무슨 맘먹고 붓을 가다듬기로 하였어요? 열린 공간으로 나아가려는 의지만 같은데.

맞는 말이야. 남위원은 무덤덤한 얼굴로 대답하였다. 가만히 뒤돌아보니 그간 어떻게 세월을 보냈는지 몽롱한 기분이 들었다. 분명 일엽편주를 타고 고해의 바다를 헤쳐 나왔는데 잔잔하게 부딪치는 파도소리만 귓전을 울렸다. 큰 산은 한 줌 흙도 마다하지 않는다고 하였다. 다시 말하자면 큰 산도 한 줌 흙으로 이루어졌다는 말인데 그 한 줌 흙이 눈앞에 보이지 않았다. 하긴, 산 자체야 흙 한 줌을 자각이나 하겠는가.

가 봅시다. 그것도 일이라고 허리가 무지근합니다. 어리석은 자가 산을 옮긴다고, 남들이 뭐라 할지라도 일한 만큼 보람을 느끼겠지요. 꽃향기가 기대됩니다. 저도 주말농장을 하는데 배추, 무를 바라보노라면 가꾼 만큼 거두어들인다는 신실한 진리를 깨물어요. 이수학은 요즘 들어 재미 붙인 주말농장을 은근히 내비쳤다. 나도 내년부터는 이마에 땀방울을 매달아야겠어. 남위원은 한사장의 장인 땅을 매입한 사실을 새삼 가슴에 안았다. 정지 작업을 한 그 위에 온갖 채소를 가꾸리라. 아담한 집도 짓고…….

시골로 내려갈 확률이 제일 높은 사람은 남위원이지요. 이미 땅도 확보해 놓았겠다, 마음만 움직이면 언제든지 가능하잖아요. 이선생도 있지 않는가. 얼핏 듣자니 고향에 내려가 어머님을 모실 생각이던데요. 못 다한 효도를 할 생각인가? 이선생으로부터 직접 그런 말은 듣지 못하였다. 세 사람은 학교 정문을 나섰다. 김화백의 화실은 생각보다 공간이 넓었다. 벌써 문하생들을 비롯하여 여러 부류의 사람들이 진을 치고 앉아 있었다. 화가들이 대체로 그렇듯 김화백도 각양각색의 인맥을 형성하고 있었다. 그림의 선호도에 따라 계층이 형성되기 마련이었다. 남위원은 이선생이 보이지 않아 전화를 하였다.

깜박했네. 안교장으로부터 부고를 들었나? 방금 모친께서 돌아가셨다는 연락을 받았어요. 같이 가 보게 내려와요. 남위원은 아릿한 통증을 느꼈다. 구십 넘은 노모. 홀로 자식들을 가르치기 위해 고생한 이 땅의 어머니. 거기에 보답하듯 안교장 내외는 지극정성으로 모셨다. 비좁은 아파트에서 온갖 수발을 다 들며 마음고생을 감내하였다. 이제 형편이 좀 피어 넓은 아파트를 장만하여 불편 없이 지내도록 배려하였는데 눈을 감았다. 고생의 긴 터널을 뒤돌아보고 눈을 감은 것이다. 또 한 무리 손님들이 화실을 가득 메웠을 때, 남위원은 이선생, 강시인, 이수학과 함께 조문을 가기 위해 화실을 나섰다. 큰길에서 택시를 잡으려는데 지욱서점이 불렀다.

안교장께서 상을 당하셨다면서요? 대신 부의금 좀 전해 주세요. 지욱서점은 봉투를 내밀었다. 그 마음이 기특하였다. 어떻게 아셨어요? 따님이 참고서를 사러 왔다가 황급히 연락을 받고 갔어요. 네 사람은 지욱서점의 말을 뒤로 하고 택시를 잡아탔다. 병원장례식장을 들어섰다. 네 사람은 고인의 명복을 빌었다. 뒤늦게 낳은 손자를 등에 업고 마음 흐뭇해하던 생전의 모습이 떠올랐다. 날 때도 무엇 때문에 이 세상에 나왔는지 모르고, 갈 때도 어디로 가는지 모르는 게 인생 아닐런가. 굽이굽이 길을 걷다가 멈추는 곳. 그곳이 과연 어디일까? 살아온 여정은 길고 험난

한데 막상 종착지에 다다르면 한 줌 허무가 떠돌 뿐. 허망하여라, 인생살이. 슬퍼하지 마라. 그저 옷깃을 여미며 가는 길을 편안하게 보내 달라. 남위원은 구십 평생을 살아온 고인의 음성을 메아리로 들었다.

살아온 여정은 피맺힌 절규로 우짖는 뻐꾸기소리일 수도 있고, 지지배배, 지지배배, 종달새 노래일 수도 있고, 까마귀 울음소리였다가 까치소리이기도 하네라. 구만 리 먼 하늘을 나는 기러기의 날갯짓이기도 하고, 부엉이 울음소리 저편 싸락눈 흩뿌리는 북풍한설이기도 하네라. 어디 그뿐이랴. 봄날 화사하게 피어나는 꽃이기도 하고, 여름날 영글어 가는 호박과 참외, 수박빛이기도 하고, 가을날 빨갛게 익은 고추였다가 하얗게 하얗게 부풀어 피어나는 목화송이기도 하네라. 인생이 짧다지만 결코 가볍거나 업수이 여길 수도 없는 가운데 꽃이 피고 열매를 맺기 위해 뿌리를 내리듯 굳건히 살아왔음에랴.

이선생도 어머님을 모실 거라면서? 그래야 되지 싶어요. 지금까지 형님께서 주말이면 왕래하며 모셨는데 형님의 연세도 그렇고, 어머니께서 미로를 헤매듯 치매증세가 있어 마음을 놓을 수가 없어요. 이선생은 결심을 굳혔다는 듯 명퇴 이후의 자기 위치를 분명히 말하였다. 요즘 보기 드문 효심입니다. 어찌 생각하면 어머님이 계신다는 것은 행복한 일입니다. 이수학은 일찍 세상을 떠난 어머니를 떠올렸다. 혼자의 몸으로 자식 하나 키우기 위해 얼마나 고생하셨던가. 며느리도 보고 손자도 안아 보는 기쁨을 누릴 연세에 세상을 하직하였다.

김화백이 자리를 옮겼다고 메시지를 보냈어요. 출상 때 다시 들르기로 하고 그만 일어설까요? 강시인은 문자메시지를 확인하였다. 안락한 동네를 떠나는 사람에게는 명복을 빌고, 이사 온 사람에게는 발전이 있기를 기원해야지요. 이수학은 강시인의 말에 똘망하게 곁들였다. 네 사람은 택시를 타고 서원시장 근처에서 내렸다. 다소 생소한 감을 주었다. 얼마 전에 김화백과 아는 사람이 이곳 점포를 인수하여 새로 동동주집을 냈다는군요. 장소가 좀 그런데요. 장사하기 나름이겠지만. 새로 개장한 동동주집을 들어섰다. 앙증맞은 화환이 놓여 있었고 난분 몇 개가 실내를 장식하였다. 벽면은 김화백의 그림으로 채워져 있었다. 조금은 비좁은 공간이었는데, 손님이라야 김화백의 집들이에 온 술꾼 서너 사람이었다. 네 사람이 합석하고 보니 주점 안이 꽉 찼다. 실내 공간 자체가 소담스럽다고나 할까, 크게 수익을 올릴 성질은 아니었다. 주모 또한 매차분한 분위기였다.

남위원님은 어디선가 뵌 듯싶어요. 주모는 다소곳이 남위원에게 술잔을 처 올렸다. 신문지상에서 봤겠지요. 아니면 전생에 담너머로 눈요기를 했거나. 이수학 선생님의 해학은 실감이 잘 나지 않아요. 청십자 원장이 이의를 달고 나왔다. 전생의 인연이라? 참 오랜만에 들어 보는 소리였다. 전설의 고향에서나 있을 법한 인연의 순환도리. 모든 사물과 사상이 빤질하게 닳고 순박 성을 잃은 오늘의 세태에서 전생의 인연 따위는 오지랖 넓은 소리일 것이다. 더구나 만나고 헤어지는 과정이 말초신경적이고 즉흥적인 세태가 아닌가. 현생에서도 만남을 다하지 못하는데 전생까지야. 옷깃을 스치는 것도 인연이랬다고, 전생의 인연으로 지냅시다. 남위원께서 이제 하는 일도 부실하겠다, 그렇게라도 활력을 되찾으면 좋지 싶어요. 하는 일도 부실하다? 묘한 뉘앙스를 풍기는데요.

자극적인 곳마다 확대 재생산하는 세상 아니오? 남위원은 조금 전 조문을 하고 온 장례식장 분위기와 이곳의 분위기를 비교하였다. 고인을 보내는 슬픔과 향내로 들어찬 상가의 숙연한 분위기. 인생의 길고 짧음과는 무관한 무거운 침묵. 자신의 서러움이 각인되어 반추되는 까닭에 두려움마저 잠재된 마지막 가는 길. 그와는 달리 집들이 분위기는 어떤가. 새로운 곳에서 이루는 삶의 둥지는 흥분과 기대감으로 밝은 미래가 눈썹 위에 펼쳐진다. 낯설지만 뿌듯한 정겨움을 주는 항구는 새로운 미래로 나아가게 한다. 사람은 누구나 새로운 곳에 닻을 내리게 되면 금방 어둠이 내릴지라도 새 희망을 가슴에 품기 마련이다.

청십자 원장도 자리를 옮긴다면서요? 저는 시장바닥에서 애오라지 평생을 살아온 사람들과 함께할 것입니다. 강시인의 물음에 청십자 원장은 넉넉한 웃음을 지었다. 젊은 패기 하나로 영

세한 재래시장에서 노점상들을 상대로 펼친 의료활동. 동기들은 눈부신 발전으로 자기 사업을 확대해 나가는 동안 한 푼을 벌기 위해 사계절 먼지 둘러쓰고서 좌판 앞에 나앉아 세월을 이고 있는 노점상들을 상대로 의사로서 양심과 의무를 다하였다. 거기에 대한 남다른 자부심의 이면에는 곤궁한 생활을 감내하였다. 남들이 다들 부러워하는 직업인데도 경제적인 내실은 빈약하여 동기들의 무언의 따돌림과 의사로서의 자질을 경제적인 잣대로 내몰며 딸애를 앞세우고 집을 나선 아내의 야속함. 어찌 의술을 화려한 동산(動産)의 메신저로 생각하는가. 환자의 피고름과 썩어 가는 내장을 들어낼 때의 악취와 의무감을 생각한다면 가장 가까이에서 마음을 함께해야 할 아내가 딸애의 서울유학을 빌미로 아내의 본분을 외면할 줄이야.

모든 의사들이 그런 사명의식으로 살아야 하는데 어디 그렇습니까. 듣자니 젊은 의대생일수록 집도를 기피한다면서요? 수술할 의사가 부족하다는 것은 심각한 사회병리현상 아니겠어요? 돈 잘 버는 의사가 제1순위 신랑감 아닌가. 더구나 오늘의 세태는 여자의 핸드백에서 돈이 나오는 만큼 여자들의 미세한 부분을 부풀리고 제거하고 단장을 해 주어야 일류 의사가 되는 것 아닌가? 세상이 너무 밝기에 불감증에 걸려 있는 게 아닐까요? 모처럼 주모가 정색을 하였다. 술기운으로 눈자위가 우수에 잠긴 듯하였다. 오늘의 화두는 세상이 너무 밝다. 죽음으로 떨어지면 그 밝음이 어둠으로 사장되어 허무할 수밖에 없다? 이제 일어들 납시다. 이수학이 시간을 일깨웠다. 모주꾼들은 비치적 일어났다. 뒤늦게 나온 문선생이 무언가 아쉬운 듯 강시인과 이선생, 남위원을 택시 안으로 밀어 넣었다.

*

　문선생은 순진무구한 동안에서 풍기는 조용한 모습과, 청아하고 때 묻지 않은 목소리를 지니고 있었다. 언젠가 보리밭을 경청하였는데, 까마득히 잊고 있던 고향의 보리밭이 떠올랐다. 보리는 두 해에 걸친 농사이자 겨울을 견디어 낸 생명력을 지니고 있다. 겨울잠을 자는 곰이나 개구리, 뱀 따위가 소생과 부활을 상징한다면 식물로서 보리는 그와 같은 상징성을 지니고 있다. 해동 시에 보리가 들뜨지 않도록 밟는 데서 고난을 딛는다는 의미 부여가 더해진다. 한겨울을 기다림과 인고로 이기고 나온 보리. 하늘에서 내린 눈을 하얀 이불 삼아 겨울을 난 보리야말로 귀중한 생명의 씨앗이었다. 쌀이 남방 식물이라면 보리는 북방 식물일 터였다. 아그야, 옹챙이 계단식 밭에서 보리싹이 푸릇하니 제법 겨울을 이겨 낸다. 어머니의 한숨을 문선생의 청아한 목소리에서 떠올린 것이다. 그 뒤로 문선생도 기꺼운 마음으로 안락한 동네의 일원으로 자리매김하였다.

문선생은 안락한 동네를 지나치더니 재송동으로 들어섰다. 이곳도 법원이 들어서고, 마천루처럼 고층빌딩이 들어서면서 몰라보게 달라졌다. 들어갑시다. 겉보기에는 초라하고 궁색해 보여도 가을의 여인이 기다리고 있을 겁니다. 가을의 여인이라……. 산길. 간판을 일별하고 문지방을 들어서니 발밑에 낙엽이 밟혔다. 겨울을 두드리는 음악이 낙엽 위에 해무처럼 깔렸다. 아, 이런 곳이 있었나? 낙엽 위에 앉아 한잔 술을 마시고 싶었다. 여인의 귀품 있는 모습이 더욱 마음을 열리게 하였다. 이런 곳은 굳이 술을 마시지 않아도 열린 공간으로 나아가게 하였다. 한 잔의 차와 낙엽 밟는 대화. 여리지도, 농숙하지도, 심오하고 고뇌스러운 모습을 짓지 않아도 생명을 노래할 것이다.

낙엽 밟는 감촉이 왜 이리 좋습니까. 오늘 산에 올랐다가 가져왔어요. 냄새가 향수를 불러옵니다. 이 위에 싸락눈이라도 내린다면 창백한 달빛을 보지 않아도 되겠어요. 감성이 풍부한 걸 보니 예사 분들이 아닌 듯싶어요. 여인은 이선생의 말에 가슴을 모두었다. 그 미태가 감나무가지에 걸린 시린 초승달이었다. 제가 오늘은 삼라만상을 재생시키는 분들을 모시고 왔어요. 문선생은 차례로 소개를 시켰다. 빛바랜 소파가 낙엽 깔린 분위기와 어울렸다. 영광이에요. 특별히 신경을 써야겠어요. 여인은 주방에 나가 안주를 장만하였다. 싱싱한 굴을 내왔다. 이 계절에 더없이 좋은 안주요. 산에서 내려오다 시장에 들렀더니 굴 향기가 유혹

하더군요. 여인은 문선생의 말에 겸손을 내보였다. 남위원은 굴을 한입 넣었다. 입안이 비릿하니 향기로웠다.

고향 바닷가 양지바른 곳에서 조개무지처럼 쌓아 올린 굴 껍질더미에 묻혀 부지런히 굴을 까는 손길이 눈앞에 다가왔다. 김밥 한 덩이로 점심을 대신하고 볕바른 곳에서 하루 종일 엉덩이 짓무르게 앉아 굴을 까던 가래댁. 그녀를 바라보노라면 도의 경지가 따로 없었다. 다른 아낙네들은 그 시간 갯벌이 드러난 바다에서 바지락을 캐고, 꼬막을 잡고, 낙지와 장어를 잡는데도 그녀는 한결같이 굴을 깠다. 그게 그녀의 유일한 생계수단이기도 하였다. 남편이 바다 일을 하다 허리를 다친 뒤로 가족의 생계가 그녀의 손끝에 매달렸다. 그렇게 그녀는 사시장철 계절 따라 억척스러웠는데 새침한 성깔은 여과 없이 그녀의 손끝에 맺혀 났다.

굴을 보니 종가 형수님이 떠오릅니다. 강시인도 굴 향기 속에서 종가 형수를 떠올렸다. 참 투박하고 인정스러웠다. 이맘 때 종가를 찾으면 꼭 굴을 따 와 신경을 써 주었다. 숙취에는 제일이라면서 인정 어린 눈길을 보낼 때는 둥근달을 보는 듯하였다. 굴은 신선미가 그만이지. 그런데 무슨 마음으로 이런 영업을 하십니까? 이선생은 진지하게 물었다. 무언가 곡절이 있음 직한 사연을 듣고 싶었다. 그런 자태를 지니고 있었다.

얼마나 좋아요. 제가 이런 장사를 하지 않았다면 선생님들과 자리를 하겠어요? 저는 아무리 고약한 손님이 와도 그 나름대로 의미를 부여해요. 한잔 술 속에 그 사람의 희로애락이 젖어 있잖아요? 대체로 남자 분들은 단순하면서도 매듭이 없어요. 어떤 일일지라도 한잔 술로 툭툭 털어 버리는 그 무엇을 안고 있어요. 종류도 다양한 삶의 표본들을 즐기며 바라본다? 제가 온갖 세상사를 몸소 경험할 수는 없잖아요. 제가 자리를 제공해 줌으로써 간접체험을 한다는 거죠.

여인은 음악을 바꾸었다. 가야금병창이었다. 가야금병창을 들으니 파도에 흔들리면서 뱃놀이를 하는 기분인걸요. 똑같은 음악을 듣고도 사람마다 생각하는 폭이 다를 터였다. 남위원은 인간의 색상을 떠올렸다. 사람은 제각기 닮은꼴인데 빛깔이 다르다. 그 빛깔은 어디서 파생되는 걸까? 마음인가? 선지식은 그렇게 말할지도 모른다. 모든 색상이 각기 달라야 조율이 된다. 똑같은 음색, 일치된 견해는 조화롭지 못하다. 무지개가 일곱 가지 색상이어서 아름답다. 더불어 이 세상은 온갖 색상이 조화를 이루기에 풍요롭기도 하고. 가늘고 질긴 명주 올도 여러 가닥을 꼬면 더없이 튼실하고 질기며 질긴 만큼 눈부시게 아름답다.

# 가깝고도 먼 빛

안교장 모친의 출상을 따라나선 남위원은 장지에서 돌아오는 중간지점에서 일반버스로 갈아타고 고향에 내려 타박 걸음으로 어머니 묘소를 찾았다. 야야, 이제 도리 없이 백수가 되었으니 어쩔끄나? 아직도 정정한 몸인디. 허긴 시상이 어떻게 돌아가는지 젊은 실업자들이 부지기수라면서야? 거기에 비하면 너는 이 산 저 산 넘나들 듯 고생고생하면서 장수를 누린 셈이다만, 할 일 없이 세월을 곱씹는다는 것은 고문이다. 암만. 고문 중에 가장 감내하기 힘든 고문이지야. 끌끌, 혀 차는 소리가 뒤를 따랐다. 어머니. 걱정 마세요. 그래도 아직은 개척해 놓은 개간답 같은 게 있어 술값 정도는 손에 들어옵니다. 시방 개간답이라고 했

188

냐? 워매, 그녀러 자갈밭 옹챙이 밭에 씨를 뿌려 봤자 나올 게 있어야 말이제. 심신만 고달프제. 더구나 요즘은 아무도 거들떠보지 않는 묵정밭으로 변하지 않았냐. 모든 게 시절 따라 변한다.

허긴, 아이들 제대로 자랐겠다, 다달이 나오는 쥐꼬리만 한 연금으로 남은 여생을 보내야지야. 내 생각이다만, 지출이 많고 씀씀이가 솔찮은 도시생활 접고 귀향하거라. 그 누구냐. 도연명인가 하는 시인을 비롯하여 낙향하여 남은 여생을 유유자적 값지게 산 사람이 얼마나 많으냐. 요즘이사 시골에 살아도 교통 좋겠다, 통신망 좋겠다, 하나도 불편을 모르지 않냐. 공기 좋고, 물맛 그만이고, 조용허니 그저 그만이다. 갈수록 복장 터질라 해서 어디 도시에서 살것디야. 저도 그럴 계획입니다만……

남위원은 어머니에게 담배 한 대를 피워 올리고 나서 묘소 앞에 주질러 앉았다. 까마귀가 건너편 산등성이로 날아갔다. 오랜만에 보는 까마귀였다. 한때 약에 좋다니까 무더기로 남획을 하여 구경하기가 어려웠다. 까마귀는 달을 상징하는 두꺼비와 더불어 태양을 상징한다. 세발 달린 붉은 까마귀[三足烏]는 태양의 본질을 이루는 남성의 상징이 셋이기 때문이다. 남근까지 아울러 다리가 셋. 그것은 생명력을 뜻하지 않는가. 그리고 까마귀는 새끼가 자라서 늙은 어미에게 먹이를 물어다 주는 효조(孝鳥)로 알려져 있다. 자식이 늙은 부모에게 정성이 지극할 때에 반포(反哺)라고 한다.

부모의 자식에 대한 정성과 사랑. 불효의 마음은 부모가 돌아가신 다음에야 사무치게 느끼는 것도 살아생전 효도를 다하지 못한 자책감이리라. 남위원은 엉덩이에 찬 기운을 느끼며 자리에서 일어났다. 이선생은 남은 여생을 어머니를 봉양하기 위해 낙향한다고 하였다. 강시인은 구십 넘은 부모님을 곁에서 모시고, 안교장은 지극한 효심으로 어머니를 모셨다. 가고 오는 순환은 자연의 순리인데 떠남은 언제나 허전함과 아쉬움을 남긴다.

남위원은 바닷가 소나무가지 끝에서 이는 바닷바람을 피부로 느끼며 어머니가 일구었던 옹챙이 계단식 다랭이 묵혀진 밭을 내려왔다. 아무도 모르게 산소를 돌아보는 마음이 쉽지만은 않은데, 바람 들이치는 가슴을 안고 일별하였다. 매번 고향을 다녀오게 되면 회한으로 뒤엉키는 허전한 바람. 그 깊이 모를 바람의 근원을 곱씹기 마련이었다. 그래서 고향은 가깝고도 먼 빛으로 채색되는지도 모른다.

어매, 아제요. 무슨 일이다요? 방죽재에 이르렀을 때, 누군가 깜짝 반겼다. 돌아보니 봉심이었다. 갯바람으로 그을린 주름진 얼굴은 세월의 더께를 둘러쓰고 있었으나 형체는 변함이 없었다. 형수님! 우연찮게 왔습니다. 바다에 나가셨던가 봐요. 오늘이 아제 성님 기제사여서 살아생전 좋아하던 바지락을 캤구만이라우. 낙지도 잡고요. 살아 계셨더라면 얼마나 반가웠겠소이. 봉심은 금방 목소리가 젖었다. 끈적한 부부애가 묻어났다. 그러게 말입니다. 건강하시지요? 나야, 아제 성님 건강까지 받아 짊어진 탓인지 요롷고롬 건강하요. 우리 집에 가십시다. 형수님을 봤으니 그만 가 볼까 합니다. 뭔 소리다요? 돌아가신 성님이 지하에서 뭐라 하겠소. 고향에 내려와도 누가 있소. 섭섭한 소리 말고 어여 갑시다.

남위원은 등 떠밀리듯 봉심과 어깨를 나란히 하였다. 고샅길을 치올라 농식의 집에 이르렀다. 농식은 남위원의 집 행랑채에서 근 십여 년을 살다 이 집을 지어 나갔다. 남위원은 봉심의 뒤를 따라 열린 철대문을 들어섰다. 마당에 승용차 한 대가 있었다. 아들이 왔는게빈디. 봉심의 말이 떨어지기가 무섭게 방문이 열리며 건장한 청년이 나왔다.

니, 혼자 왔냐? 애기엄마는 시간을 낼 수 없어서요. 누님은 학교 마치는 대로 오신다고 하였고요. 동생은 밤늦게 도착한답니다. 하긴, 평일이라 그렇기도 하겠다. 인사해라. 저 아랫집 우리가 살았던 여실댁 숙모님 아드님이시다. 너로서는 당숙 된께 그리 알아라. 봉심은 며느리의 존재를 섭섭한 그늘 속에 감추며 아들에게 인사를 시켰다. 시향을 지내러 고향에 내려왔을 때, 농식의 품에 안겨 있었지? 자세히 보니 농식을 많이 닮았다. 아버지 어머니로부터 말씀 많이 들었습니다. 아버지께 보내 주신 그림 동화책도 어린 날 읽었고요. 듬직하니 아버지께서 고생한 보람이 있으셨네. 남위원은 농식이 자식농사는 잘 지었다고 머리를 끄덕였다.

자식들이 즈그 아부지 성원에 보답을 한 셈이지라우. 술상 봐올 텐께 방에 드시오. 우리 집 와서 술도 한잔 안 들고 가면 지하에 계신 성님이 뭐라 하겠소. 인자 고향에 내려오면 우리 집이 고향 집이라 생각하시오. 봉심은 부엌에 들었다. 남위원은 장남과 자리를 마주하였다. 텔레비전이 놓인 바로 위 벽면에 농식의 사진이 걸려 있었다. 정장을 한 모습은 지난날 머슴살이를 할 때의 모습이 아니었다. 죽기 일 년 전까지 마을 어협조합장을 지낸 농식의 모습이었다. 어이, 동생. 자네가 잊지 않고 매번 보내 준 책 덕분에 내 앞을 반듯이 가릴 줄 아네. 농식의 투박한 목소리가 남위원의 어깨를 다독였다. 자식들은 농식이 기른 똥돼지가 그들의 학비 밑천이 되었다는 것을 알까? 술상이 들어오고, 술상을 내려놓는 봉심의 구부정한 모습에서 불현듯 눈보라 치던 날이 떠올랐다.

*

그해 겨울이었다. 남위원은 겨울방학이 끝나는 대로 군 입대를 할 처지여서 일찌감치 휴학계를 내고 홀가분한 마음으로 고향에 내려왔다. 입대 영장을 받지 않았더라면 겨울방학이라 할지라도 다음 학기 학비를 마련하기 위해 곱다시 아르바이트에

192

매달려야 하였다. 여실댁은 군 입대를 바라보고 있는 아들이 짜안하면서도 겨울을 오롯이 함께 지낼 수 있어 모처럼 집안에 훈기가 돌았다. 니가 집에 와 있응게 매서운 북풍한설이 범접을 못한다. 여실댁은 포만한 마음으로 그간 객지 밥이 얼마나 양에 차지 않았겠느냐며 끼니때마다 밥을 꾹꾹 눌러 담아 주었다.

농식이 형은 머슴살이를 그만두었는가요? 남위원은 예전에 볼 수 없었던 농식의 모습에 관심이 갔다. 내년 봄에는 장개도 가고 새살림을 차릴 것이다. 인자 그럴 만도 하지야. 장개 들면 우리 집 행랑채에서 신접살림을 하기로 했어야. 새집을 지어 나갈 동안 말이다. 너도 군대에 가고, 우리 농사도 거들어 줄 것이고, 튼실한 우접이 안 되것냐. 어머니의 말에 남위원은 기꺼운 마음으로 받아들였다. 농식은 그동안 남위원의 집을 수시로 드나들면서 행랑채를 손질하였다. 오랜 세월 남의 집 눈칫밥에서 놓여났다는 홀가분함이 서려 있었고 미래를 가슴에 여미는 행복감이 번져 있었다. 행랑채는 여실댁이 혼자 집을 지키는 동안 사람의 훈김이 가지 않아 손질할 곳이 많았는데도 농식은 가을부터 매실하게 손질을 하였다.

농식이 형, 벌써 신방이라도 차리는 기분으로 들떠 있는데 신부감은 어디서 구했어요? 내가 중간에 서서 삶은 계란처럼 익은 성싶으다. 마을 초입에 살고 있는 상투영감 막내딸 봉심이다. 여실댁은 농식의 중매에 퍽 만족스러워하였다. 그녀러 영감탕구가 처음에는 어떻게나 꼬장하게 나오던지 애를 먹었다. 열 번 찍어 안 넘어가는 나무 없다고 쬐끔씩 바람에 흔들리는 수숫대마냥 기울더니만, 서산에 기우는 새벽달이 되었다. 봉심이도 시계바 늘맨치러 살짜기 마음에 들어 하는 눈매를 옷고름에 매달더니 인자는 얼굴을 함뿍 붉혔다. 아닌 말로 농식이만큼 신실한 사윗 감도 없을 것이다.

　머슴살이 이력을 내세우며 영 마뜩찮아 했을 텐데요. 그것이 무슨 전과라도 된다냐? 집안 내력을 볼작시면 농식이 집안이 훨 씬 양반 아니냐. 그렇다면 농식이 형 입이 짝 벌어질 만도 합니 다. 남위원은 진심으로 두 사람이 하나가 되기를 기원하였다. 그 마음은 농식의 행동에 의해 확인되었다. 한차례 눈보라가 휘몰 아치는 깊은 밤이었다. 그 전날 행랑채 손질을 다 끝낸 농식은 손수 구들장을 자글자글 덥혔다. 농식은 밤이 깊자 가만히 남위 원의 방문을 두드렸다.

　나 좀 따라가자. 갈 수 있것냐? 농식은 진지한 얼굴로 말하였 다. 부나비처럼 머리 위에 내려앉는 눈송이가 소담스러웠다. 이 밤중에 어디를 가시려고요? 남위원은 호기심 반 의아심 반 농식 의 발자국을 밟았다. 길 위에 쌓인 눈은 발목까지 빠졌다. 말없 이 앞장서 걷던 농식은 마을과 마을의 경계를 가로지르는 냇가 돌다리를 건너 첫 집에 이르렀다. 상투영감네 집이었다. 남위원 은 바싹 긴장하며 호기심을 부풀렸다. 이 깊은 밤 도둑고양이처럼 찾아드는 것은 보통 비밀스러운 일이 아니었다. 더구나 상투 영감의 꼬장한 성질은 세상이 다 알지 않는가. 농식은 가만가만 뒤뜰을 돌아나가 구석진 봉창문 앞에 섰다. 어느새 냄새를 맡았는지 황구가 농식에게 꼬리를 내두르며 몸을 비벼댔다. 그걸 보건대 황구와는 이미 돈독한 유대감을 지니고 있었다. 일종의 신뢰를 바탕으로 한 연대감이었다. 말하자면 오늘만의 비밀스러운 행보가 아니었다.

농식은 미리 준비해 온 생선 한 토막을 황구 입에 물려 주고 잠시 안방의 동정을 살폈다. 눈보라가 귓불을 따갑게 후려쳤다. 농식은 조심스럽게 새알 크기의 눈뭉치로 봉창문을 두드렸다. 한참 기척이 없더니 봉창문이 살며시 열렸다. 호롱불이 자지러지듯 바람에 흔들렸다. 농식은 남위원의 옷소매를 잡아끌며 봉창문을 비집고 들어섰다. 그 큰 덩치가 금방이라도 공이 박히듯 봉창문에 틀어박힐까 봐 걱정스러웠으나 기우에 지나지 않았다. 신기할 만큼 미꾸라지처럼 미끈하게 들어갔다. 남위원은 옷소매를 뿌리치며 사양지심을 내보였으나 농식의 완력 앞에 도리가 없었다.

……말한 대로 동생하고 왔웅게. 농식은 변명 비슷하게 말하고 호롱불을 감싸듯 앉았다. 왔다는 말은 들었는디, 설 새면 군대에 간다면서? 봉심은 가만한 목소리로 반겼다. 화장기 없는 청초한 태깔이 호롱불빛과 잘 어울렸다. 남위원은 어정쩡한 자

세로 한쪽 구석에 나앉았다. 분위기 자체가 어색할 수밖에 없었다. 두 사람의 밀애 장소에 끌려 나온 정황 참작을 예상하지 못한 것은 아니었으나, 굳이 남위원을 뒤따르게 한 농식의 속내를 알다가도 모를 일이었다. 내가 올 자리가 아닌데 영 불편한데요. 남위원은 한참 뜸을 들이다가 어색하고 겸연쩍은 자신의 위치를 돌아보며 너스레로 말끝을 흐렸다. 뭔 소리냐? 너 땜새 용기 한 번 크게 낸 것인디. 농식은 뚜벅하게 말하였다. 남위원은 농식의 그 말에 비시시 웃음이 비어져 나왔다. 방금 황구랄 놈이 그간의 비밀스러운 만남을 말해 주지 않았는가. 공모자로서의 황구. 그 대가는 먹음직스러운 생선 한 토막이었다.

오늘밤 함께 놀러온다고 미리 귀띔을 해서 기다리고 있었구만. 입대도 한다 하고……. 봉심은 농식의 어색해하는 모습을 분칠하며 홍시를 내놓았다. 이왕이면 술도 한 됫박 있으면 좋것는디. 농식은 아무래도 홍시로는 분위기를 녹일 수 없다는 듯 봉심을 돌아보았다. 그 눈빛 속에 가슴에 숨겨진 연민 어린 갈망이 산허리에 둘러친 안개구름처럼 비어져 나왔다. 준비는 했는디, 안주 땜새 시간이 쪼깐 걸릴까 모르겠소. 봉심은 아랫목 이불을 들추더니 안주거리를 꺼냈다. 아따, 도야지 수육인갑네. 농식은 반색을 하였다. 먹성 좋겠다, 돼지고기 맛본 지도 꽤나 되었다. 뒤울안 눈더미 속에 묻어 두었더니 너무 꽁꽁 얼어 잘 안 녹네요. 봉심은 장롱을 열더니 술병을 꺼냈다. 상투영감을 경계한 철

196

저한 보안대책이었다. 출가외인이라더니 시집도 가기 전에 낭군 생각이었다.

어디서 귀한 술에다 도야지 수육이 난 거요? 외갓집 제사에 다녀왔어라우. 아부지 쬐끔 드리고 묵을 복이 있네요. 수육은 김이 모락모락 나야 하는디, 손님 대접이 영 그렇구만이라우. 봉심은 다분히 남위원을 의식한 체면치레였다. 아따, 우리가 뭔 생뚱한 손님이요. 동생아, 술 한 잔 들거라. 수육을 보니 술맛이 꿀떡이다야. 이놈에다가 묵은 신김치에 홍어 한 점을 곁들이면 천하 별미인디. 안 그러냐?

홍어삼합이야 언감생심 아니겠어요. 남위원은 권하는 술잔을 비웠다. 오미자를 곁들인 술 향기가 빗김처럼 가슴속을 비질하였다. 그려. 이보다 뭘 더 욕심내것냐. 히야, 술맛 한번 좋다! 농식은 가을 낙엽을 쓰레받기에 쓸어 담듯 묵은 체증이 확 풀린다는 얼굴로 술잔을 들이키고 나서 돼지수육을 묵은 신김치에 싸서 입이 미어지게 틀어넣었다. 농식의 식성은 옆 사람의 식욕을 부채질하는 마력이 있었다. 남위원도 술잔과 더불어 오랜만에 이가 시릴 정도로 씹히는 돼지수육을 양껏 들었다.

헌디, 거기도 좀 들어 보시오. 구경꾼맨치로 보고만 있지 말고. 거푸 술잔을 들이킨 농식은 어느 정도 포만감에 젖으며 봉심을 의식하였다. 정겨운 눈빛이었다. 아니어라우, 저는 외갓집에서 양껏 들고 왔구만요. 먹는 모습을 보기만 해도 배가 부른 듯

하요. 허헛, 그라시오? 자고로 음식은 가리고 따지지 않고 달게 묵어야 식복이 온다고 하였소. 깨작거리며 젓가락으로 쿡쿡 쑤셔 가면서 보추 없이 묵는 사람치고 건강한 사람 보지 못했응께요. 근께 건강이 넘치제라우.

농식은 봉심의 그 추임새에 퍽 만족스러워하였다. 남위원은 쥐엄거리며 술잔을 비우는 가운데 시간이 흐를수록 자리가 불편하였다. 두 사람의 자리 마련을 위해 눈치 보아 가며 집으로 돌아가야겠다고 기회를 노렸다. 농식은 시간이 흐를수록 달뜬 기분이었다. 때마침 안방에서 기침소리가 들렸다. 방안은 사뭇 긴장하였다. 그와 함께 뱃속에서 불편함을 알렸다. 아무래도 눈밭에 묻어 두었던 차가운 돼지수육 때문인 듯싶었다. 자취생활로 부실한 뱃속에 기름진 찬 고기가 들어갔으니 요동을 칠 만도 하였다.

왜, 일어나냐? 볼일이 급해서요. 남위원은 봉창문을 조심스레 열고 밖으로 나왔다. 술기운으로 달아오른 얼굴 위에 눈보라가 나비의 날갯짓으로 사뿐 내려앉으며 정신을 일깨웠다. 우선 방뇨부터 시원스럽게 해결하였다. 진저리를 치고 나서 바지단추를 여미는데, 농식이 곁에 서며 장대하게 포물선을 그리며 오줌을 내갈겼다. 어따, 요렇게 시원한 것을 참느라고 혼이 났다. 농식은 바지춤을 추스르고 나서 남위원의 뒤를 따랐다.

왜, 더 놀다 오지 않고요. 무슨 염치로 둘이 밤을 꼬박 새워야?

노인네도 언제 잠에서 깨어날지 모르는디. 노인네, 초저녁에 한숨 자고 나면 새벽녘에는 초롱빛이어야. 쬐끔 참아야제. 앞으로 똑 부러지게 한 몸이 되어 평생을 살 것인디. 제가 굳이 함께 가지 않아도 될 걸 그랬어요. 뭔 소리냐. 봉심이가 일부러 같이 오라고 귀띔을 했다. 인자 본께 도야지 수육으로다 너에게 환심을 사고 싶었는갑다. 저에게 환심을 살 필요가 있을까요? 느그 집 행랑채에서 신접살림을 하자면 너의 존재도 인식해야지야. 내가 누가 있나. 천애고아나 다름없제. 너를 시동생처럼 각별히 생각하라고 했다.

졸지에 형수님 한 분 생겼군요. 어떻게 두 분이 그렇게 진전되었지요? 어머니가 중매를 섰다고 하였지만, 상투영감의 까탈스러운 성질에 농식을 사윗감으로 인정하기까지는 여간 어려운 관문이 아니었을 것이다. 더불어 봉심의 눈높이로 보건대 농식을 남편감으로 인연의 수를 놓는 데도 상당한 난관이 가로놓였지 싶었다. 나도 아직까지 어리둥절한 마음이다. 느그 어무니가 무담시 중매를 선다고 했을 때, 참말로 허황한 마음이 들었다. 저쪽에서 머슴 놈 신세를 면치 못하는 나를 언감생심 사윗감으로 거들떠나 보았것냐. 어머니께서 무언가 가능성이 있다고 판단한 것 아니었겠어요. 근게 말이다. 어떻게 제갈량의 지혜를 빌려 왔는지 모르겠다만, 상투영감과 몇 번 무릎맞춤으로 담판을 짓듯 하더니 나를 적진에 나가는 장수맨치러 중무장을 시키고설랑 봉심에게 나아가게 하였다. 아따, 정말 아득하고 막연하였다. 말주변이 있나, 덩치 아깝게시리 숫기가 있나, 물먹은 솜방망이 꼴이었다. 농식은 그날이 꿈만 같아 수소처럼 허옇게 웃음을 지었다.

그런데도 떠억 하니 봉심의 마음을 사로잡았잖아요. 누가 아니냐. 느그 어무니가 천 길 낭떠러지 절벽 위에서 죽느냐, 사느냐, 그것만 생각하라고 등 떠밀더구나. 봉심이와 인연을 맺지 못하면 영원히 몽달귀신이 될 거라고. 느그 어무니의 진군나팔소리가 천 근 무게로 다가오면서 장칼을 휘두르게 하였다. 농식은 그날을 떠올리며 비치적 웃음을 지었다. 그날만 생각하면 입에서 단내가 나면서 황홀한 무지갯빛 신기루 현상이 눈앞에 다가왔다. 조금치도 물러서지 말고 사내자식의 뜨거운 가슴을 열어 보이거라이? 한 번 기회를 놓치면 다시는 실지회복은 불가능하니께. 알았지야? 목숨 걸고 부딪치란 말이다. 뒷걱정은 하들 말고. 여실댁의 한마디는 말발굽 아래 뽀얗게 흙먼지를 일으키게 하였다. 그렇다고 우지끈 기둥뿌리를 뽑아들 듯 내지를 수는 없었다.

대단한 용기를 냈군요. 용기 이상이었어야. 느그 어무니 말대로 하늘과 땅과 조상님에게 간곡히 빌고 나서 내 운명을 거기에 걸었지야. 까짓것, 모 아니면 도 아니겠느냐고. 느그 어무니가 제갈량 지혜 주머니를 빌려 봉심과 독대를 시키지 않았것냐.

봉심을 불러낸 곳은 하필이면 비석거리였다. 비라도 내리는 음습한 밤이면 도깨비불이 시퍼렇게 일렁이는 곳인지라, 간 큰 사람일지라도 밤나들이를 삼가는 곳이었다. 육이오 전쟁 때, 그리고 호열자로 죽어 간 혼령들을 무더기로 내다 묻은 한 많은 장소이기도 하였다. 쓰러진 비석들이 더욱 마음을 조마조마 옥죄들게 하였다.

상현달빛이 교교하게 내리비치는 밤이었으나, 예고 없이 반딧불이가 눈앞에 어른거릴 때면 농식이도 오스스 한기가 들었다. 분위기 좋은 장소가 얼마든지 있는데 하필이면 비석거리를 택한 것은 여실댁의 계획적인 책략이지 싶었다. 심약한 아녀자의 가슴을 한껏 움츠러들게 하여 농식의 존재를 더욱 돋보이게 하려는 계산속 같았다. 그 점을 미처 깨닫지 못하고 불려 나온 봉심은 금방 어둠이 내리자 하늘에 걸린 반달이 창백하게 내리비치는데도 무서움으로 가슴을 움츠렸다. 어서 비석거리를 떠나고 싶었다.

할 이야기가 있으면 얼른 하시오. …… 나에게 시집을 올 것이오, 말 것이오? 농식은 중등무지로 말해 놓고 두 눈을 질끈 감았다. 반딧불이가 도깨비불처럼 눈앞에 일렁거렸다. 그, 그게 무슨 말이다요? 나는 도무지……. 봉심의 말이 채 끝나기도 전에 눈앞에 반딧불이가 날아올랐는가 싶었는데, 난데없이 자갈이 날아들었다. 오매야! 그렇잖아도 잔뜩 가슴을 웅크리고 있던 봉심은 외마디 소리를 지르며 농식의 드넓은 가슴에 안겨 들었다. 봉

심의 심장은 한겨울 처마 밑에서 잡혀 나오는 참새가슴처럼 콩
닥거렸다. 얼떨결에 봉심을 받아 안은 농식은 엉덩방아를 찧을
뻔하였다. 뭔 신호가 가면 그때 여차 없이 봉심을 니 것으로 만
들거라이. 여자는 한 번 마음을 허물면 별 수 없어야. 농식은 그
순간 여실댁의 말을 번갯불처럼 떠올렸다. 꼭 삼국지에 나오는
제갈량맨치러 어찌 그리도 딱 들어맞는지. 농식은 그 말에 힘입
어 봉심을 힘껏 안았다.

 그럼, 그날 모든 일이 성사되었군요? 남위원은 어머니의 간계
와 농식의 우직스러운 연출을 생각하며 씁쓰므레한 웃음을 지
었다. 아니지야. 입맞춤으로 만족하였다. 양심상 그 이상은 다
음으로 미루었다. 여실댁의 빈틈없는 작전지시이기도 하였다.
어떤 일이 있더라도 충격을 주거나 우격다짐으로 상처를 내지
말라고 하였다. 농식의 연장망태가 불끈 하늘을 뚫을 듯하였지
만, 까무라치듯 안겨 드는 그 모습이 마음을 한없이 약하게 하
였다. 어머니는 어디서 그런 책략을 가져왔을까요? 근게 말이
다. 입맞춤 정도로도 충분히 마음을 사로잡는다고 하지 않것냐.
그래야 여자의 마음속에 믿음을 심어 준다고 말이다. 여실댁의
작전은 명도같이 똑 부러지게 맞아 떨어졌다. 다리가 후들거리
는 봉심을 가슴에 안다시피 집까지 바래다주고 돌아섰는데 아,
그 뭐시냐. 그 입맞춤. 농식의 입술이 문신처럼 새겨졌는데 봉
심이 어쩌겠어.

아무리 그렇다고 그렇게 마음의 문을 열 수 있을까요? 남위원은 이해가 가지 않았다. 시골처녀의 순진함을 감안하더라도 봉심이 쪽에서는 마음에 없는 벼락치기였다. 일종의 계획적인 성폭력에 가까운 행위가 아니고 무언가. 몇 날 방문을 걸어 잠그고 열병을 앓듯 고민에 빠져 있던 봉심이가 늙으신 아부지를 지척에서 모시고 살겠다고 마음을 열었다. 물론 거기까지 이르게 된 것도 여실댁의 절절한 발품 덕이었다. 상투영감도 입술을 깨문 처연하면서도 확고한 봉심의 선언에 어안이 벙벙한 얼굴로 끙 소리를 냈다. 여실댁의 설득에 팔부능선에 이를 정도로 꼭지가 돌았지만, 설마 하는 눈빛으로 딸의 마음을 재우쳐 물었다. 헌디, 어쩔 것이여. 딸내미 결심에 노후를 생각하지 않을 수 없었다.

남위원은 농식의 그 말을 눈 위의 발자국으로 수를 놓았다. 농식은 그렇게 한겨울 상투영감의 눈을 피해 밀애를 즐겼고, 남위원은 봄기운이 발밑에 느껴지는 날 군에 입대하였다. 그리고 농식과 봉심은 화창한 오월 결혼식을 올렸다. 남위원이 제대를 하고 집에 돌아왔을 때, 봉심이 낳은 첫 딸아이는 이제 막 낯가림을 하였다.

*

남위원은 허전하고 피곤한 바람을 잠재우기 위해 버스에서 내리는 길로 고속버스터미널 건너편 공지에 펼쳐진 오시게장을 들렀다. 원래는 온천장 근처에 자리 잡고 있었는데, 도시개발에 밀려 기찰에서 잠시 머물다가 여기에 난전을 폈다. 옛날의 정감이 어리지 않았으나 이것저것 잡동사니 난전을 돌아보니 마음이 굼실거렸다. 등산객들과 버스로 들고나는 사람들이 옛 향수에 취하여 북적거렸다. 남위원은 난전을 기웃거리다가 낙지와 김 한 속을 샀다. 봉심이 차려 준 술안주가 아직도 입가에 묻어나 물씬 고향냄새가 나서였다. 그냥 돌아설까 하다가 돼지국밥집을 들어섰다. 배낭을 짊어진 한 무리가 산행을 풀어 놓고 있었다. 김이 무럭이는 간이 돼지국밥집. 모락모락 정겨움이 피어나 혼자 동동주를 걸치기에는 어딘지 모르게 궁상맞았다. 돼지국밥을 들고 엉거주춤 자리에서 일어났다.

자네가 여기는 어인 일인가? 뜻밖에 귀에 익은 목소리가 이마를 부시었다. 고개를 들어 보니 김선장이었다. 부인과 함께였는데 두 사람 다 태깔 고운 정장차림이었다. 어부인과 어디 다녀오는가? 남위원은 졸지에 반가웠다. 뜻밖의 장소에서 고향 까마귀를 만났으니 말하여 무엇하랴. 고향에 다녀오는 길이야. 고속버스에서 내려 집에 가기는 왠지 출출하여 돼지국밥이 생각나더군. 집사람도 이왕이면 장을 보고 가자 하고. 고향에 다녀왔으면 그 맛 좋은 해산물을 포만스럽게 뱃속에 담아 왔을 게 아닌가. 그건 그거고, 난장을 보는 맛도 있지 않는가. 자네는 어디 다녀오는가? 안교장 모친 출상을 보고 잠깐 어머니 산소를 다녀오는 길이야. 안교장이 상을 당했다고? 내게도 알려 줬어야지. 다음에 만나면 면목 없게 생겼네. 효성이 지극하다고 하였는데 슬픔이 이만저만 아니겠어. 어머니 산소는 왜 도둑고양이처럼 가만히 다녀오는 거야? 나라도 알았으면 동행이 됐을 텐데. 김선장은 다분히 나무라는 투였다. 능히 그럴 만도 하였다.

그냥 가만히 다녀오고 싶었어. 선배님을 만나 뵙지 못한 게 죄송스러웠네만 기분이 그랬네. 고향에는 무슨 일로? 이번에 둘째 처남이 옛날 우리 집 채전밭머리에 집을 짓고 내려왔어. 사업을 한다고 하지 않았는가. 남위원은 한잔 술이 들어가면 은근히 둘째 처남을 자랑하던 김선장의 품새를 떠올렸다. 건강이 따르지 않아 두 아들에게 사업을 맡기고 요양차 내려온 거야. 간경화라고 하는데 사업을 하다 보면 엄청 스트레스를 받지 않는가. 굳이 우리 집 채전밭머리를 고집한 것은 앞산에 샘솟는 석간수와 청정바다에서 나는 해산물 때문이야. 울적한 소식이군. 병의 근원은 마음에서 온다고 하였네. 근심걱정을 여의면 회복될 거야. 남위원은 김선장의 부인에게 위로의 말을 하였다. 그녀는 돼지국밥을 송글 땀 맺히게 비우더니 장을 보러 나갔다.

뱃속이 허전했던가 보네. 김선장은 인파 속에 묻혀 가는 마누라를 바라보며 담배를 피워 물었다. 어부인과는 잘 정돈된 모양이군. 남위원은 지난번 고향에서 김선장의 속앓이를 곱씹었다.

첫사랑 사내의 퇴원과 동시에 집에 들어서더군. 내가 그랬지. 그 사내를 집으로 한번 초청하라고. 산행에서 은밀하게 만나는 것보다 툭 까놓고 서로가 마음 편하게 우정적으로 지내자고 하였다. 처음에는 눈을 둥그렇게 뜨더니 곧바로 김선장의 진심을 헤아리고 술자리를 마련하였다. 피차 늙어 가는 마당에 감추고 피할 건 없잖은가. 자네도 이제 보니 달관자연 하였네. 남위원은 흐르는 개울물에 세월의 무게로 씻기고 닳은 조약돌을 문득 떠올렸다.

요즘 한사장과는 소식이 뜸하지? 한동안 전화를 못했어. 무슨 일이라도 있는 건가? 그 친구야 여전하지. 자네가 소식불통이라면서 은근히 걱정하던데. 사실은 이번에 백수로 나앉았어. 그래서 조금은 경황이 없었지. 마음도 허전하였고. 그래서 도둑고양이처럼 가만한 걸음으로 쓸쓸히 어머니 산소를 찾았구만. 김선장은 찡하게 울리는 가슴을 한잔 술로 다스렸다. 무엇도 벗고, 무엇도 버리고, 모든 굴레로부터 벗어나라고 하였지만, 양파껍질처럼 아픈 속살을 드러내는 것과 다를 바 없을 것이다.

제수씨는 잘 계시던가? 고맙게도 뒤늦게 입덧을 하더군. 오다가다 만났다고는 하지만 제수씨 하나는 제대로 들어왔네. 매사 조신하고 어머니께도 효성이 지극하고. 집안의 복 아니겠는가. 여부가 있는가. 자네와 안교장, 이선생께 신신당부하듯 안부를 전하더군. 세 사람과는 어떤 인연인지 모르겠어. 안락한 동네가 그런 곳 아닌가. 남위원은 김선장의 의문부호를 술잔 속에 묻어 버렸다. 간호사의 이력과 상처로운 방황을 바다 깊이로 사장시 켜 버린 그녀의 과거사를 새삼 들먹여서 좋을 게 무언가.

그런데 어머니 산소를 찾은 다른 뜻이 있지 싶은데? 김선장은 술잔을 건네며 진지하게 물었다. 남위원 성격상 늪지대 같은 현 재 위치에서 가라앉지 않을 것이다. 화두에서 깨어났네. 한사장 처가마을에서 새롭게 삶을 가꾸겠네. 남위원은 오랜 방황 끝에 자신의 위치를 찾아낸 기분이었다. 김선장의 부인이 난장을 둘 러보고 돌아왔다. 잔뜩 장을 보았다. 그녀는 고향에서 가져온 생 선과 전복을 김과 낙지가 든 남위원의 비닐봉지에 넣어 주었다. 두 사람은 술잔을 비우고 나서 자리에서 일어났다.

가까운 시일 한사장과 자리를 한번 하세나. 자네의 새로운 둥 지를 위해 행운을 빌어야겠지? 겸사로 안교장도 위로해 주고. 김선장은 힘주어 말하였다. 남위원은 동래전철역에서 김선장 부 부와 헤어졌다. 이상하리만치 도시 전체가 스산해 보였다.


*


시장을 다 봐 오고, 웬 전복이에요? 아내는 백수로 전락한 남 위원의 행동을 묘한 눈으로 매김하였다. 그도 그럴 것이, 집을 나설 때는 안교장 모친의 출상에 따라나서지 않았는가. 모처럼 오시게장에 들렀더니 뜻밖에 김선장 부부가 고향에 다녀오다 들렀더라고. 우연찮게 만난 거지. 부인이 인심 좋게 전복과 생선을 주더군. 어찌 그리 딱 마주쳤을까요? 더욱 기특하고 갸륵한 건 당신이 이걸 무사히 집까지 들고 왔다는 거예요. 이런 마음씨를 진즉 가졌더라면 얼마나 환영을 받았을까. 허허, 할 말이 없구려. 남위원은 너털 웃었다. 벽면의 시계를 올려다보고 붓을 챙겨 들었다. 오늘은 쉬세요. 술김에 먹물을 어떻게 찍어 바르게요. 맑은 정신에도 붓자루가 잘 돌아갈까 말까 한데. 그보다 전복에다 술이나 한잔 더 하세요. 이선생님이 전화를 했습디다. 손전화를 안 받는다면서요. 남위원은 못 이기는 체 붓자루를 제자리에 놓고 이선생에게 전화를 걸었다. 퇴근길에 동료들에게 붙들려 당장은 어렵다고 하였다.

오늘은 모처럼 당신과 고향 안주로 술잔을 들어야겠어요. 갑작스레 변한 당신의 태도가 황홀지경이네요. 날이면 날마다 술과부 만들기 예사로 하더니 이제야 철이 든 건지, 아니면 노망살이 든 건지, 그것도 아니면 마누라가 제대로 보이는 건지……. 아내는 된통 눈을 흘기고 나서 전복을 장만하였다. 남위원은 아내의 푸념을 귓결로 흘려들으며 보던 책을 끌어당겼다. 자신도 모르게 눈이 감겼다.

비몽사몽간에 시외버스를 탔다. 새로 구입한 버스여서 산뜻하였다. 앞서가는 차량을 추월하지 않는데도 상쾌하였다. 스치는

208

차창 밖의 풍경을 바라보면서 비릿하고 짭질한 고향냄새를 들이마셨다. 언제나 그렇듯 마음이 답답하거나 울적할 때면 고향 바다내음을 가슴 깊이로 음미하며 기분을 전환하는 꿈을 꾸었다. 누군가 옆 좌석에 앉았다. 물씬 풍년초 냄새가 배어났다. 어머니가 즐겨 피우던 풍년초. 고급 담배는 입맛만 좋았제 당최 싱거워야. 요놈을 똥지에 말아서 양껏 피워야 막힌 가슴이 휑허니 뚫려야. 어머니는 방 안 가득한 담배연기에 투정을 부릴라치면 그렇게 다독거렸다.

남위원은 흘깃 옆 좌석을 훔쳐보았다. 백발이 성성한 꼬장한 노인이었다. 좌석이 텅 비다시피 하였는데 그 너른 공간을 다 놔두고 하필이면 비좁게시리 합석을 하다니. 혼자 앉아 가기가 너무 외로워서인가? 남위원은 나름대로 해석하며 다시금 차창 밖 풍경에 정신을 놓았다. 겨울로 들어선 산천은 적요함과 쓸쓸함을 안고 있었다. 사람의 감정은 자연의 변화와 사물에 동화되기 쉽다고 하였던가. 살가운 마음으로 다가서는 풍경들이 스산한 기분을 베어 물게 하였다.

젊은이 나 좀 봅세. 노인장이 옆구리를 찔벅하였다. 젊은이라고? 남위원은 노인장의 말에 잠시 어리둥절해하였다. 이삼십 대도 아니고, 사오십 대도 넘어서지 않았는가. 그런데 젊은이라니. 노인장의 행색을 새삼 뜯어보았다. 촌로였다. 시골에서는 남위원의 나이쯤은 젊은 축에 든다는 것을 상기하였다. 무슨 할 말이라도 있으십니까? 남위원은 편안한 마음으로 노인장의 말벗이 되기로 하였다. 보아하니 모처럼 고향에라도 내려가는가 보는디 내 말이 틀렸는가? 어떻게 그걸 아십니까? 관심법이지. 노인장은 담담한 얼굴로 머리를 끄덕였다. 남위원은 흥미를 느꼈다. 마음의 본성을 관찰하는 것을 관심(觀心)이라고 하는데 마음은 만법의 주체로, 모든 것은 마음과 관계되므로 마음을 관찰하는 것은 곧 일체를 관찰하는 것이라고 하였다.

심각하게 받아들일 것은 없네. 무지랭이 촌로지만 자연과 벗하며 살게 되면 마음의 근원을 알게 된다네. 땅은 천기를 받아안으며 씨를 뿌린 대로 거두지 않던가. 그렇습니다만……. 자네가 고향을 찾아가는 이유가 도시생활의 고단함을 접고 어머니의 품과도 같은 고향에 육신을 내려놓기 위해서가 아닌가? 그 점도 부정할 수 없습니다. 남위원은 다시 한 번 혀를 내둘렀다. 의식이 있는 자의 마음가짐이지. 다들 어느 정도 정신없이 고향을 떠나 살다가 문득 고개를 들게 되면 자신이 어디까지 왔는지 새삼 입술을 깨물지. 그리고 홀가분한 마음으로 고향의 품에 안겨 마지막 여생을 보내고 싶어 하네. 하지만 쉽지만은 않네. 자존심 때문에, 끈적한 미련 때문에, 지금까지 몸에 배어 버린 서푼어치 생활습관 때문에 주질러 앉네. 마음은 굴뚝 같은데 실행에 옮기기는 난망하이. 인간의 허세는 그렇게 파장이 크다네. 헌데, 자네는 조금은 달라. 내가 보건대 도시를 떠날 걸세. 고향보다는 마음 정한 곳이 따로 있지 싶네. 이미 마음 가는 곳이 있어. 아무 생각 말고 나를 따라오게나.

노인장은 버스가 섬진강을 건너뛰자 자리에서 일어났다. 남위원은 주술에 걸린 듯 순순히 노인장의 뒤를 따랐다. 노인장의 뒤를 따라가던 남위원은 낯설지 않은 주위의 산세를 돌아보고 주춤 걸음을 멈추었다. 한사장의 처가동네가 눈앞에 나타난 것이다. 의외였다. 그렇다면 노인장은 이 마을 사람인가? 아니면 한사장의 장인이라도 된단 말인가? 남위원은 잠시 영문을 몰라 하였다. 잠자코 따라오게. 노인장은 앞장서 걸었다. 그런데 또 한 번 눈을 크게 떴다. 분명 백발이 성성한 머리와 얼굴은 사람의 형상인데, 엉덩이는 돼지궁둥이였다. 뒤뚱뒤뚱, 살찌고 늙은 돼지궁둥이. 이럴 수가!

여보, 일어나요. 그새 무슨 잠이에요. 아내가 전복을 식탁 위에 내려놓으며 남위원을 깨웠다. 남가일몽이라더니, 긴 꿈을 꾸었어. 남위원은 전복을 맛보았다. 짭질한 바다내음이 온몸에 퍼졌다. 아, 이 쫀득하고 결 고운 맛이라니! 무슨 꿈을 꾸었는데요? 전복 맛을 보기 위해 고향에 내려가던 길에 돼지궁둥이 형상을 한 백발 노인장을 만나 한사장 처가동네를 갔어. 당신, 혹시 그곳에다 집을 짓자는 것은 아니겠죠? 당신도 관심법을 아는가? 노후대책으로 시골생활이 좋기는 하지만 거기에 적응하자면 만만찮을 거예요. 동기 남편 유사장 알지요? 의령 어디다 별장을 지었다는 사람 말인가? 삼 년도 못 살고 철수하였다던가? 시골 사람들을 처음에는 부모처럼 생각하고 모셨는데 나중에는 아예 의탁하려고 해서 정말 힘들었다고 하였다. 시골 이야기만 나오면 머리를 가로저었다. 귀농도 아니고 어정쩡한 귀촌은 적응하기가 쉽지만은 않았을 것이다.

그런데 꿈이 아무래도 예사롭지가 않아. 돼지꿈만 꾸어도 복권에 당첨된다는데, 돼지궁둥이를 한 백발 노인장이라니. 운수 대통, 길한 땅이 아닐까? 남가일몽이라고 했잖아요. 이미 그쪽으로 마음 정했는걸. 남위원은 짐짓 아내의 말을 흘려들으며 전복을 마저 들었다. 김선장과 오시게장에서 마신 술 때문인지 술이 상긋 취하였다. 또 남가일몽을 꾸어 볼까? 남위원은 비싯 웃음을 지었다. 이번에는 아예 토실한 돼지를 타고 산천경개를 구경하는 꿈을 꿀까?

# 떠난 자와 남는 자

시름시름 한 해가 갔다고나 할까, 따지고 보면 일 년 삼백육십오 일 하루하루를 해수병 환자처럼 콜록콜록 기침을 해대며 누덕누덕 헌옷가지를 꿰매듯 엮어 보냈다고 해야 할 것이다. 참 한심한 일상이 아닐 수 없었다. 나이가 많고 적음과는 상관없이 누덕누덕 기운 일상이 눈덩이처럼 쌓였다가 녹아 없어진 것이리라. 일 년이라는 굴곡진 마디마디가 도드라지게 맺혀 나는데도 발밑에 묻히기 마련이었다. 어떻게 살았는가? 죽음 앞에서 따지고 묻지 않는 것도 그래서일 것이다.

새해맞이 합시다. 강시인의 그 말은 구태를 벗읍시다, 그 말로 다가왔다. 구태를 벗어 봐야 몸에 익은 일상을 어떻게 개선하랴.

뱀이 아무리 허물을 벗어 봤자 그 형상이 달라질 것인가. 하긴, 나비나 매미는 그 변신이 너무나 눈부시지 않는가. 인간의 마음도 나비나 매미처럼 탈바꿈을 한다면 얼마나 좋을까. 한 시절, 구악을 일소하자는 정치적 구호가 메아리친 적이 있었다. 그런데 그 구호의 창안자들이 구시대의 부패한 군상들로 다가왔다. 매일같이 뉴스에 의존하지 않더라도 통시구덕의 구더기마냥 타락한 군상들이 우글거리지 않는가. 달라져야 한다고 다짐하고 채찍을 가하고 형벌을 무겁게 할수록 크고 작은 범죄가 박쥐의 날개로 서식하지 않는가. 나비와 매미의 변신. 올해는 그렇게 탈바꿈할 수 없을까.

남위원은 썩 내키지 않는 목소리로 어디냐고 물었다. 위쪽 큰길가 포장집이라고 하였다. 자유를 주니까 오히려 삶의 가중치를 느낀다는 노예의 근성이 배어난 것일까. 버팅기고 있던 삶의 지렛대를 놓아 버리고 홀가분하다 싶었는데, 웬걸 육신부터 찌뿌드드하고 정신상태가 풀린 테이프마냥 녹작지근하였다. 스스로 긴장을 조성하며 채찍질하는데도 그때뿐이었다. 칼바람을 맞으며 자전거로 강변을 산책하거나, 서예학원에서 기가 다 빠지도록 붓대궁이를 놀리거나, 열 평 남짓한 공간에서 집필과 좌선을 하는데도 무기력증은 곰팡이 균처럼 기생하였다. 더구나 올 겨울은 유난히 폭설이 잦아 눈 구경하기가 가뭄에 콩 나듯 하는 이곳에도 두어 차례 함박눈이 쏟아져 추위로 몸을 움츠렸다.

남위원은 뭉기적 자리에서 일어났다. 아내는 외출 중이었다. 꿀벌처럼 한창 사회일선에 나가 있을 때는 남편이 기다려지고 모처럼 맞은 주말에도 술독에 빠져 있는 가장이 원망스러웠는데, 원도 한도 없이 얼굴 맞대고 살자니 어지간히 신물이 나는가? 충렬시장을 지나 포장집을 들어섰다. 강시인과 안교장이 마주 술잔을 들고 있었다. 새해맞이 치고는 스산한 기운이 떠돌았다.

다들 나이 때문인지, 신년맞이를 시큰둥하게 여깁니다. 생각 같아서는 쌓아 올린 연륜을 하나씩 허물어뜨리거나, 거꾸로 헤아리고 싶겠지. 과메기를 보니 입맛이 좀 돌 것 같군. 동해의 물빛이 보이지요? 그보다는 캄차카 근해의 바다빛이 젖어 있는걸. 과메기를 한입 씹어 삼키는데 이선생이 테니스채를 어깨에 둘러매고 들어섰다. 테니스로 기분전환을 한 건가? 왼쪽 다리에 이상기류가 흐른다 싶어 가볍게 조율을 해 보았지. 노화에서 오는 이상기류 아니오? 강시인의 빗김 친 말에 이선생은 불편한 자세로 자리에 앉았다.

이제 알게 모르게 하나둘 병명이 불거질 때지. 그런데 이선생의 붉은 담요는 어디로 가고 파란 담요네. 남위원은 이선생이 깔고 앉은 담요를 가리켰다. 담요 색깔이 파릇한 봄기운을 안고 있었다.

빨았어요. 이선생의 온기가 고스란히 배어 있는데 그 소중한 온기를 세탁기 속에 산화시키다니요? 다른 사람의 엉덩이 기운도 묻어 있지 싶어 새해와 더불어 정갈하게 빨았어요. 오라, 새해부터는 오로지 이선생의 온기만 배어들게 하겠다? 그랬으면 좋겠는데 새봄과 더불어 어머니 곁으로 가신다면서요? 그 말은 어디서 귀동냥해 들었지요? 그렇더라도 일주일에 한두 번은 내려올 거요. 설령 발길이 뜸할지라도 기다리는 마음은 소중한 게요. 누가 들었으면 진심인 양 오해하겠어요. 주인은 정겹게 눈을 흘기며 김이 모락이는 토장국을 내려놓았다. 비로소 시골 토방 마루에 걸터앉아 술잔을 나누는 정겨움을 베어 물었다.

안교장은 학교를 옮긴다지요? 새로운 활력소가 되겠어요. 어디를 가나 매일반이지요. 저도 곧 정년으로 나앉을 게고. 자유를 누리는 기분이 어떠시오? 점점 몽롱한 나락에 빠져드는 듯해요. 나비나 매미처럼 거듭나야겠는데. 그것도 일종의 누린 자의 욕망입니다. 남위원은 강시인의 말에 순간 자신의 허벅지를 꼬집히는 아픔을 느꼈다. 그래, 정지작업을 한 양돈장에다 집을 짓자. 당신들도 그 덕분에 별장처럼 이용하고 말이야. 새로운 환경 속에서 자신의 존재를 인식하는 마지막 열정일 수도 있고…….

나, 한사장 장인마을에 집을 짓기로 했어요. 이럴 수가! 지상의 톱뉴스요. 삼겹살이나 족발 없어요? 안교장은 깜짝 뉴스에 전율을 느꼈다. 내친김에 삼겹살이나 족발로 이 기분을 붕 띄우자. 주인은 족발을 내오기 전에 삼겹살부터 내왔다. 삼겹살을 먹을라치면 중국 하니족들의 계단식 농경지를 떠올린다는 고향친구의 말이 새삼 귓가에 울렸다. 그 위에 가난하였던 시절이 얼룩배기로 다가왔다. 찢어지게 가난하였던 시절에는 삼겹살이나 제대로 맛보았는가. 기름기가 흐르는 오늘의 군상들을 보면 확실히 세태가 이상고온 현상임에랴. 한때는 아랫배가 두둑한 사람을 가진 자의 화신으로 보았는데.

저는 어렸을 때 입었던 색동옷이 떠올라요. 항상 헐겁고 낡은 옷만 입다가 명절이 돌아오면 때때옷이랍시고 입는 색동옷, 그 색감이 기름기 배인 삼겹살 속에 배어 있어요. 그걸 주제로 해서 시를 쓰면 명시가 되겠어요. 색동옷과 삼겹살. 전혀 이미지가 와 닿지 않는데도 가난이라는 한스러움이 동질성으로 묻어나지 않는가. 새해에는 마음을 기름지게 합시다. 남위원은 새로운 광장을 오붓하고 따뜻하게 일구시고요. 우리 시대는 그런대로 행복한 시대요.

이선생이 손전화를 꺼냈다. 발동이 걸린 모양이었다. 풀피리 시인을 부르고, 김동화, 김여류, 문선생, 이수학, 이시인, 최기자, 구박사, 김선장, 한사장, 맞수 바둑으로 우정을 다지는 박소설가까지 불러냈다. 한 차례 순례를 하게 생겼다. 한 해가 이렇게 시작되는구나. 풀피리 시인이 들어서고, 김동화, 김여류, 문선생이 뒤따라 들어서고, 이수학이 이제 갓 맞춤한 개량한복을 입고 나타났다. 자리가 비좁았다. 풀피리 시인의 풀피리가 심금을 울리고, 구박사의 열애에 이어 문선생의 보리밭이 동면에서 깨어나게 하였고, 남위원의 사철가에 이어 숨어 우는 바람소리가 합창으로 이어졌다. 한 무리 손님들이 들어섰다. 자리를 비워 주어야 했다. 우쭐우쭐 폐허처럼 변해 버린 군인아파트 단지를 지나 김화백의 화실에 들어섰다. 여기도 문하생들끼리 조촐하게 새해맞이를 하고 있었다. 석탄난로를 가운데 두고 빙 둘러앉은 사람들 틈을 비집고 앉았다. 남위원은 설익은 솜씨로 태산은 한 줌 흙으로 이루어진다는 글을 화선지에 휘갈겨 썼다. 그래요, 그래. 한 시간이 하루가 되고 하루가 일 년이 되고 일 년이 백 년이 되는 거요.

화실을 뒤로하고 철로를 건넜다. 연포탕집은 굳게 문이 닫혔다. 어디로 떠났는가. 발길을 돌렸다. 오래도록 문을 닫았던 곱창집이 불을 밝혔다. 영업을 마쳤는데 어쩌지요? 새댁 같은 주인은 퍽 미안해하였다. 북면막걸리집을 들어섰다. 반겼다. 둘러앉자마자 노래를 불렀다. 마음껏 마시고 노래 부르세요. 새해와 더불어 다른 사람에게 넘겨주기로 하였어요. 저도 정이 들었는데 잠시 쉬고 싶어서요. 이별가를 불러야겠어요.

누구나 인연이 다하면 떠난다. 더불어 잊히기 마련이다. 호수에 던진 돌멩이가 만드는 파문. 잔잔한 여운이 사라지면 언제 그랬느냐는 듯이 가라앉는다. 인간의 자취도 별반 다를 게 없다. 하늘의 별똥별처럼 잠시 빛을 발하다가 사라질 뿐이다. 그래서

일까, 노랫가락이 애조를 드리웠다. 우리네 정서가 그런 것인가. 인생을 노래하고 사랑을 노래하는 데도 비애를 머금었다. 방금 주인장은 잠시 쉬고 싶다고 하였다. 장사가 어렵다는 것 아니겠는가. 거기에 삶의 비애가 빗방울이나 이슬방울로 맺혀 나 옷깃을 적시고 가슴을 적신다. 그러기에 노랫가락이 애스러웠다. 올한 해 또한 얼마나 즐겁고 우수 어린 일상이 교차할 것인가.

*

무기력 증상에서 벗어나기 위한 하루의 일과는 그런대로 마음을 붙들었다. 무모하게 산을 오르거나 조깅을 하지 않아도 창조적인 일상을 누릴 수 있는 단계. 그것은 자신과의 싸움이었다. 매화가 피었다고 성전암 주지로부터 전화가 온 것은 새롭게 빗장을 열어 주었다. 아파트 숲 속에서 매화라면 벽면에 걸려 있는 매화가 있을 뿐이었다. 사철 향기 없는 꽃으로 피어 있는 박제된 꽃. 그 가지 위에 참새가 날아와 고개를 들까불고 있는 전경은 현실과는 동떨어졌다. 강시인더러 매화를 보러 가자고 하였다. 치자꽃을 유난히 좋아하는 그 마음을 부추긴 것이다.

그렇잖아도 안교장, 풀피리 시인과 매화마을을 가기로 했어요. 안교장께서 전화하기로 하였는데 연락이 안 갔는가 보지요? 멀리 갈 것 없어요. 성전암이 있잖아요. 일당백이라고, 한 그루 매화나무가 전체를 대변하잖소. 거기가 있었군요. 그렇게 연락하리다. 강시인은 곧바로 일행을 싣고 아파트 입구로 왔다. 이선생도 동행하였더라면 좋았을 것을 고향 어머니에게 갔다는 것이다. 간밤에 차가운 빗방울이 듣겨서였을까, 주말인데도 도로가 한산하였다. 경부고속도로를 달리다 보니 영취산 봉우리에 잔설이 희끗하였다. 춘설이라고 해야 할까. 고속도로를 벗어나 꼬불꼬불 성전암을 찾아들었다.

저건 양돈장 아니오? 실개천을 가로지른 다리를 건너자 안교장이 침묵을 깼다. 오래전에 폐사된 거요. 그래도 여름에는 냄새가 나겠는데요. 땅속에 배인 악취는 쉽게 사라지지 않는다고 하더군요. 풀피리 시인은 은연중 한사장 장인이 경영하였던 양돈장을 빗대었다. 남위원은 성전암 주지의 말을 상기하였다. 여름에는 시원한 미풍 속에 돼지똥냄새가 이맛살을 찌푸리게 한다고. 삼겹살을 좋아하듯 돼지꿈을 꾸면 되지요. 강시인의 그 말에 웃음을 흐트리며 종각 앞에 이르렀다. 어디서 구하였는지 잡종견 두 마리가 호들갑스럽게 짖으며 꼬리를 흔들었다. 주지스님은 종각 앞까지 마중 나왔다. 바로 옆 매화나무에 눈꽃처럼 매달린 매화가 향기를 진동시켰다.

매화나무 하나 명품입니다. 안교장과 풀피리 시인은 감탄을 하였다. 각기 매화를 따 들고 차실로 들어섰다. 주지스님이 다루는 찻잔 속에 매화를 띄웠다. 만물이 추위에 떨고 있을 때 봄소식을 제일 먼저 알려 준다고 하였던가. 삶의 의욕과 희망을 되찾아 주는 눈 속의 꽃. 그런가 하면 사랑을 상징하는 백 가지 꽃 가운데 으뜸 아닌가. 모란이 부귀, 연꽃이 군자, 난초가 은둔자와 귀녀, 국화가 은일자, 해당화가 신선인 데 반해 매화는 꽃 중의 우두머리라고 하였다. 늙은 몸에서 정력이 되살아나는 회춘을 상징하는가 하면, 절개와 불의에 굴하지 않는 선비의 정신을 표상한다고 하였다. 주지스님은 일연선사가 신라에 불교가 전파된 것을 매화로 상징하여 읊조린 시를 찻잔 속에 띄웠다.

퇴계는 성장(盛粧)한 미녀의 이미지인 모란 대신 담장(淡粧)한 미녀의 이미지인 매화를 최고의 미녀로 상징하였다. 천향국염(天香國艶)은 원래 모란이었다. 모란과 매화는 대조적인 꽃인데, 퇴계 이황에 이르러 매화를 윗자리에 올려놓게 되니 매화가 즐겨 그려졌다.

겨울매화는 죽은 용의 형상이라는 말이 떠오릅니다. 스님께서 선화(禪畵)에 조예가 깊은 만큼 매화에 남다른 향기가 배어나지 싶습니다. 그 말을 들으니 매화를 두고 미녀를 희롱하듯 화선지에 각인을 하는 것도 기념이 되겠습니다. 주지스님은 파도말에 떠밀리듯 화구를 펼쳤다. 일필휘지, 화선지마다 매화향기가 가득하였다. 남위원은 문득 조시인과 구박사와 동행하지 못한 것이 아쉬웠다. 셋이서 주지스님의 후원에 힘입어 동인지를 의욕적으로 간행하였을 때, 매화향기와 계절 따라 피는 꽃향기에 이끌려 성전암을 곧잘 찾았다. 그때마다 화선지에 도도한 홍취를 담았었다. 가십시다. 이 기분을 안고. 주지스님은 네 사람을 일으켜 세웠다. 어딘가 하였더니 한적한 시골길을 달려 왕방 도자기공방을 들어섰다. 범어사 아래 무형의 공방이 생각났다.

무형의 공방에서 우리들이 찍어 발랐던 도자기들은 어찌되었소? 그 뒤로 올라가 보지 못하였어요. 돌아가는 길에 들릅시다. 안교장도 같은 생각을 한 모양이었다. 왕방은 마침 작업을 하고 있었다. 올봄에 전시회를 열어 볼까 하고요. 그래야지. 바쁜데 찾아와 방해가 되겠네. 아이구, 스님. 이 귀한 분들이 새해와 더불어 먼 길 찾아오셨는데 반갑지 않고요. 방에 드십시다. 아니야. 이곳이 더 좋겠어. 초벌구이들을 그득하니 바라보니 마음이 넉넉해지는구라. 그럼, 잠깐 기다리세요. 차라도 내오라 하겠습니다. 왕방은 공방을 나섰다. 밖에서 차 소리가 났는가 싶더니 부인이 동동주와 더불어 두부와 삼겹살을 안주로 들여왔다. 웬 진수성찬이시오? 남위원은 일행을 대신하여 흐뭇한 마음으로 겸손해하였다. 술꾼들은 어디를 가나 술 복이 있는가 보죠? 남위원은 아내의 눈 흘김이 웃음을 깨물게 하였다. 주지스님은 자신을 대신하여 이런 대접을 바랐는지 몰랐다. 풀피리 시인은 자기 앞으로 돌아오는 막사발을 흐뭇하게 받아 들었다. 이보다 마음 풍족한 대접이 어디 있겠는가. 더구나 자기가 마신 술잔을 고이 품에 지니고 가는 법이라고? 허허, 이 좋은 것을. 왕방의 넉넉함에 술잔이 가벼웠다. 동동주와 손두부가 잘 어울렸다.

스님께서는 언제 날 받아 작품 몇 점 쳐 주십시오. 그거라면 부담될 게 없지. 그렇잖아도 막사발 몇 점 주문하려던 참이야. 왕방은 술이 떨어지자 손수 동동주를 받아 왔다. 그리고 가마에서 나온 숯에 불을 일구더니 삼겹살을 올려놓았다. 술이 다하자 입가심으로 차를 들고, 술 사발로 사용하였던 막사발을 선물로 안겨 주었다. 절에 들러 선화 한 점씩을 지니고 부산으로 향하였다. 오늘은 생각지도 않은 새해 선물을 받았어요. 가만있어요. 또 선물 보따리가 기다리고 있잖아요. 안교장은 풀피리 시인의 마음을 달뜨게 하였다. 부산에 들어서기가 무섭게 범어사를 돌아보고 무형의 공방에 들어섰다. 무형은 혼자 차를 들다 말고 반겨 맞았다. 무형은 지난번 장난기를 발동한 자기들을 내놓았다. 삐뚤거리고 격에 어울리지 않는 글씨들이 선명하게 새겨져 있었다.


*


설날. 다들 고향을 찾았다. 이선생은 일찌감치 어머니 곁으로 내려갔고, 남위원도 고향을 찾기로 하였다. 고향은 귀성객들로 활기에 넘쳤다. 아이고 어른이고 집집마다 웃음꽃을 피우고 있었다. 헌데, 부딪치는 얼굴들이 낯설기만 하였다. 젊은이들을 붙

잡고 누구네 집 자식이냐고 물을 수도 없었고 그저 멀뚱히, 아니면 목례로 지나치는 얼굴들을 바라보며 새삼 세월의 간극을 잘근 깨물었다. 아그야, 인사해라. 저 아래 원뚝머리 여실댁 큰아들 아니냐. 오, 참. 니는 잘 모르것다이. 인자, 자네도 머리 허옇고 나도 허리 휘어진께 반갑게 맞아줄 사람도 없네. 고향의 지킴이 노릇을 한 노인네들이 그나마 반기는 데서 고향의 온기를 실감하였다.

어이, 동생. 고향에 내려왔다매? 이리 안 오고 뭣 한가. 한사장도 여기 와 있네. 김선장도 곧 오기로 하였고. 어서 오게. 선배의 반김이 사막의 오아시스처럼 신선하게 심금을 울렸다. 선배집도 아들딸 손자들로 북적거리기는 마찬가지였다. 지난봄 결혼식을 올린 둘째 며느리는 아랫배가 제법 불러 있었다. 한사장은 이미 낮술에 익어 있었다. 아이들은 윗마을 어른들에게 세배하러 나가고, 지척에서 방파제를 아우르는 파도소리가 봄을 일깨웠다. 자네는 무슨 걸음을 하였는가? 설 쇠면 봄기운이 돌고, 곧바로 청명한식 아닌가. 더 늦기 전에 조상들 묘역을 정비하려고 의논차 내려왔네. 자네들 선산도 마찬가지겠지만, 사방에 흩어져 벌초를 하재도 얼마나 난감한가. 잡목이 우거져 숫제 한겨울이 되어야만 벌초를 할 수 있는 묘지도 있고 보니 한곳으로 모아야 되겠네.

한사장은 사뭇 의지가 남달랐다. 남위원도 그러한 현실을 피부로 느끼는 터였다. 당연히 그렇게 해야겠지. 우리마저 늙고 병들어 죽고 나면 벌초할 사람도 없을 것이다. 도시에서 나고 자란 애들이야 부모가 나고 자란 고향 따위는 관심 밖이고, 조상들의 묘가 어디 있는지 알기나 하겠는가. 현실이 그렇기는 한데, 다들 차가 드나들 수 있는 곳에다 조상들의 넋을 모아 놓는 그게 꼭 좋은 일인지 모르겠네. 남위원도 새벽같이 일어나 언 땅을 밟으며 이 산 저 산 순례하듯 선조들의 묘지를 찾아다니며 세배를 드렸다. 나뭇가지에 할퀴고 길을 몰라 등허리에 식은땀을 흘렸다. 길옆 교통이 편리한 곳에 얼굴 맞대듯 모아 놓으면 그런 불편은 없을 것이다. 시대가 바라는 순리를 따라야 하네. 아무리 좋은 명당이면 무엇 하겠는가. 자손들의 발길이 끊어지면 가시덤불 속에 흔적도 없이 묵혀져 버리지. 한사장은 조금은 질책에 가까운 음색이 깃들어 있었다. 김선장이 간밤에 마신 술기운을 달고 나타났다.

아따, 벌써들 술판이 무르익었구랴. 남위원은 이제 철이 든 건가? 아니면 백수의 걸음인가. 설이랍시고 불쑥 내려오고 말이야. 산소가 있지 않은가. 새롭게 가슴을 여미고 조상이라도 찾아야지. 남위원은 흔연한 얼굴로 술을 들었다. 가슴을 열어 놓으며 술을 마시고 있는데, 낮도깨비 형상을 한 고향 선배들과 친구들이 귀동냥으로 찾아들었다. 비로소 고향에 내려온 것을 실감하였다. 누가 제안한 것도 아닌데 부둣가에 멍석이 펼쳐지고 윷판

이 벌어졌다. 선배, 남위원, 한사장, 김선장이 자연스레 한편이
되었다.

　객지물 묵은 저것들 호주머니를 홀랑 털어사 써. 누가 할 소
리. 노잣돈이나 두둑이 울궈 가야지. 엎어지고 뒤집어지는 윷판
못지않게 설전을 앵겨 가며 시간을 놓아 버렸다. 첫 모 방정에
새까먹어 버렸네. 아무렴. 첫 모가 나오면 실속이 없느니. 단동
불출 아닌가. 이 판은 죽 쒔어. 삼세판이라고 첫 도가 나오는 걸
보니 이번에는 실속이 있겠네. 모와 윷이 나올 때마다 무릎 치는
소리에 꼬맹이들과 아낙네들이며 허리 구부정한 노인네들까지
합세하며 추임새를 놓았다. 말을 잘못 쓴다느니, 두동을 먼저 내
야 한다느니 열을 올렸다.

　윷놀이의 유래나 기원에 대해서는 몇 가지 설이 있느니. 가장
먼저 떠오르는 것은 부여족 시대에 다섯 가지 가축을 다섯 마을
에 나누어 주고 그 가축들을 경쟁적으로 번식시킬 목적에서 비
롯되었다고 하덜 않던가. 그에 연유해서 도는 돼지(豚), 개는 개
(犬), 걸은 양(羊), 윷은 소(牛), 모는 말(馬)에 비유하였어. 가축
은 지금도 그렇지만 고대인에게 큰 재산이었고, 가축이 많고 적
음에 따라 마가(馬氏), 소가(牛氏)라는 성씨까지 가지게 되었응
께. 일상생활에서도 가장 친밀한 짐승으로, 그 가축의 이름과 함
께 몸의 크기와 걸음의 속도를 윷놀이에 이용하였구만. 돼지보
다는 개가, 개보다는 양이, 양보다는 소가, 소보다는 말이 더 크

고 걸음의 속도도 빠르지 않는가. 말이 한 발자국 뛰는 거리는 돼지의 다섯 발자국 뛰는 정도의 거리가 되므로 끗수를 정한 것이여.

자, 자, 이 판으로 승부를 결정하드라고. 어따, 저 사람들 열받았구만. 이 친구들 모처럼 고향에 내려왔응께 노잣돈 준 셈 쳐. 그 말 마시오. 확실하게 승부를 내야제. 단동치기로 할까? 이 사람들아, 노름판도 아니고 어디까지나 친선놀음인디, 그렇게 야박하게 놀아서야 쓰것는가. 네동치기로 근사하게 장식혀. 노인네들의 중재로 윷가락이 이쪽저쪽 경계선을 넘나들고, 왁자하게 오가는 응원 속에서 한숨이 교차하였다. 지랄맞게 안 나오네. 아, 이렇게 급할 때 도가 뭔가, 도가. 도가 살림 밑천이라며? 그 거사, 처음 말이제. 지금이 어느 때인가. 장판교 위에서 장비가 떠억 하니 버티고 있는 판에 모나 윷이 나와 장판교를 뛰어넘어야 할 것 아니여. 어쩌겠는가. 오합지졸로 더디기만 한디. 까짓 것, 석동으로 업어 뿔소. 죽든지, 살든지. 절망은 금물이여. 첫걸음에 돼지가 나왔응께 걸음은 더딜망정 대박을 줄 것이여.

석동 업은 윷말이 출구로 나올 무렵 그제서야 모랄 놈이 건바람 불듯 멍석 위에 쫙 엎드렸다. 아따, 그 놈의 모가 애간장도 녹여쌌더니만 뒤늦게 생색을 내네. 꽃피는 시절에는 고신고신해도 된서리 내릴 적에는 운발이 서겄어. 허허, 어르신께서 한 해 운수까지 점쳐 주시고, 이 기분으로 돼지 한 마리 잡더라고. 김선

장은 제 흥에 겨워 어깨춤을 추듯 쏴아하니 인심 한번 쓰자 하였
다. 암만. 윷놀이로 딴 돈 위에 몇 푼 얹어 보태면 누이 좋고 매부
좋제. 자네 집 중돼지가 마침 맛이 올랐든디. 윷판에 내버린 돈
다시 회수한 셈 치고 잡세나. 쬐끔 아까운디, 중론이 그렇다면
할 수 없지라우. 바닷바람에 그을린 동창녀석이 타이탄트럭을
몰고 가더니 돼지를 실어 왔다. 노인네 말처럼 윤기가 번지르르
하였다. 이곳은 청정해역인지라 그놈의 몹쓸 구제역이 범접을
못하였다.

　돼지 오줌보로 축구공을 만들어 얼음판 위에서 신나게 차고
놀았지. 한사장은 어린 시절을 떠올렸다. 설날이나 정월대보름
날 돼지를 잡으면 마을잔치 기분이 물씬 났다. 온 동네 사람들이
짓을 나누었기 때문이었다. 아이들에게 가장 신나는 일은 돼지
오줌보였다. 묵계되다시피 조무래기들 차지였는데, 아직 미지
근한 온기가 가시지 않은 오줌보에 차례로 입김을 불어넣어 빵
빵하게 부풀린 다음 얼음판 위에서 편을 갈라 축구시합을 하였
다. 눈보라를 동반한 북풍한설이 몰아치기라도 할라치면 가벼움
을 이기지 못하여 공중 높이로 날아다니기도 하였으나, 미끄러
지고 자빠지고 서로 부둥켜안고 드잡이를 하듯 나뒹굴면서 상대
의 골문을 위협하였다. 구멍이 뚫려 바람이라도 빠질라치면 마
른 풀을 잔뜩 집어넣어 축구공을 되살렸다.

　그런 원시적인 낭만이 사라진 지 오래야. 생각하면 원시적이

228

랄 수 있는 그런 놀이들이 친환경적이야. 무공해가 따로 없었응 께. 그려. 설명절도 점점 겉치레적인 요식행위로 흘러가고. 솔직히 말해서 명절 때마다 고향을 찾는 젊은이들 보게. 일종의 자기 과시 내지 생색 아닌감. 올해만 봐도 삐까삔쩍 자가용 타고 설 쇠러 온 자식들이 몇이나 되는겨. 불경기랍시고 영 숫자가 줄었지 않았는가. 그럴수록 고향을 찾아야  쓰는디, 면목 없고 자존심 상할까 봐 낯짝들을 내보이지 않는 거여. 그런 자식들일수록 선산 뒤꼭지나 팔아묵을 생각만 한다고. 허긴, 작년만 해도 누구네 자식들 검은 세단을 몰고와설랑 잔뜩 폼을 내보이더니만 올해는 코빼기나 보이는가.

그거사, 가만히 앉아서도 귀밝기 뉘우스가 얼마나 빠른가. 사람은 자고로 정직혀야 쓰는디, 기웃기웃 사기나 치면서 거드름을 피워 봤자제. 암만. 허리띠 졸라매도 정직해야 써. 요즘 시상이 얼마나 맑고 밝은가. 명경지수제. 그렇다고 한 두름으로 다 싸잡아 말해서는 안 되제. 저마다 각양각색으로 사정들이 있는 법인께. 자네 아들이사 명절 때가 아니더라도 계절마다 다녀가지 않는가. 개중에는 순수하게 고향을 챙기고 부모를 걱정하느니.

삼겹살이 익고, 술잔이 오고가는 가운데 정말 설 맛이 났다. 허허, 볼 것 없이 동네잔치네. 이장더러 대형스피커에다 대고 선창가로 다들 나오라고 하게. 아따, 명절 뒤끝인디 부녀자들이 아장거리며 나오겠는가. 먹고 남은 괴기는 자네들이 싸들고 가면 되는겨. 고향에 내려왔다가 빈손으로 가기도 뭣할 것이고. 노인네들은 세 사람 몫을 따로 남겼다. 세 사람은 바닷물이 들어와 선창이 잠길 즈음 어지간히 술판이 파하자 자리에서 일어났다. 섬을 한 바퀴 순례하듯 김선장과 한사장의 집에 들러 인사를 올리고 귀갓길에 올랐다. 김선장의 제수씨가 된 간호사는 밝은 얼굴로 안교장과 이선생에게 별도로 정성스레 선물을 싸 주었다. 아랫배가 봉싯한 임산부의 모습이었다.

*

　자네 처가동네에서 하룻밤 묵고 가세. 연륙교를 건너뛰자 남위원은 한사장을 돌아보며 느닷없이 제안하였다. 한사장은 어리둥절, 난감한 표정을 지었다. 돼지고기를 싸 짊어지고 가지 않는가. 텅 빈 빈집에서 우리끼리 아궁이에 불 때고 하룻밤 지새는 것도 좋지 않겠는가. 보나마나 이 시각 고속도로는 꽉 막혔을 것이고. 김선장의 맞장구에 한사장은 도리 없이 처가동네 쪽으로 방향을 정하였다. 차는 막힘 없이 시원스럽게 달렸다. 목적지에 도착하자 김선장은 모처럼 해방감을 맛본다는 듯 노모가 안겨 준 삼지구엽초 술을 안고 차에서 내렸다. 명절 뒤끝답게 마을이 썰렁하네. 다들 서둘러 바삐바삐 귀경길에 올랐겠지. 한사장은 헤픈 여자 입 벌리듯 비죽이 열린 낡고 바랜 대문을 밀고 처갓집에 들어섰다. 폐가나 다름없었다. 딸자식들은 그렇다 치고, 하나 있는 처남마저도 오지 않았는가 보았다.

사람 하나 없다고 집안이 귀신 나오겠네. 그래도 안방은 몸을 뉘일 만하네. 장롱에 이부자리도 여전하고. 김선장은 걸레질을 하며 부지런을 떨었다. 한사장은 마룻장 밑에 쌓아 둔 장작개비를 날라 와 아궁이에 불을 지폈다. 남위원도 덩달아 마루를 훔쳤다. 사람의 훈김이 얼마나 소중한 것인지 새삼 느꼈다. 서까래가 내려앉고 방안 구석구석 곰팡내가 나는 것도 사람의 훈김이 증발된 때문이리라. 거, 숯불 좀 꺼내 봐. 돼지 숯불구이 하게. 자네가 뭔 일로 그렇게 기분이 알싸한가 모르겠네. 학창시절 방학 때 집에 내려가 한식이네 돼지서리 생각 안 나는가? 그때 그 기분이네.

여드름이 빼꼼한 사춘기 시절, 닭서리 하느니 간 크게 돼지서리를 하기로 하였다. 장시간 모의 끝에 가늘고 튼실한 노끈을 차고 눈 내리는 깊은 밤 집을 나섰다. 인기척을 들은 어린 돼지랄 놈이 꿀꿀거리며 다가왔다. 준비해 온 설탕에 절인 군고구마를 던져 주고 번개같이 목줄기를 홀치기로 낚아채어 어깨에 둘러맸다. 김선장의 등허리에서 몇 번 바둥거리더니 소리 한 번 내지르지 못하고 축 늘어졌다. 눈보라는 사건현장의 발자취를 묻어 버렸다. 숨 가쁘게 농식 형을 깨웠다. 이것이 뭐시라냐? 농식은 잠에서 깨어나 두릿한 표정을 지었다. 똥돼지를 서리해 왔어요. 어서 쇠죽솥에 삶아 장만 좀 해 줘요. 워따, 이것들이 간 큰 짓거리를 했구랴. 닭서리 정도는 몰라도 돼지서리는 근본적으로 그 성격이 다르지 않냐. 누구네 것이여? 묻지 말고 어서 장만하란 말이오. 농식이 형만 믿고 돼지서리를 해 왔웅께. 나까지 연루되면 안 되는디. 농식은 우거지상을 지으며 마지못해 쇠죽솥에 불을 지피고, 애돼지를 펄펄 끓는 물에 튀겨 털을 제거한 다음 숯불에 구울 것은 굽고, 쇠죽솥에 삶을 것은 삶았다.

그런데 배불리 고기를 먹을수록 두려움이 덮쳐눌렀다. 남은 괴기는 어쩔 것이여? 농식이 형이 항아리에 담아 땅속에 묻어 두어요. 두고두고 간식거리를 하게요. 하여간 산적들이 따로 없구나. 얼마나 괴기가 묵고 싶었으면 간 큰 짓거리를 했을까이. 농식은 시종 혀를 내둘렀다. 겨울 긴긴밤 참새잡이야, 닭서리 정도는 해 봤으나 돼지서리는 언감생심 생각지도 못하였다. 그나저나 내일 날이 밝으면 온 동네가 발칵 뒤집힐 것인디 온전히 감당하것냐? 농식의 예견은 맞아떨어졌다. 건넛마을 한식이네 집에서 돼지가 없어졌다고 외장을 치고 다녔다. 야, 우리 튀자. 겁이 많은 한사장의 제안에 남위원의 자취방으로 피신하였는데 열흘 뒤에 범인이 밝혀졌다. 한식이네 아범의 끈질긴 추적 끝에 수문통에 내다 버린 돼지털이 단서가 된 것이다. 농식은 죽살맞게 곤욕을 치렀다. 결국 세 사람이 자백하기에 이르렀고, 그해 봄

보리타작 마당에서 돼지 값을 곱빼기로 물어 주었다.

난, 아직도 그때 등허리에서 느꼈던 돼지 온기를 지울 수 없어. 그해 우리는 고향에 발도 들여놓지 못하였지. 덕분에 맹렬히 공부에 매달렸고. 한사장 너는 공부보다 연애 거느라 정신이 없었지. 지금 마누라를 그때 점찍었지, 아마. 연애편지는 남위원이 제일이었지. 남위원에게 대필을 의뢰한 덕분에 점수를 후하게 땄지. 그걸 이제야 고백하는 거야? 그때야 자칫 빼앗길까 봐 조마조마했지. 세월이 금방이야. 그런 추억들이 엊그제 같은데 세월 속에 묻혀 버렸어. 남위원, 오늘밤 한번 자 봐. 땅기운이 어떤지. 지기(地氣)가 맞아야 주인이 되는 거야.

김선장은 이곳에서 하룻밤 묵고 싶어 하는 남위원의 속내를 훤히 알고 있다는 듯 풍수지리학적 수식으로 말하였다. 김선장도 부모님들이 일구고 누렸던 고향집으로 내려가고 싶었다. 언젠가 자식들에게 설핏 그 말을 흘렸더니 고향이 뭐 그리 중요하냐고 회의적이었다. 나이 들어 죽으러 가는 것도 아니고, 시골생활을 하자면 노후가 더 쓸쓸하고 외롭지 않겠느냐는 것이었다. 딴은 그 말도 일리가 있음 직하여 말문을 닫았지만 자식들과의 거리감이랄까, 사고의 틀이 그만큼 틈새가 있었다. 그 위에 마누라까지 가세하였다. 명절 때나 한 번씩 고향에 내려가는 것은 몰라도 늘그막에 허리 휘어지게 살고 싶지 않다는 것이었다.

방 한번 뜨끈하다. 오랜만에 온돌방에서 엉덩이를 지지게 생겼구나. 세 사람은 단잠에 들었다. 전혀 낯선 곳에서 고향의 품 안에 안기듯 하룻밤을 지새웠다. 한사장은 오랜만에 처갓집에서 한밤을 지새웠다. 새벽녘, 수탉이 홰를 치는데도 세 사람은 이불을 둘러쓰고서 일어날 기미를 보이지 않았다. 아침 햇살이 문지방을 비출 때서야 자리에서 일어나 주위를 둘러보았다. 듬성듬성 빈집이 눈에 띄었다. 점점 퇴락해 가는 시골 전경이었다.

어때? 지기를 온전히 누렸어? 양돈장이 이제 보니 집터로는 명당자리야. 더구나 복돼지들이 다져 놓았잖은가. 김선장은 눈을 가늘게 뜨고서 풍수지리를 익힌 눈썰미로 다시금 양돈장을 가늠해 보았다. 자네 말이 맞네. 남위원은 머리를 끄덕였다. 반 풍수 집안 망친다고 하였네. 한사장은 차 시동을 걸며 장인 묏자리 잡아 준 것은 까맣게 잊은 채 비아냥거리듯 말하였다. 이 친구가 나를 우습게 보는군. 나도 이번에 고향에 내려가 나 자신을 다시금 돌아보았네. 누구나 고향을 찾게 되면 다가오는 감정 아니겠는가. 그리고 번잡한 도시에 묻히게 되면 깡그리 망각하고 말이야. 우리도 어느 사이에 도시의 혼탁한 생리에 젖어 버렸어. 헌데도 늘 고향의 흙냄새가 가슴에 배어나지 않던가. 남위원은 쥐엄쥐엄 대화를 나누다가 잠이 들었다. 아직도 구들장에서 지진 엉덩짝에 온기가 남아서일까, 김선장도 남위원의 어깨에 머리를 기댄 채 코를 골았다.

*

제비가 처마 밑에 집을 짓는 꿈을 꾸었어요. 꿈속의 시골 그 집이 너무나 생생해요. 봄이 돌아오기 때문인가? 남위원은 아내의 말에 건성으로 대답하였다. 요즘도 시골에 제비가 날아들고 처마 밑에 집을 짓고 새끼를 기를 것이다. 당신, 경매 받은 땅 구경 좀 해요. 웬일로 갑자기? 남위원은 아내의 느닷없는 말에 반문하지 않을 수 없었다. 처음부터 전혀 관심 밖이지 않았는가. 이제 조용한 곳을 찾을 때가 되었어요. 점점 모를 소리를 하는군. 당신이 바라는 바가 아닌가요? 저도 생각이 있어 아파트를 내놓았어요. 시골 그곳에 가 봐요. 남위원은 아내의 말을 좇아 오랜만에 부부동반 나들이쯤으로 받아들였다. 한사장의 처가동네로 향하였다. 아내는 마을 입구에 들어서자 탄성을 질렀다. 남위원은 정지작업을 한 양돈장 앞에 차를 세웠다. 당신이 제대로 봤어요. 여기면 됐어요. 금방 그림이 그려져요. 이보다 더 좋은 곳은 없지 싶어요. 아내는 단정적으로 단안을 내렸다. 남위원 쪽에서 어리둥절해하였다. 갑작스러운 아내의 변화라니…….

어디를 부부동반 다녀오셨어요. 한걸음에 화실로 오세요. 강시인의 재촉에 이명에서 깨어나듯 김화백의 화실에 들어섰다. 이선생, 안교장, 이수학, 풀피리 시인, 문선생이 석탄난롯가에 앉아 한담을 나누고 있었다. 이선생이 어머니 곁으로 간다는군요.

가슴 저릿한 뉴스네. 언제 가는 거요? 그보다 남위원은 어찌할 거요? 듣자니 아파트를 내놓았다는데. 소식통 한번 빠르네. 무엇하면 안락한 동네를 떠나지 않는 방향으로 해요. 여기서 뿌리를 내린 지 몇십 년이오. 제가 웅숭깊은 사람들을 찾아 이곳에 오니까 무슨 억하심정으로 다들 떠나려 하는 거요? 강시인도 원동에다 땅을 장만하였고. 김화백은 강한 불만을 내비쳤다. 강시인도 노후대책의 하나로 집터를 잡았으니 머지않아 떠날 것 아닌가.

운명이 가자는 곳은 아무도 몰라요. 강시인의 용단은 의외인데요. 남위원은 김화백의 말을 들으며 문득 어렸을 때 통시에서 두 눈을 반짝이며 서까래를 타고 오르내리던 통시쥐와 쌀뒤주가 있는 마룻방에서 소란을 떨던 마루쥐를 떠올렸다. 거리래야 기껏 열 마장도 되지 않는데 평생 그 자리를 떠나지 않고 둥지를 틀었다. 사람도 옛날에는 한 곳에 붙박이면 그곳을 떠나지 않았다. 그게 고향이라는 이름으로 각인되고 인식되었다. 모두가 울적한 기분으로 헤어졌다. 아내가 상기된 얼굴로 남위원을 맞았다.

아파트가 나갔어요. 벌써? 예상보다 빨리 임자가 나섰네. 남위원은 취기에서 파르라니 깨어났다. 예상 밖의 기습이었다. 저도 놀랐어요. 매기가 영 없잖아요. 급하게 생겼어요. 서둘러 집을 지어야겠어요. 집을 하루아침에 짓는 건가? 설마하고 있었는데……. 남위원은 새삼 언젠가 꿈속에서 보았던 돼지궁둥이를 한 백발노인을 떠올렸다. 이번 기회에 자연과 벗하며 살아요. 이미 당신 마음이 그곳에 가 있지 않는가요? 도시에서 나고 자란 당신이 적응하기가 어려울 텐데…….

도시는 한정된 공간 속에서 인간의 마음을 자꾸만 왜소하게 만들어요. 요즈음 들어 아파트 광장 벤치에 할 일 없이 처량한 모습으로 앉아 있는 노인네들을 새삼스러운 눈으로 바라보았다. 문득 우리들의 모습이 클로즈업되었다. 머지않아 저 나이가 되면 도리 없이 저 모습 아니겠는가. 마음을 비우고 자연과 더불어 살아야겠다고 마음먹었다.

내일부터라도 집을 짓기로 해요. 아내는 의외로 적극적이었다. 마음 결정을 확실하게 한 것 같았다. 남위원은 우선 한사장에게 전화를 하였다. 나로서는 자네가 그곳에 집을 짓겠다니 마음 든든하네. 그래서 처가동네를 찾을 것이고. 어쩌면 그곳이야말로 가장 편안하고 안락한 동네인지도 모르겠네. 집 짓는 일은 아무래도 이장과 상의하는 게 좋겠어. 한사장은 전화를 끊으면서, 이사라는 것도 사람의 마음작용 외에 그 무엇이 이끄는 힘이 있는 거라고 생각을 모두었다. 그렇지 않고서야 남위원의 용기 있는 귀촌이 가능한 일인가. 낯설게 다가오는 것은 항상 새로운 동경과 모험심을 안겨 주었다. 낯섦은 곧바로 친숙함을 가져오는 본능의 무엇이기도 하다. 동물도 새로운 환경을 대하면 낯설어하다가도 이내 주위의 환경에 적응하며 둥지를 틀기 마련이었다.

남위원은 마지막 아파트 잔금을 받는 날 이삿짐을 꾸렸다. 이러저러한 잔해들을 떠올릴 여유가 없었다. 이삿짐을 다 꾸리고 나서 안락한 동네에서 맺어진 벗들이 기다리고 있는 김화백의 화실에 들어섰다. 다들 갑작스럽게 이사를 단행하는 남위원을 어리둥절한 마음으로 바라보았다. 정말 믿어지지가 않아요. 어쩌면 그렇게 재바르게 떠날 수 있어요. 더구나 안방마님의 용기가 대단합니다. 강시인이 운을 떼자 모두가 섭섭한 말들을 한마디씩 하였다. 잃어버린 도원을 찾아가듯 땅의 훈김을 제대로 누리고 싶어서요. 그리고 자연과 더불어 누릴 수 있는 당신들의 안락한 휴식공간을 마련하였다고 생각하면 마음 넉넉할 거요. 남위원은 어디까지나 영원한 헤어짐이 아니라고 생각하였다. 안락한 동네에서 알뜰히 우정을 키워 온 그들이야말로 어디를 가든 소중하고 보배로운 존재들이었다. 자, 술잔 듭시다. 새로운 출발, 안락한 경계를 위하여.

안교장이 술잔을 높이 들었다. 술상 위에는 삼겹살이 산골 다랭이 계단식 밭의 형상으로 익어 가고 있었다.

해설

# 고향으로 가는 길

### —정형남의 『삼겹살』론

구모룡(문학평론가)

## 1. 귀환의 의미

내가 아는 소설가 정형남은 돼지고기를 먹지 못한다. 그가 삼겹살을 주요한 서술 고리로 삼으면서 돼지의 상징성을 부각한 소설을 썼다. 장편소설 『삼겹살』. 소설의 표제가 벌써 우리를 이끈다. 전체 8장(chapter)으로 구성된 이 소설에서 삼겹살과 돼지 이야기가 등장하지 않는 곳은 없다. 먼저 제1장 「꽃이 피니 봄이로구나」의 첫머리, 고향의 잔치마당에 등장하는 삼겹살을 들 수 있다. 여기서 삼겹살은 축일의 음식일뿐더러 고향의 "산골 다랭이 계단식 논밭"을 은유하는 것으로 의미가 확장된다. 삼겹살이 향수의 매개가 됨을 일찌감치 시사하고 있는 것이다. 실제작가의 모습이 겹쳐진 주인공 '남위원'의 아버지와 어머니가 묻힌 곳도 고향의 다랭이 밭이다. 고향을 떠나 도시에 사는 그는 삼겹살을 나눌 때 자주 고향을 떠올린다. "술상 위에는 삼겹살이 산골 다랭이 계단식 밭의 형상으로 익어 가고 있었다." 이 소설의 제8장 「떠난 자와 남는 자」의 마지막 구절이다. 이처럼 삼겹살은 우애, 환대, 배려의 공동체를 매개한다. 이는 함께 돼지를 잡고 그것을 삶고 구우면서 술을 나누고 취흥에 하나가 되는 축제와 친교의 전통과 연관된다.

돼지는 고래로 희생과 축복, 미천함과 신성함을 두루 의미한다. 잔치나 동제에 희생제물이 되지만 길지와 풍요를 예고하는 사자(使者)의 역할도 한다. 때론 탐욕의 표상으로 그려지기도 하나 자주 만복의 근원으로 예찬된다. '한사장'의 장인이 "돼지에 대한 남다른 애착"을 가진 것도 그것이 신물(神物)의 상징이기 때문이다. 이 소설에서 '한사장' 장인의 죽음과 그가 남긴 양돈장 터를 주인공이 택지로 정지하여 이주하게 되는 것은 스토리 라인의 주축이다. 하지만 소설이 새로운 터전으로 이주하기까지의 주인공의 내면적 갈등을 주된 화제로 삼는 것은 아니다. 주인공 '남위원' 또한 거듭되는 향수와 돼지의 환영을 동시에 겪으면서 "뿌리"라 할 수 있는 고향이 아니라 고향과 그리 멀지 않은 새 터전을 선택하게 된다. 윷놀이의 도, 개, 걸, 윷, 모에서 도는 한자 저(豬)의 고음이다. 여기서 돼지는 시작, 첫걸음을 뜻한다.

돼지꿈과 함께 주인공이 귀환을 결정하는 것은 길지와 풍요의 기대에 그치지 않고 새로운 시작이라는 의미를 함축한다.

이 소설의 주인공에게 고향은 양가적인 의미로 다가온다. 행복감과 상실감. 노스탤지어는 그것이 지닌 순수함에서 동일성의 거처가 된다. 그렇지만 이러한 동일성이 구체적 삶의 진실을 대변하는 것은 아니다. 때론 유년의 고향은 가난과 고통을 의미하기도 한다. 좌우 이데올로기의 대결장이 되면서 아버지를 "전쟁의 희생양"으로 잃게 된 주인공(혹은 실제작가)에게 고향은 지울 수 없는 정신적 외상(트라우마)의 거처이다.

어쨌거나, 그렇게 비유할 만큼 우리의 마음이 부유해졌어. 남위원은 아스라이 어머니의 웃음소리를 들었다. 그리고 그 웃음소리는 무릎을 치며 한바탕 윷판을 뒤엎는 환호성 너머 파도 위에서 꽃잎처럼 무동을 탔다. 술잔 속에 비치는 어머니의 웃음 진 얼굴에서 이제는 도리 없이 묵혀진 다랭이 자갈밭들이 눈앞에 다가왔다. 그 맨 위쪽 큰애기 엉덩짝만 한 다랭이 밭에 아버지의 혼백과 함께 어머니를 모셨다. 아들아, 내가 죽거들랑 졸망졸망 묵혀진 옹챙이 밭을 묘지로 쓰거라. 장차 너도 내 묘지 밑으로 오고. 그렇게 대대로 뼈를 묻자꾸나.

주인공에게 고향은 "어머니의 웃음소리"가 들리는 모성의 장소이기도 하지만 아버지 상실로 대변되는 폭력의 기억이 배어 있는 공간이기도 하다. 이러한 양가성으로 인하여 소설 속에서 고향은 주인공이 직행하는 목적지가 못 된다. 제1장과 더불어 고향의 표정이 잘 그려져 있는 것은 제7장 「가깝고도 먼 빛」이다. 여기서 고향은 "가깝고도 먼 빛으로 채색된" 배회의 공간이거나 우회하는 가운데 경유하는 곳이다. 궁극적인 귀향은 끝없이 지연된다. 삼겹살을 닮은 "다랭이 밭"이냐, 돼지꿈이 깃든 양돈장 터냐? 주인공은 선산이 있는 고원(故園)을 택하지 않는다. 그는 고향으로 가는 길 위에 있다. 귀향의 완성을 말하기보다 귀환의 드라마를 연출한다. "태어난 고향이 오히려 부담스럽고 낯설게 다가올 것도 같고, 이곳에 뿌리를 내린 만큼 훌훌 털어버리고 떠나기도 무엇하고 말이오." '남위원'의 생각이 잘 드러난 대목인데 이는 또한 작가가 품고 있는 생각의 표백이다.

## 2. 우애의 공동체

정형남의 『삼겹살』은 자전적인 경향을 지녔다. 고향을 떠나 부산으로 이주하여 살아온 작가의 평생 이야기를 전하고 있다. 그의 고향은 조약도다. 조약도. 소설 속에서 작가는 이 섬을 "알"에 비유하며 "용화세계를 바라는 진인의 출현도 남쪽바다에서 나온다"는 "남 사상"과 접목하기도 한다. 아래로 다도해 해상국립공원을 인접한, 완도 옆의 작은 섬. 신지도, 고금도, 평일도, 생일도 등의 섬이 올망졸망 둘러싸고 있으니 섬 속의 섬이다. 위로 보성만이 장흥과 고흥반도를 끼고 펼쳐진다. 지금 작가가 사는 곳은 보성만이 멀리 내려다보이는 한적한 시골이다. 오랜 동안 부산 안락동(소설 속의 "안락한 동네")에서 살다 고향 근방으로 귀환하였다. 이 소설의 중심은 단연 일가를 이루면서 근래까지 살았던 부산 이야기이다. 고향에서의 이주 과정이나 시골로의 귀환 과정은 요약되어 있다. 그럼에도 이주와 귀환은 대단히 중요한 모티프다. 이 소설의 의도가 귀환이라는 새로운 삶의 출발에 의미를 부여하는 데 있기 때문이다.

삼겹살을 삼가는 작가가 돼지와 삼겹살을 중요한 서사적 장치로 차용한 것은 일종의 서술 전략이라 할 수 있다. 이는 『삼겹살』을 '소설'이 되게 하는 일과 연관된다. 사실 이러한 장치의 힘이 없다면 『삼겹살』은 사적인 경험적 진술에 그칠 공산이 크다. 더불어 작가의 분신이라고 할 수 있는 주인공 '남위원'을 소설가로 설정하지 않은 것도 이 소설의 서사성을 강화하는 데 기여한다. 소설의 주인공 '남위원'은 노동운동을 하다 실직한 뒤 일정하게 신문에 글을 기고하는 지식인이다. 지식인 화자의 신뢰성 있는 목소리를 포개어 작가는 사소설을 탈피하려 한다. 실제작가와 동일한 인물을 설정하지 않고 작가에 의해 윤색된 좌

244

절한 지식인으로 배치함으로써 이 소설이 작가가 경험한 사건들의 잡다한 나열이 아니라 일정한 의미를 가진 서술체임을 내세우려는 것이다. 이는 주인공의 서술 위치를 통해 경험적 사실과 의도된 서술 사이의 미적 거리를 만드는 일에 다름없다. 소설 속의 이야기가 경험적인 사실이기 때문에 도입될 수밖에 없는 장치이다. 그만큼 이 소설은 경험적 사실에 근거하고 있다.

　이 소설에 등장하는 대부분의 인물들은 소설의 외부인 현실 속 인물과 일치한다. "안락한 동네"에서 작가와 같이 사는 사람들과 이들과 함께 만나는 문화예술인들이 한 부류이고, 작가의 동향인들이 또 다른 부류이다. 그런데 이들은 모두 주 인물인 '남위원'을 매개로 소통하고 교류한다. 남위원, 안교장, 강시인, 이선생 등 "안락한 동네"(안락동)에 사는 사람들과 그 주위의 사람들—풀피리 시인, 박서예가, 김동화, 김화백, 이수학, 왕방, 무형 등은 주로 문화 예술계에 종사하는 사람들이다. 이들은 대부분 예술가들이다. 문인, 화가, 서예가, 도예가인 이들과 다른 부류의 인물들은 한사장과 김선장 등 작가의 동향인들이다. '남위원'을 매개하거나 서로의 사적 관계 확장에 의하여 이들 두 부류의 인물들은 친밀한 유대를 형성하며 단순한 연고주의를 넘어 우애의 공동체를 형성하고 있다. 환대와 배려가 몸에 밴 이들에게서 인정(認定)을 둘러싼 질시와 갈등을 찾기 어렵다. 스스로 "풍류객"을 자처하고 있듯이 인위가 아니라 자연, 필연이 아니라 우연을 중요하게 받아들인다. 그래서 이들의 만남은 매우 자연스럽다. 간혹 우리는 리얼리즘 소설에서 소설의 문법이 요구하는 필연이 부자연스러울 때를 경험한다. 정형남의 소설은 결코 우연을 필연으로 가공하지 않는다. 우연 또한 더 높은 차원에서 필연일 수 있다는 생각. 이 소설에서 많은 사람들은 우연히 만난다.

주 인물인 '남위원'은 지식인이지만 경계인(marginal man)의 위치에 있다. 제도 속에 있지 않지만 그렇다고 제도와 완전한 절연을 수행하는 것도 아니다. 강시인이나 안교장 그리고 박서예가 등도 마찬가지의 입장이다. 시인이자 화가이며 서예가인 이들은 자본주의 세속 도시에 쉽게 영합하지 못한다. 외향성 소비지향의 추상도시 속에서 이들은 "강변의 갈대"(제3장 표제)를 벗 삼아 걷거나 자전거를 타고, 가끔 산행을 한다. 보행도시에 대한 꿈은 상실된 고향의식의 표출과 다를 바 없다. 그래서 늘 함께 어울려 이야기를 나누고 노래를 부르며 술을 나눈다. 이야기는 공동체를 형성하는 그물코이다. "누군가 그렇게 말머리를 꺼낼라치면 백 갈래 이야기들이 하나로 어우러져 바다를 이루었다. 솜씨 좋은 주인은 말하지 않아도 우리가 좋아하는 안주와 술을 내놓았다." 그래서 이들은 안락동 일대는 말할 것도 없고 동래와 서면에 이르기까지 네트워크를 만들어 우애의 공동체를 이룬다. 이들의 모임이나 만남이 단지 말 그대로의 우연일 수 없는 것은 이러한 네트워크가 있기 때문이다. 만남의 장소를 다른 집으로 옮기더라도 거기에 반가운 이들이 마치 기다리고 있었던 듯이 환대한다. 빠진 이들에게 연락을 하여 모임에 합류하게 하는 일은 필수다. 그런데 어떠한 공동체든 그 외부를 배제함으로써 성립하는 한계를 지니게 마련이다. 이는 이들 문화예술인들이 지닌 경계인 의식에서 뚜렷하다. 풍류를 모르는 현대인들에 대한 질타에서 시작하여 강단과 제도권 문화예술인들의 전횡을 비판하며 마침내 세상의 전 영역을 회의하는 데 이르러 이들이 만든 경계의 유연성은 협소해지고 만다. "예술가뿐인가. 정치가, 사업가, 하다못해 장사치에 이르기까지 자신의 지조를 적당히 팔아 가면서 자신의 존재양식을 망각하기 마련이지. 하지만 평가는 후대에 준엄하게 내려질 게야." 매우 지당한 말이지만 모든 비판은 먼저 자신을 향할 때 정당하다. 그렇지 않은 비판은 나르시시즘에 그칠 공산이 크다.

경계인들이 형성한 우애의 공동체는 아름답다. 그러나 그들만의 자족성에 갇힐 때 애써 만든 경계의 활력은 급격하게 소멸한다. "경계에서 꽃핀다"는 비유처럼 경계영역의 가치는 생성에 있다. 비록 현실의 제도와 자본과 권력이 이들을 경계로 밀어낸 것이라 하더라도 밀리면서 저항하는 욕동 속에서 신생의 가치가 피어나야 한다. 그렇지 않고 경계인의 회의주의를 풍류로 치환하는 것은 또 다른 곤경의 반복이라 할 수 있다. 그래서 "세월의

부침" 가운데 달라진 것이 무엇이겠는가, 라는 허무주의적 물음
은 진정성이 약하다. 이념과 사상으로 육박하지 못하고 풍속의
트리비얼리즘에 매몰될 가능성이 높기 때문이다. 노스텔지어와
나르시시즘은 동전의 양면과 같다. 도처에서 확인되는 진한 향
수야말로 경계인의 자기애와 다를 바 없다. 그렇기 때문에 이를
깨닫는 이일수록 더욱 근본적인 질문에 매달리지 않을 수 없는
것이다.

남위원은 한사장 처가마을 당산나무를 눈앞에 떠올렸다.
누대로 사람은 생사를 거듭하였으나, 당산나무는 뿌리를 굳
건히 내리고서 혼연한 자태로 마을의 역사를 나이테 속에
간직하고 있었다. 그 점을 잘근 깨물게 되면, 이 시절의 혼
돈은 질서가 무너진 탓도 있었다. 자유분방함 속에 엄연한
질서가 흐르는 시냇물처럼 자리해야 하는데, 방종과 타락을
부추기는 방만함만 있을 뿐, 자기성찰이 없었다. 무언가에
종속되어야만 하고 휩쓸려 들어야만 처신할 수 있다는 강박
관념이 자리하였다.

근본(Grund)은 곧 대지의 온전함과 그 온전함에 뿌리를 내리
는 데서 비롯한다. 시대를 혼돈과 무질서, 방종과 타락, 자기성
찰 없음으로 바라보는 입장에서 "평상한 일상"을 탈주하는 풍

248

류가 근본적인 처방이 되는 것은 아니다. 전통사회의 선비와 달리 현대를 사는 이들에게 풍류란 생활과 이반된 일탈에 그칠 공산이 크다. 단지 우애의 공동체를 확인하는 동어반복의 함정에 노출될 수 있는 것이다. "인간의 삶이란 특별한 것도 아니었다. 늘상 반복되는 생활 속에서 새로울 것도, 기억 속에 저장할 것도 없었다." 과연 늙음이 이러한 고요를 만드는 것인가? 모름지기 예술가는 특이성(singularity)에 생명을 걸어야 하는 것이 아닐까?


## 3. 반도시주의


정형남은 난계(蘭溪) 오영수의 적통이다. 이 소설은 작가가 감행한 귀환의 보고서이기도 하지만 난계의 "잃어버린 도원"에 대한 오마주이기도 하다. 난계와 마찬가지로 정형남은 명백하게 반도시주의(anti-urbanism)를 드러낸다. 도시와 농촌이 선악의 이분법으로 환원되고 있지는 않지만 적어도 도시가 인간의 타락사관을 반영하는 공간임을 거듭 강조하고 있다. 도시에서 "이방인"이라는 거듭된 자의식 속에서 주인공은 결국 도시 탈출을 꿈꾸게 된다. "남위원은 스스로 자신을 돌아보아도 지금까지 몸에 배인 생활습속 속에서 자유롭지 못하였다. 갑자기 다가온 무한대의 누림을 버거워하지 않는가. 알게 모르게 경계가 설정되어 그 한계를 쉬이 벗어날 수 없었다.” 이제 주인공은 부박한 도시에서 섬과 같은 공동체인 “안락한 동네”가 지니는 한계와 삶의 진정성을 탐문하게 된다. 이는 그들과 나눈 정리에 대한 회의를 의미하는 것이 아니다. 무엇보다 자신의 삶에 대한 근본적인 성찰에 기인한다.

시름시름 한 해가 갔다고나 할까, 따지고 보면 일 년 삼백육십오 일 하루하루를 해수병 환자처럼 콜록콜록 기침을 해대며 누덕누덕 헌옷가지를 꿰매듯 엮어 보냈다고 해야 할 것이다. 참 한심한 일상이 아닐 수 없었다. 나이가 많고 적음과는 상관없이 누덕누덕 기운 일상이 눈덩이처럼 쌓였다가 녹아 없어진 것이리라. 일 년이라는 굴곡진 마디마디가 도드라지게 맺혀 나는데도 발밑에 묻히기 마련이었다. 어떻게 살았는가? 죽음 앞에서 따지고 묻지 않는 것도 그래서일 것이다.

이 소설의 에필로그인 제8장 「떠난 자와 남는 자」의 서두다. “태산은 한 줌 흙으로 이루어진다”라고 썼듯이 주인공은 새로운 시작을 감행하지 않을 수 없다. 시작은 경계를 넘는 것이자 새로운 경계를 만드는 것이다. 그것은 반복이 아니며 생성이다. 작가는 주인공을 통해 “무모하게 산을 오르거나 조깅을 하지 않아도 창조적인 일상을 누릴 수 있는 단계"를 예고한다. 그것은 새로운 도(賭)이자 도[豬]이다. 하지만 귀향은 아니다. 그토록 심한 노스텔지어를 앓았지만 귀향은 어머니의 자궁 속으로 퇴행하는 것이 아닌가? "매번 고향을 다녀오게 되면 회한으로 뒤엉키는 허전한 바람. 그 깊이 모를 바람의 근원을 곱씹기 마련이었다. 그래서 고향은 가깝고도 먼 빛으로 채색되는지 모른다." "잃어버린 도원을 찾아가듯 땅의 훈김을 제대로 누리고 싶어서요." 도원 혹은 자연으로 귀환하는 주인공의 희망이다. "어쩌면 그곳이야말로 가장 편안하고 안락한 동네인지 모르겠네." 그렇다. 이렇게 하여 작가의 귀환은 시작되었고 이것이 스승 난계에 대한 오마주가 되었다.

집 아래로 호수가 산빛을 비추고 멀리 보성만이 아스라이 물결치는 곳. 작가 정형남이 귀환한 곳이다. 낮이면 뭉게구름이 돼지 모양을 할 것이고 밤안개조차 새끼 돼지 형상들을 이끌고 오지 않을까. 축복의 땅에서 창조적 생성을 예비하기 위한 각서가 이 소설이다. 또한 "안락한 동네"의 친구들에 대한 헌사이다. 스스로 "이방인" 혹은 "방랑자"로 자처하는 작가에게 부산은 제2의 고향이다. 도시와 영합할 수 없는 심성을 지닌 그이기에 사소하고 자잘한 인정의 웃음 속에서도 마음 한편으로 빠져나가는 바람소리를 듣지 않을 수 없었던 것. 그의 귀환이 단순한 귀소본능은 아닐 것이다. 그보다 근본으로 돌아감을 선택한 것으로 보

아도 좋다. 세상에 대한 그의 회의주의는 그동안 미학주의로 흐
르지 않았다. 오히려 기저의 깊은 허무주의는 근본주의와 다를
바 없다. 그럼에도 그의 근본주의는 가령 "개미의 죽음과 코끼
리의 죽음이 뭐 다른가"라는 진술이 말하듯이 무수한 경계를 허
문다. 이는 인간의 소리를 넘어 땅의 소리, 하늘의 소리, 생명의
소리를 지각하는(「작가의 말」) 일과 무관하지 않다. 대생기(大
生氣)와 호흡하는 개체로서 만물과 화육하는 세계를 갈구하고
있는 것이다. 이제 그에게서 새로운 장소에서 훈습된 생성과 신
생의 글쓰기를 고대할 수 있을 것 같다.

## 작가의 말

젊은 날의 방랑자는 제일의 항구도시, 안락한 동네에서 삼십 여 년을 살았다. 이제는 제2의 고향이 된 셈이다. 뒤돌아보면 세월은 덧없다. 파삭한 기운마저 든다. 무엇이 그렇게 만들었는가? 모든 생명 있는 것들은 하늘의 소리(風, 바람소리), 땅의 소리(水, 물소리), 생명의 소리(言語, 文字. 사람소리)가 한데 어우러져 실답게 살아야 하는데, 언제부터인가 문명의 이기를 앞세운 인간의 소리에 묻혀 하늘의 소리, 땅의 소리를 망각하였다. 마음의 궁핍은 거기에서 발아되었는지 모른다. 그것을 뒤늦게나마 깨물었다고 해야 할까, 과감하게 삼십여 년 살아온 둥지를 떨치고 하늘의 소리, 땅의 소리를 찾아 나섰다. 노자가 말하는 반본사상이요, 귀소본능인지도 모른다.

사람은 누구나 향수 어린 마음의 고향을 갖기 마련이다. 가만히 매만져 보면 자잘한 일상은 소중하고 값진 것인데도 손안에 움켜쥔 물처럼 술렁술렁 빠져나가고 없다. 하루를 산 만큼 망각의 두께는 얼음장처럼 두껍다. 그 빙판 위에서 봄을 기다리는 게 인간의 갈망 아닐까. 어쨌거나, 자연의 풍요 속에서 빗줄기 타고 내리는 젊은 날을 떠올리자니 안락한 동네의 삼십여 년 생활은 마당가 우람한 감나무처럼 가슴속에 자리하였다.

소설은 낮은 곳에서의 삶의 숨결이자 만남의 광장이다. 그 광장 너머 세계의 역사 속에서 영원한 우정으로 살아 숨 쉬는 작중의 벗들과 산지니 사장님께 따북하게 고마움을 실어 보낸다.

2012 여름
어산재에서